À PROPOS DE L'AUTRICE

Passionnée par l'écriture depuis toute petite, Virginie Platel a choisi d'embrasser la carrière de scénariste. Elle a contribué, entre autres, à l'écriture de séries à succès pour la télévision telles qu'« Un gars, une fille », « Scènes de ménages », « Mère et fille », etc., et à plusieurs fictions pour la jeunesse. Elle est également membre sociétaire de la SACD (*Société des auteurs et compositeurs dramatiques*). Désireuse désormais de conter ses propres histoires, Virginie signe en tant qu'auteure des romans dans des genres différents : historique, policier, SF Time travel, des comédies chicklit ou encore et surtout des romances.

Alchimie amoureuse

Collection : VICTORIA

HARPERCOLLINS FRANCE
83-85, boulevard Vincent-Auriol, 75646 PARIS CEDEX 13
Service Lectrices — Tél. : 01 45 82 47 47 - www.harlequin.fr
ISBN 978-2-2804-7118-3 — ISSN 2493-013X

Composé et édité par HarperCollins France.
Imprimé en janvier 2023 par CPI Black Print (Barcelone)
en utilisant 100% d'électricité renouvelable.
Dépôt légal : février 2023.

FSC www.fsc.org MIXTE Papier issu de sources responsables FSC® C159065

Pour limiter l'empreinte environnementale de ses livres, HarperCollins France s'engage à n'utiliser que du papier fabriqué à partir de bois provenant de forêts gérées durablement et de manière responsable.

VIRGINIE PLATEL

Alchimie amoureuse

Victoria

HARLEQUIN

Préface

Je dédie ce roman à toutes les femmes passionnées par les sciences, qui ont œuvré et qui œuvrent encore, parfois en dépit de l'adversité, pour le bien de l'humanité,

Virginie

Prologue

Extrait carnet de Marie – Recettes et Secrets de femmes

Composition & Ingrédients
Alchimie amoureuse :
Dans un récipient de bonne taille sans l'être trop…

Mandres-les-Roses[1], février 1650

À l'aube, dans une petite maison bourgeoise, meublée avec goût et sobriété, dont la tenue vestimentaire des habitants disait la réussite.

— N'est-ce pas le comble pour un notaire, que l'on considère comme le confesseur des familles, de devoir déployer tant d'efforts pour taire mes propres secrets ? explosa M. Marsac, exaspéré, en tapant du poing sur la table.

1. Distante de Paris d'environ vingt-cinq kilomètres, Mandres-les-Roses, situé au sud-est de la capitale, appartient à un vaste plateau en partie rural, bordé par la Marne et la Seine.

Ce qui fit bondir quelques assiettes et sursauter ses deux filles assises pour le déjeuner.

Suite à la disparition de leur mère, l'homme se chargeait seul de leur éducation, et il était soucieux de leur réputation et des commérages, dont il raffolait cependant sur les autres.

— Allons, papa, vous exagérez…, répliqua sa cadette assise à ses côtés, une coquette blonde prénommée Catherine.

— Non point ! Car enfin que vont dire les gens ? reprit le maître de maison en vociférant. J'ai ici deux filles en âge de se marier qui refusent obstinément de prendre un époux !

— Vous attachez trop d'importance aux racontars.

— Mais le monde est ainsi fait, ma chère ! Les rumeurs, les on-dit gouvernent la société. De quoi aurais-je l'air avec deux vieilles filles sur les bras ?

Ce disant, il désigna Catherine qui achevait de croquer dans une pomme.

— Celle-ci est tellement délurée qu'aucun garçon doué de raison ne pourrait aspirer à l'épouser. Quant à l'autre, trop sage, elle leur préfère ses livres et cahiers !

Marie, la châtaine occupée à griffonner dans les pages de son carnet, leva les yeux, comme tirée de ses rêves.

Croisant son regard bleuté, son père reprit avec plus de douceur :

— Ma chère enfant, songez à quel point toute cette étude peut paraître ennuyeuse à vos prétendants et refroidira l'ardeur des plus motivés à vous faire la cour !

— Je ne demande pas mieux que d'échanger avec eux, père. Mais dès qu'il s'agit de converser avec une femme sur des sujets élevés, il n'y a plus personne !

La cadette pouffa.

— Il suffit ! s'emporta le vieux Marsac, dont le visage avait viré au cramoisi. J'exige, Marie, que vous soyez mariée avant la saison prochaine ! reprit-il d'un ton ferme à l'intention de son aînée.

Cette dernière referma le carnet dans lequel elle consignait rêveusement des formules secrètes et haussa les épaules.

— Vous n'avez même pas mangé ! ajouta encore son père. Vous devriez vous intéresser aux nourritures terrestres, plutôt qu'aux spirituelles.

— Ma chère sœur est bien au-dessus de cela ! persifla Catherine. Quel vulgaire objet que celui de la chair ! Et comme ces basses régions semblent triviales et sans intérêt quand on peut nourrir son esprit de céleste philosophie. N'est-ce pas ?

— Je ne répondrai pas à ces sortes d'attaques, répliqua Marie, très calme. Tu ne réussiras pas à gâcher ma journée pour meubler le vide de la tienne…

— Prenez donc un fruit, ordonna le vieil homme, déchiré entre ses deux filles. Vous le mangerez en chemin.

— Oui, père ! obtempéra Marie avec douceur en piochant une poire dans la corbeille qu'il lui tendait.

— Tu devrais plutôt goûter le fruit défendu, cela te dériderait un peu ! railla Catherine.

— C'en est assez ! tempêta M. Marsac en réajustant son jabot de dentelle sur son habit noir. Puisque aucune de vous deux ne veut entendre raison, j'en fais mon affaire. Comme la nature ne m'a pas donné de garçon, j'escompte que chacune d'entre vous fasse un mariage honorable, voire qui vous élève au-dessus de votre condition. Or, en ma qualité de notaire, il m'est aisé de juger de la richesse d'autrui… sous le sceau du secret, bien entendu.

— N'y a-t-il point de jeune et beau célibataire, bien nanti, parmi ceux que vous côtoyez ? s'enquit Catherine dévorée de curiosité.

— Si fait, justement ! J'ai récemment rédigé l'acte d'un jeune homme, dont le père décédé lui a transmis beaucoup de biens.

— Et peut-on savoir à quelle hauteur se monte ce pécule ? questionna Catherine en tortillant ses bouclettes dorées.

— Il s'agit d'une véritable fortune ! répondit M. Marsac, le regard luisant.

L'homme se révélait volontiers complice avec sa cadette lorsqu'il était question de répandre des ragots sur les gens, les célibataires nantis tout particulièrement.

— Oh ! papa ! s'écria Catherine, en trépignant d'excitation. Est-il bien fait de sa personne ? Car ceux que vous nous avez présentés jusqu'ici étaient laids ou des barbons barbants sans intérêt !

Marie leva les yeux au ciel, à la fois amusée et consternée par l'attitude de sa sœur.

— Ma foi, oui. Il est plutôt bel homme !

Catherine émit un petit cri de satisfaction.

— Mais ne vous emportez pas, je le destine à votre sœur.

— Quoi ? s'exclamèrent ses deux filles de concert.

— Il est logique que mon aînée soit mariée avant ma cadette, se justifia le père en croisant les mains devant lui.

— Mais nous n'avons que trois ans d'écart…, protesta Catherine, scandalisée.

— Je le lui laisse volontiers, répondit Marie.

— Oh ! que non, mon enfant ! Vous ne vous en tirerez pas à si bon compte, cette fois. Et je vais au plus tôt convenir avec ce Guillaume Brisset d'un dîner à la maison.

— Guillaume ? Quel prénom charmant ! commenta Catherine, en frétillant sur sa chaise.

— Il faudra juste que j'aie le temps d'organiser le repas, poursuivit M. Marsac, soucieux. Oh ! comme votre mère me manque ! Elle avait à cœur de concilier la qualité des mets tout en réglant la dépense avec économie. Vous devriez en prendre de la graine. Au lieu de cela et malgré le poids de ma charge de notaire, je dois encore m'occuper des affaires ménagères !

Une servante vint alors interrompre cette réjouissante scène familiale. Ses yeux larmoyants trahissaient le fou rire qui l'avait prise en écoutant leur conversation de derrière la porte.

— La voiture de Mlle Marie est arrivée ! annonça-t-elle, en essuyant ses larmes.

— Merci, Justine, vous pouvez débarrasser.

Soulagée d'échapper aux questions domestiques, Marie fourra son précieux carnet dans une besace aussi dodue que la mallette d'un médecin. Elle se hâta de rejoindre l'équipage qui l'attendait au-dehors. Au passage, elle embrassa son cher père, qui se laissa quelque peu attendrir, tandis que sa sœur leur lançait un regard jaloux.

— Travaillez bien, mon enfant ! Et transmettez mes amitiés à la comtesse de Guiche, ajouta-t-il empressé et pas peu fier.

Il faut dire que c'était sur sa recommandation,

ayant réglé quelques affaires pour la comtesse, que sa fille était entrée à son service. Ses nombreuses qualités lui avaient ensuite permis de demeurer à ses côtés. Il ignorait toutefois tout de la nature véritable des activités de Marie auprès de Mme de Guiche, et c'était bien mieux ainsi. Qu'adviendrait-il en effet s'il venait à en avoir connaissance ?

Cette perspective préoccupait beaucoup Marie, dont le regard se perdit dans la contemplation des champs marron et beiges, alternant avec des étendues boisées figées par le givre, le tout noyé dans une brume basse et matinale, tandis que le carrosse l'emmenait à travers la campagne.

Un mariage arrangé ? Ce serait catastrophique ! Ce n'est vraiment pas le moment compte tenu de mes autres projets…

De temps à autre, le craquement des essieux et des roues sur les routes de terre venait interrompre ses pensées. Elle observait alors qu'il n'y avait que peu de maisons aux alentours, certaines de style bourgeois, dans une région plutôt rurale, ce qui donnait un territoire assez contrasté. Elle estimait, d'ailleurs, qu'ils n'étaient pas mal lotis. Ils ne se trouvaient pas loin de Paris, ce qui leur permettait de profiter des avantages de la grande ville comme sa culture et ses esprits éclairés, sans ses inconvénients comme sa multitude de gens, ses rues encombrées et bruyantes. Au moins ici pouvaient-ils jouir d'un calme relatif propice à certaines activités nécessitant discrétion et concentration !

Des activités illicites…, songea Marie, en se mordant les lèvres. *Comment réagirait père en apprenant à quelles occupations je me livre ? Cela jetterait l'opprobre sur sa maison, c'est certain !* Son cœur se serra à cette idée. Elle pouvait déjà l'entendre pousser les hauts cris : *Qu'allaient dire et penser les voisins ? Sa fille se compromettre dans ces sortes d'affaires... Sa pauvre sœur elle aussi en serait déshonorée ! Adieu époux, mariages et bons partis !*

Marie sourit en songeant que Catherine, volontiers frivole, n'avait cependant pas besoin de cela pour traîner derrière elle une réputation sulfureuse. Bien qu'amusée, elle chassa cette pensée de sa tête. Elles n'avaient tout simplement pas les mêmes passions. Ce n'était pourtant pas que Marie se désintéressât de l'amour, bien au contraire ! Elle s'y intéressait même de très près, tentant de comprendre comment pouvait fonctionner l'alchimie amoureuse, cette fusion mystérieuse et secrète qui unissait le corps et l'âme de deux êtres. Et son tempérament plutôt timide et réservé ne signifiait pas qu'elle n'éprouvait pas d'émotions. Bien au contraire ! Celles-ci bouillonnaient en elle comme dans un athanor[1]. Mais, trop affairée, elle n'avait jamais vécu l'amour, faute, peut-être aussi, d'avoir rencontré celui qui aurait pu provoquer cet émoi. Elle était totalement pure et s'était jusque-là préservée de ses flammes, de peur de s'y brûler sans doute.

Quelques minutes plus tard, le carrosse de Marie arriva à proximité du somptueux château de Grosbois.

Son cœur ne manquait jamais de se gonfler d'admiration en apercevant par la fenêtre les lignes étirées, raffinées et harmonieuses de l'édifice, avec ses deux ailes entourant la cour d'honneur et le portail en ferronnerie ouvragé à

1. L'athanor, aussi appelé four philosophique, est un fourneau utilisé dans les opérations alchimiques.

son entrée. Le château était entouré de douves, et l'on y pénétrait par un petit pont que la voiture à cheval, habituée des lieux, franchit sans encombre.

L'instant d'après, Marie retrouvait la comtesse de Guiche. C'était une belle femme entre deux âges, élégante, gracieuse, importante et affairée, mais humaine néanmoins.

— Ah, vous voilà ! s'exclama-t-elle, sur un ton d'enthousiasme qui aurait pu surprendre dans la bouche de cette femme de la noblesse à l'intention de sa dame de compagnie. Les routes n'étaient-elles pas trop mauvaises ? s'enquit-elle, pleine de sollicitude, tandis qu'elles avançaient à grandes enjambées sur les pavés de la cour.

— Tout s'est bien passé, je vous remercie !

Marie aurait eu mauvaise grâce de dire le contraire, étant donné que la comtesse mettait chaque jour à sa disposition un carrosse pour venir la chercher.

Les deux femmes pénétrèrent par une entrée dérobée dans une partie du château un peu moins fréquentée. La comtesse poussa une épaisse porte en bois, et elles débouchèrent dans ce qui ressemblait à un laboratoire secret où s'affairaient quelques domestiques. Deux d'entre eux activaient un four à haute température, l'un le garnissant de petit bois, l'autre utilisant un soufflet pour attiser le feu, avant qu'un assistant ne pose un chaudron de cuivre au-dessus. D'autres, enfin, s'employaient à installer alambics, fioles et potions diverses emplies de minéraux et de végétaux sur une grande table.

Comme il faisait chaud, la comtesse ôta son châle, dévoilant une robe couleur or finement bordée au col et aux poignets de dentelle blanche. Marie l'imita peu après. Elle portait quant à elle une tenue plus sobre et juvénile à motif fleuri sur laquelle elle s'empressa de revêtir un tablier. Elle attacha ses cheveux en un chignon libre d'où s'échappaient des boucles rebelles, ses joues se teintèrent de rose, et elle remonta ses manches. Elle put dès lors enfin être elle-même : créative, enthousiaste et déterminée à la fois.

— Les choses sérieuses vont pouvoir commencer ! lança sa protectrice, l'œil rieur.

Le regard de Marie s'illumina, brûlant d'une flamme ardente à l'image de celle qui flamboyait dans l'âtre et de sa passion pour l'activité à laquelle elle se livrait corps et âme. Une occupation censée être interdite aux femmes et qu'elle pratiquait pourtant assidûment. Et ce secret, s'il venait à être connu, pourrait faire grand bruit.

Chapitre 1

Extrait carnet de Marie – Recettes et Secrets de femmes

Composition & Ingrédients
Alchimie amoureuse :
Prenez un homme et une femme qui ne se connaissent pas et confrontez-les lors d'une rencontre explosive…

Marie vit qu'une longue file s'était déjà formée du petit pont sur les douves à la cour du château, constituée de souffreteux venus de toute la région. Ils étaient encadrés par des gardes en habit bleu qui veillaient au bon déroulement des opérations. La jeune femme déglutit devant l'ampleur de la tâche, à la fois inquiète et impatiente de se mettre à l'ouvrage.

Pendant ce temps, la comtesse donnait ses ordres aux serviteurs pour acheminer potions, remèdes et onguents sous une vaste tente. Laquelle serait fermée pour éviter les regards indiscrets et préserver aussi certains secrets ; notamment le fait que ce serait Marie qui officierait et non les assistants de sexe masculin qui l'accompagnaient. L'exercice de la médecine, tout comme celui de la chimie, était en effet illégal pour les femmes. C'était pourquoi la comtesse veillait à ce que peu de gens en soient informés.

Si Marie préparait les potions en amont, seule dans le laboratoire, avant d'examiner les malades, pour tous les spectateurs ici elle n'était qu'une petite main au service du médecin qui les soignait. Les quelques domestiques qui la secondaient étaient soit muets, soit tout acquis à la comtesse. Et si, d'aventure, l'un d'eux venait à se montrer trop curieux, la noble dame ne manquerait pas de le renvoyer sans ménagement.

La comtesse, une main de fer dans un gant de velours, aimait s'occuper des nécessiteux, et le propriétaire du château, Charles de Valois, duc d'Angoulême[1], accueillait favorablement cette juste cause qui le rendait populaire dans toute la contrée. L'arrivée de Marie à son service lui avait été non seulement d'une grande aide, mais une véritable aubaine pour toutes les deux ! La comtesse admirait beaucoup sa protégée, et les deux femmes avaient d'ailleurs lié une amitié improbable et précieuse.

Marie croisa le regard de sa protectrice, affairée à diriger ses gens. Bien que très accaparée, elle lui adressa un sourire bienveillant, rassurant, qui acheva de la détendre.

Elle se remémora alors comment tout ceci avait commencé. Marie devait avoir quinze ans lorsqu'elle était entrée comme dame de compagnie au service de la comtesse de Guiche. Une femme dont on ne comptait

1. Charles de Valois-Angoulême (28 avril 1573 – 24 septembre 1650) fut comte d'Auvergne, duc d'Angoulême, comte de Ponthieu, pair de France, prieur de la langue de France.

plus les perfections et les services que ses ancêtres avaient rendus à la France. Petite-fille d'un chancelier, fille d'un duc et pair, et femme d'un des plus vaillants capitaines de l'univers… Autant dire que l'honneur d'œuvrer pour une telle personne était immense !

La comtesse s'adonnant à des activités de charité, Marie déployait toute son énergie pour l'aider dans cette noble cause, ne craignant pas de s'approcher très près des malades. Elle détestait en effet voir souffrir les gens, en particulier les enfants, et elle était déterminée à tout faire pour leur permettre de guérir.

Née dans la bourgeoisie, rien ne prédestinait la jeune femme à ce qu'elle devienne botaniste et chimiste.

Elle se révéla cependant rapidement douée pour élaborer des remèdes et des potions. Elle s'aventurait d'ailleurs volontiers et plus que de mesure dans le laboratoire du château. Autodidacte, elle s'était formée seule aux sciences, jusqu'à ce que la comtesse la surprenne à lire les livres de philosophie naturelle[1] empruntés discrètement dans la bibliothèque du château ou auprès de l'apothicaire. Son père en possédait quelques-uns également, qui prenaient la poussière sur ses étagères. Marie les dévorait la nuit à la lueur d'une bougie, désireuse de préserver son secret du courroux paternel. Pour le vieux Marsac en effet, les femmes devaient se cantonner aux tâches ménagères.

Ce fut encore la comtesse qui, ayant remarqué le goût de Marie pour la philosophie naturelle, l'avait encouragée à fréquenter les Jardins du Roy où se pressaient

1. Il s'agit de l'autre nom des sciences.

nombre de femmes savantes pour suivre des cours de chimie et compléter son instruction.

Sa protectrice, enfin, lui permettait de mener ses expériences au laboratoire du château équipé d'un gros fourneau. Marie pouvait ainsi tout à loisir réaliser des mélanges, des extractions de substances et tester leurs effets. Elle préparait toutes sortes de décoctions et consignait ensuite scrupuleusement toutes ses expérimentations dans des carnets.

Elle diffusait dès lors ses bienfaits en distribuant ses onguents et médicaments aux pauvres, et cela gratuitement. Il était en effet illégal pour les femmes de percevoir une rémunération pour l'exercice de la médecine, mais il était toléré qu'elles le fassent sous couvert de charité. Elles pouvaient ainsi soigner avec des remèdes simples aux plantes, tant qu'elles n'en faisaient pas commerce. Et c'était tant mieux, car Marie préférait les moyens naturels, dont elle découvrait toujours davantage les puissants bienfaits, aux saignées destinées à faire sortir les humeurs chagrines, mais qui ne faisaient qu'affaiblir le patient, quand elles ne le tuaient pas complètement ! Marie se dépensait sans compter ; elle faisait des merveilles en dépit de ces règles strictes et ne craignait pas d'aller au-devant des plus malades.

Ce jour-là, les deux femmes s'apprêtaient donc à recevoir et soigner gracieusement des souffreteux désargentés.

Tandis que Marie patientait depuis de longues minutes dans la cour, la comtesse lui fit un signe discret pour lui signifier que tout était prêt. Pressée de s'atteler à la tâche, la jeune femme s'avança d'un pas alerte vers la tente. C'est alors qu'elle entendit des éclats de voix. Deux hommes se disputaient leur place dans la file d'attente.

L'un avait le bras en écharpe, l'autre une mauvaise plaie sur la joue. Ils commencèrent à s'invectiver, puis finirent par se pousser et le conflit dégénéra en bagarre. Aussitôt, deux gardes intervinrent pour les séparer. L'un des soldats saisit fermement l'homme par son bras meurtri, lui faisant pousser des cris de douleur, pour le jeter dehors sans ménagement, tandis que le second était sur le point de suivre le même chemin.

— Non, attendez ! s'écria Marie en s'interposant. Ces hommes doivent être soignés ! Celui-ci a la joue infectée, quant à l'autre, son épaule semble démise…

Les deux militaires s'interrompirent en la regardant avec des yeux ronds, surpris par son intervention.

— Laissez-nous passer, mademoiselle ! répondit un des soldats, sans la prendre au sérieux.

— Il en est hors de question ! répliqua Marie, déterminée, en leur faisant face avec courage. Ces hommes ne bougeront pas d'ici. Tout au plus, ils passeront après les autres. Ce sera leur punition, s'ils doivent être châtiés…

Mais les deux gardes esquivèrent ses revendications en poussant les deux fautifs vers la sortie. Marie vint de nouveau se positionner devant eux.

— Lâchez-les immédiatement !

— Il suffit ! Nous faisons notre devoir. Allez donc laver vos chiffons ailleurs !

Le sang de Marie ne fit qu'un tour. Quelle horrible façon de la considérer ! Cela lui donna encore plus de hargne et de détermination pour défendre ces malheureux.

L'un des deux gardes la saisit alors par la manche comme une vulgaire poissarde pour l'écarter de leur chemin. Marie se débattit.

— Lâchez-la ! intervint une voix grave et calme.

— Mais elle a…

— J'ai vu cela.

L'officier face à eux leur fit signe d'obtempérer, et le garde lâcha sa prise.

— À vos ordres, commandant !

Marie, excédée, s'empressa de réajuster sa mise avant d'observer son interlocuteur. Il était grand, sa haute silhouette se détachant dans le soleil, très beau et doté de beaucoup de charisme. Fort brun aux cheveux longs bouclés, il arborait une fine moustache sur des lèvres admirablement dessinées, et un nez droit au milieu d'une figure aux traits harmonieux. Ses yeux sombres étaient perçants et veloutés cependant. Marie s'écarta pour mieux le contempler. Ah, il avait fière allure ! Son uniforme bleu orné de galons aux manches et de rubans sur l'épaulette, barré d'une écharpe rouge en travers de son torse et d'une blanche nouée autour de la taille, coordonnée à sa lavallière, lui seyait à merveille. Son regard descendit sur l'épée à sa ceinture et jusqu'à ses bottes de cuir.

Ainsi donc, il est commandant des gardes ! Il semblait courageux, mature et possédait une autorité naturelle bien supérieure à celle de ses subalternes.

Marie fut troublée, son cœur se mit à accélérer dans sa poitrine. Elle sentit ses joues s'empourprer. Qu'était-ce donc que cela ? Pourquoi cet inconnu lui faisait-il autant d'effet ? Était-elle sensible au prestige de l'uniforme, comme l'était Catherine qui s'extasiait sur les officiers qu'elle croisait au village ?

Marie eut soudain du mal à trouver ses mots, hésitant entre fustiger l'attitude peu chevaleresque de ses subalternes ou remercier le commandant pour son intervention. Peu désireuse de se laisser impressionner dans pareille circonstance, avec tous les regards posés sur eux, elle reprit cependant :

— La violence de ces soldats est tout bonnement inqualifiable !

— Violence ?

L'homme éclata de rire. Son visage s'éclaira d'un beau sourire et son timbre chaud résonna agréablement à ses oreilles. Se moquait-il ? Il ne lui paraissait plus si aimable à présent, mais terriblement arrogant.

— Oui, parfaitement ! Une telle attitude est inacceptable, s'exclama Marie, en durcissant le ton. Nous sommes ici pour soigner, monsieur, pas pour blesser davantage des hommes déjà malmenés par la vie.

Le commandant la regarda profondément dans les yeux, ce qui la mit sur des charbons ardents. Elle sentit des picotements s'insinuer dans tout son corps et une chaleur étrange l'envahir et empourprer sa figure. Il reprit d'une voix plus calme :

— Et moi, je fais mon métier, mademoiselle, qui est de protéger les gens de ce château et d'éviter tout désagrément qui pourrait réduire à néant vos beaux efforts.

Sur ce, il s'inclina brièvement et, enfilant ses gants blancs, fit signe à ses soldats d'emmener les pauvres bougres sortis du rang.

— Faites donc votre devoir, monsieur, mais laissez ces hommes tranquilles, il faut les soigner ! surenchérit Marie, qui ne désarmait pas.

Le commandant de la garde, de dos, s'immobilisa. Marie fulminait devant son excès d'autorité. Elle n'était pas armée, elle, si ce n'était de son seul courage. Et elle s'en voulut d'avoir pu trouver cet homme charmant et d'avoir baissé sa garde.

Il se retourna.

— Mais qui êtes-vous donc ?

— Je m'appelle Marie Marsac, répondit la jeune femme, sans se démonter. Pour vous servir…

Le commandant la considéra avec ce qui ressemblait à un mélange d'étonnement et de dédain.

— Il s'agit de ma dame de compagnie, intervint alors la comtesse, et je vous demanderai également, monsieur de Vibrac, de laisser ces malheureux tranquilles. En les jetant dehors, vous les condamnez à une mort certaine, du moins pour l'un d'entre eux, si j'ai bien compris.

— Si fait, sa joue est infectée ! confirma Marie.

— De cela nous aviserons avec le médecin, répondit Mme de Guiche en échangeant un regard complice avec sa protégée.

— Oui, bien sûr ! approuva la jeune femme en baissant les yeux.

Marie réalisa qu'elle se serait compromise sans l'heureuse intervention de la comtesse. En dehors d'un sentiment de soulagement, elle éprouvait cependant une grande frustration de ne pas avoir su par elle-même se faire entendre du militaire. Il ne lui avait en effet accordé aucun crédit et, de plus, elle s'en voulait terriblement de s'être laissé affaiblir par l'effet que son charme avait provoqué sur elle.

— Si tel est votre souhait, madame la comtesse, je m'incline ! obtempéra galamment l'officier.

Il ôta son large chapeau à plume pour la saluer et, après s'être recoiffé, repartit d'un pas vif, la main sur la garde de son épée, en faisant signe à ses hommes.

Les malingreux furent replacés dans la file à bonne distance l'un de l'autre et les soldats postés en sentinelle à la grille d'entrée.

Marie leva les yeux au ciel, partagée entre la colère, le ressentiment et, contre toute raison, une vive déception. Elle s'empressa de quitter des yeux le beau militaire et de retourner vers la tente, où elle s'enferma en attendant d'accueillir le premier malade.

En revenant vers le château, Henri de Vibrac songea qu'il n'aimait décidément pas ces journées à Grosbois, où les indigents de tout le pays affluaient pour se faire soigner. Il lui fallait en effet avoir les yeux partout tout en ménageant les susceptibilités des résidents du château. Il devait ainsi s'efforcer de poster des gardes tout autour du domaine, à la fois pour empêcher les vols, tout autant que pour protéger ses habitants, dont la comtesse, qui, à tout moment, pouvaient se faire attaquer. Car si à présent l'attitude des souffreteux donnait à penser qu'ils allaient lui manger dans la main en récompense de ses bontés, à chaque instant la faim ou leur ressentiment à l'égard d'une personne de condition supérieure et d'une femme en particulier était susceptible de dégénérer.

Pour avoir fréquenté les champs de bataille, il savait combien les mouvements de foule pouvaient se révéler dangereux. Il avait vu des hommes se faire piétiner par des combattants en fuite, se faire écraser sous les fers des chevaux affolés par le bruit du canon. Leurs hurlements, leurs appels déchirants et désespérés tandis qu'ils étaient réduits en bouillie lui revinrent en mémoire. Il serra le poing et tenta de chasser ces souvenirs atroces.

Quand les deux hommes avaient commencé à se

bagarrer, il avait vu le début d'une mêlée générale se profiler, prétexte ensuite à tous les débordements. Même armés, face à une foule déchaînée, les soldats auraient pu rapidement se faire submerger. Oui, vraiment, il avait bien fait d'agir comme il l'avait fait ; il n'y avait pas à tergiverser, dans la cohue tout pouvait très vite basculer !

Il songea que la demoiselle qui lui avait tenu tête était totalement inconsciente de ces choses-là. Elle prêchait par ignorance. De quel droit se le permettait-elle d'abord ? Et qui était-elle donc pour lui faire des reproches ? Il n'avait jamais vu un petit bout de femme aussi remonté ! Sans la beauté de son visage et la grâce de sa silhouette, il l'aurait plus sûrement remise à sa place. Seulement voilà, elle était jolie et ses yeux brûlaient d'un éclat incomparable, bien plus encore quand elle défendait une grande cause et la vie de ces indigents, de parfaits inconnus qui n'étaient même pas de sa famille ! Elle avait une belle noblesse de cœur à n'en point douter.

Il repensa à ses yeux bleu nuit constellés d'étoiles qui lançaient des éclairs de colère, à son teint rose poudré, à ses bras et à sa gorge d'un blanc laiteux. Elle avait la beauté et la fougue de la jeunesse. Quel âge devait-elle avoir ? La vingtaine peut-être. Soit une dizaine d'années de moins que lui, et cependant quelle assurance dans son attitude et son regard, quelle fermeté ! Elle dégageait une énergie… magnétique, qui l'attirait irrésistiblement.

Elle avait l'air d'en connaître long sur les blessures de ces gens, probablement était-elle une des petites mains qui œuvraient aux côtés du médecin. Qui était-il d'ailleurs celui-là ? Était-ce le grand dadais qu'il avait vu entrer dans la tente un peu plus tôt, ou cet homme plus âgé, un peu voûté, avec ses bésicles ? Oui, ce devait être lui, il avait plus la tête d'un apothicaire, si tant est qu'ils puissent avoir une tête reconnaissable ! Ce ne pouvait qu'être un homme d'expérience en tout cas, rompu à la connaissance et à l'exercice de la philosophie naturelle.

Henri de Vibrac balaya alors du regard les différentes entrées du château où il avait posté ses hommes : tout avait l'air en ordre. Il scruta ensuite la file d'attente qui s'acheminait tout doucement vers la tente. Nul doute qu'à cette allure et vu le monde ils y seraient encore ce soir ! Il chercha la jeune fille. Elle avait disparu, emportant avec elle tout son mystère.

Il fouilla dans sa mémoire les dernières fois qu'il l'avait aperçue au château. Il réalisa que non seulement il ne lui avait jamais parlé, mais qu'il ne l'avait même jamais vraiment regardée auparavant. Il faut dire que le petit personnel était nombreux. Pour lui, elle n'était jusqu'alors qu'une silhouette, dans l'ombre de la comtesse, d'autant plus que cette dernière possédait un sacré charisme, presque écrasant. Elle était une femme de pouvoir, rompue aux intrigues de cour, d'une grande beauté malgré les années et très cultivée. Sans contredit, ces deux-là s'étaient bien trouvées. Perspicace, la comtesse s'était en effet attaché les services d'une personne, qui détenait nombre de qualités…

Désormais, il ferait plus attention à cette Marie. Il était même curieux d'en apprendre davantage à son sujet. Qui était-elle ? D'où venait-elle ? Où résidait-elle ? Était-elle mariée ? L'audace de cette dernière question le surprit. Se pourrait-il qu'elle l'intéresse ? C'était ridicule ! Il n'avait pas vraiment le temps pour la bagatelle. Et, cependant, la demoiselle avait piqué son intérêt. Cette fille n'était pas comme les autres. Le moins qu'on puisse dire, c'est qu'elle avait du caractère ! En tout cas une chose était certaine, elle avait attiré son attention, même si c'était d'une manière bien innocente, et il était désireux d'investiguer sur son compte. Déterminé, il sourit et reprit ses activités avec encore en tête le regard furieux et la voix vibrante de la jeune fille.

Chapitre 2

Recettes et Secrets de femmes

Alchimie amoureuse :
Laissez-les mijoter à feu doux

Le soir venu, Marie rentra fourbue dans la demeure familiale des Marsac.

Il est si tard qu'ils doivent déjà avoir dîné, songea-t-elle, non sans un certain soulagement de n'avoir pas à poursuivre la conversation à propos du mariage entamée le matin même. Elle trouva son vieux père endormi devant la cheminée, Paupiette, leur petit chien noir, assoupi sur ses cuisses. Les flammes projetaient des lumières ambrées sur la figure paternelle et les ombres en accentuaient les cernes. Marie ôta les bésicles de son nez, qu'elle replia sur la table.

Elle pensa avec tristesse que la perte de sa femme l'avait laissé inconsolable. Marie, quant à elle, nourrissait une véritable colère à l'encontre des médecins qui n'avaient pas su la soigner. C'était d'ailleurs ce qui l'avait le plus motivée à apprendre la médecine. Elle se sentait également redevable pour sa mère, qui avait manqué de périr en couches en la mettant au monde, comme de trop nombreuses femmes. Elle estimait qu'elle devait une dette à la vie pour être présente aujourd'hui, et plus encore envers la femme qui avait failli perdre la sienne pour l'enfant qu'elle portait.

— Ah, tu es enfin rentrée ! s'exclama soudain Vincent Marsac d'une voix enrouée. Je commençais à m'inquiéter…

— C'était la journée des soins aux pauvres, père. Je vous l'avais dit que serait long !

Le vieil homme se redressa dans son fauteuil.

— J'espère au moins que tu n'as pas attrapé quelque mauvaise fièvre au contact de ces gens ! Est-ce bien là le rôle d'une fille de ta condition ?

— Nous en avons déjà parlé, père. Ils sont aussi dignes que nous d'être soignés, répliqua sa fille en soufflant. Songez encore que nos remèdes progressent à chaque fois que l'un d'eux est guéri !

— Formidable ! répondit-il sans en penser un traître mot, elle l'aurait parié. Mais ce n'est pas, hélas, ce qui ramènera votre pauvre mère…

Marie voulut parler, mais sa voix étranglée par l'émotion ne produisit aucun son.

— Pour ta gouverne, j'ai invité Guillaume Brisset à venir dîner dans notre maison.

— Oh ! père ! Est-ce bien nécessaire ? reprit Marie, abasourdie.

— Il suffit ! s'exclama Marsac en tapant sur l'accoudoir de velours bordeaux de son fauteuil. Tu l'épouseras, te dis-je !

Réveillé en sursaut, Paupiette sauta aussitôt des

genoux de son maître et s'enfuit dans une autre pièce, là où le courroux du maître de maison n'aurait aucune chance de l'atteindre.

— Catherine sur ce chapitre est plus avancée que moi, mettez-les donc en relation ! De plus, vous avez besoin d'une présence à vos côtés, alors pourquoi me chasser ?

M. Marsac se radoucit.

— Je ne le fais pas pour moi, mais pour toi, tête de mule ! Car en ce qui me concerne, il serait plus commode pour moi, l'âge avançant, d'avoir de la compagnie. Mais ce serait égoïste de ma part, ta vie serait gâchée ! Réfléchis un peu, tu ne pourrais devenir ni épouse ni mère.

Marie arqua un sourcil, songeant qu'elle s'en accommoderait fort bien.

— En outre, il est nécessaire pour un père de donner des racines à ses enfants, mais plus encore des ailes pour qu'ils puissent quitter le nid et mener leur vie.

Cet argument la toucha davantage. Marie trouvait en effet sa situation confortable. Elle pouvait étudier tout à loisir auprès de la comtesse, et, le soir venu, retrouver un potage bien chaud et un lit douillet. Aussi n'était-elle pas désireuse de changer.

M. Marsac se leva de son fauteuil et se mit à arpenter la pièce.

— Il est temps, ma fille, que tu te conformes aux volontés de ton père et que tu arrêtes de vouloir les braver sans cesse ! J'entends dans ma maison être le chef de famille, même si je dois porter le haut-de-chausse et le tablier tout ensemble, dut-il concéder.

Marie ne put s'empêcher de sourire à cette évocation

en imaginant son père vêtu de son habit noir de notaire sur lequel était noué un petit tablier de dentelle blanc. Elle s'efforça cependant de demeurer impassible pour ne pas alimenter davantage sa colère.

— Note bien que j'apprécie que ton esprit se tourne volontiers vers les choses spirituelles, l'étude des livres et que sais-je encore ! Mais tu possèdes un corps, et ta raison doit répondre aux besoins et exigences de celui-ci. Tout autant que ton statut de femme doit primer sur tes envies d'étude.

La jeune femme voulut protester, mais elle se dit qu'elle ne parviendrait pas à lui signifier combien la philosophie naturelle et la chimie nourrissaient son âme. Et surtout à quel point ces matières pouvaient rendre service, non pas à elle, mais à l'humanité tout entière. À mesure qu'elle progressait, elle estimait en effet pouvoir apporter, modestement certes, sa pierre à l'édifice de la connaissance.

— Enfin, je veux que tu te ranges à mes vœux et que tu me donnes des petits-enfants pour perpétuer notre famille, poursuivit Vincent Marsac. En tant que maître de maison, j'entends disposer de ma fille. Et j'escompte bien que tu m'obéisses lorsque je te présenterai un époux convenable ! J'en ai d'ailleurs justement un sous la main en la personne de Guillaume Brisset qui…

— Il suffit, père ! Laissons là, je me soumets à votre volonté, le coupa Marie avec lassitude.

— Vraiment ? interrogea Marsac, surpris de la voir capituler.

Elle acquiesça.

— Ai-je enfin réussi à te convaincre ?

— Non point. Je suis exténuée et il me tarde d'aller me coucher !

Peu après, Marie fermait la porte de sa chambre. Elle ôta son manteau, versa l'eau de son broc dans la bassine en porcelaine pour sa toilette. Elle songea d'ailleurs qu'il serait bon, après avoir fréquenté tant de malades, de la faire bouillir et de laver sa peau avec beaucoup de savon. Elle allait appeler la bonne, quand il lui revint soudain qu'elle devait modifier un ingrédient dans la formule d'une potion qu'elle avait donnée à l'un de ses patients.

Elle se dirigea vers son petit secrétaire et en ouvrit le tiroir pour prendre son carnet, mais il n'y était point. Elle fouilla plus avant, sans plus de succès. Elle vida encore sa besace où d'autres calepins se trouvaient, mais pas celui qu'elle cherchait.

Se pourrait-il que Catherine me l'ait caché ? Ce serait tout elle de me jouer un tour pendable pour me faire enrager. Non, elle n'aurait pas fait ça tout de même !

Avant de l'accuser, elle devait s'assurer que la domestique n'avait pas eu un excès de zèle en faisant son ménage. Il est vrai qu'elle trouvait ses tiroirs et ses papiers un peu en désordre.

Elle se dirigea dans le couloir et héla Justine.

Une petite bonne femme aux cheveux courts sous une coiffe blanche mise de travers, aussi épaisse qu'une épingle à nourrice, surgit dans la pièce. Elle semblait endormie et Marie s'en voulut un instant de l'avoir réveillée.

— Que puis-je faire pour mad'moiselle ? demanda-t-elle dans son semi-patois du Nord.

— Peux-tu m'expliquer ceci ? interrogea Marie d'un ton autoritaire en désignant son secrétaire en désordre.

Marie scruta son interlocutrice pour y discerner un éventuel embarras qui la confondrait au-delà des mots. Et elle n'eut pas à attendre longtemps. Le feu monta aux joues de Justine et elle balbutia :

— Oh ! sœur Marie Jésus ! Je savais bien que ça me créerait des ennuis, c't'affaire-là !

— Explique-toi, je te prie ! lança Marie d'un ton sévère, bien qu'elle s'en voulût de soumettre la domestique à la question.

Il faut dire que Justine était une catastrophe ambulante, ce qui la faisait souvent rire, bien malgré elle. Il n'était pas rare qu'elle brûle le linge en le repassant ou le dîner en l'oubliant sur le feu, ou qu'elle confonde certains condiments et ruine ainsi un repas. Mais elle était fidèle et dévouée, et cela on ne pouvait le lui reprocher ! C'était une brave fille qui venait du nord de la France, où elle envoyait régulièrement de l'argent au reste de sa famille sans le sou. En dépit de ses bévues et maladresses, elle officiait au service des Marsac depuis que Marie était toute petite. Elle avait connu feu Mme Marsac et s'évertuait à garder autant que possible sa manière de gérer les tâches ménagères dans la demeure. Entre autres défauts, Justine était indiscrète et bavarde de nature. Son père détestait sa langue bien pendue, mais elle lui était cependant bien utile pour ses affaires. Justine avait pour habitude en effet d'aller quérir au village quelques ragots. Aussitôt y avait-il des rumeurs de noces entre deux jeunes gens que la zélée servante les rapportait à M. Marsac, lequel s'empressait ensuite de croiser par hasard les parents du jeune couple en leur proposant ses services de notaire. Ces derniers heureusement surpris et bien souvent mis devant le fait accompli faisaient alors appel à lui pour rédiger l'acte de mariage.

— C'est pas ma faute ! Je passais le chiffon quand quelques-uns de vos livres sont tombés des étagères, bredouilla Justine en agitant les mains. J'ai bien essayé de les remettre en ordre, mais comme je ne sais pas lire…

— Épargne-moi tes boniments ! Tu lis aussi bien que moi, et je te vois régulièrement emprunter des ouvrages dans la bibliothèque. (Justine rougit en baissant les yeux.) C'est Catherine qui t'a envoyée, n'est-ce pas ?

— Ah non, moi, je faisais juste le guet pendant qu'elle…

Marie écarquilla les yeux en apprenant que c'était sa sœur qui avait fouillé dans ses affaires.

— Oh ! et puis je ne sais plus moi ! bafouilla la pauvre femme dans son patois fort prononcé en se rendant compte qu'elle avait trop parlé.

— Tu vas aller trouver Catherine et lui enjoindre de me rendre immédiatement ce qu'elle m'a pris ? C'est compris ?

— Bien, mad'moiselle !

La zélée servante disparut sans demander son reste.

Marie secoua la tête. Qu'est-ce qui avait encore bien pu passer dans la tête de sa sœur ?

Quelques minutes plus tard, la petite bonne revint, plus rouge qu'avant.

— Votre sœur m'a dit de vous dire que si vous aviez quelque chose à lui dire, vous devriez le lui dire en face. Ou quelque chose comme cela, déclama-t-elle d'un trait sans respirer…

— Es-tu bien certaine qu'elle t'a répondu cela ? questionna Marie, suspicieuse.

— C'est que… je ne me rappelle plus exactement. Elle a parlé très vite et j'ai tout oublié ! À c'te heure, je n'ai plus toute ma tête, moi !

— Justine…, insista Marie, désireuse d'obtenir la vérité sur les propos, même insolents, tenus par sa sœur.

— Oh ! vous devriez laver votre linge sale entre vous, et cesser de me mêler à cela ! répliqua la servante. Je vous en prie, il est tard et j'aimerais bien me coucher.

— Soit, vas-y ! concéda Marie, ayant pitié de la pauvre femme. Mais que je ne te prenne plus à fouiller dans mes affaires… Heureusement pour moi, je doute fort que tu y entendes quoi que soit !

— Absolument, mad'moiselle ! J'y comprends rien du tout ! Enfin, juste une chose quand même, pour apaiser les brûlures légères sur la peau, moi je mets du miel…

Réalisant à la tête déconfite de sa maîtresse qu'elle avait encore trop parlé, la bavarde se mordit la langue, qu'elle avait décidément trop pendue.

— Du miel, dis-tu ? répondit cependant Marie, piquée.

— Oui, vous appliquez bien sur la peau et pis vous laissez reposer une quinzaine de minutes et le tour est joué !

— Intéressant. Merci, Justine ! Bonne nuit.

La servante fit une petite révérence et partit se coucher. Marie n'en revenait pas que la fouineuse ait ainsi lu son carnet de formules. *Quelle friponne !* Cependant, son bon sens populaire pourrait être une source d'informations judicieuses. Il faudrait qu'elle creuse la question avec elle.

L'instant d'après, Marie ouvrit prestement la porte de la chambre de sa sœur. Elle la trouva nonchalamment allongée sur son lit à composer des poèmes, habillée d'une chemise de nuit froufroutante en dentelle.

— Vous, ici ! s'exclama-t-elle, l'air faussement étonné.

— Rendez-moi immédiatement mon carnet !

— Quel carnet ?

— Oh ! ne faites pas l'innocente ! Celui que vous avez volé dans mes affaires.

— Moi ? s'enquit Catherine d'un air angélique.

— Oui, vous, d'ailleurs, je le vois d'ici !

Marie se jeta aussitôt sur le lit de sa sœur pour reprendre son bien, en partie dissimulé sous un coussin. Mais Catherine fut plus prompte et l'attrapa la première.

— Pas si vite, ma chère ! Que me donnez-vous en échange ?

— Mais rien ! Ceci m'appartient.

— Quel étrange carnet ! Empli de formules dignes d'un esprit savant…

— Taisez-vous donc, vous ignorez ce que vous dites !

— Peut-être, mais je devine qu'il y a là quelques secrets bien gardés et que vous parlez un autre langage que celui ordinairement dévolu aux femmes…

Marie haussa les épaules, feignant de se moquer.

— Se pourrait-il que vous vous livriez à l'étude de matières interdites ? Mmm… ce n'est pas bien, cela ! Je me demande comment notre père réagirait en l'apprenant…

Marie blêmit et sentit son cœur battre plus sourdement dans sa poitrine.

— Ce n'est pas du tout ce que tu crois ! rétorqua-t-elle, en tâchant de contenir sa colère.

— Oh ! mais je ne *crois* rien ! Je *vois*…

— Très bien ! Que veux-tu en échange ? Des sucreries ? Des rubans ? Tu en as déjà de toutes les couleurs, mais en cherchant bien il t'en manque sûrement un.

— C'est un peu léger ! Ton carnet recèle bon nombre de secrets… Et cela se monnaye.

Marie sentit monter l'exaspération en elle.

— Que souhaites-tu donc ?

— Je désire que tu me fasses inviter au bal du château de Grosbois ! répondit Catherine en se redressant.

— Au bal ? Mais comment veux-tu que je…

— Si la rumeur est venue jusqu'à moi, ne me dis pas que tu n'en as point entendu parler ! s'indigna sa sœur. Tout ce que la région compte de beaux jeunes gens riches et bien nés seront présents ! La fine fleur de l'aristocratie ! Une occasion unique de trouver le parti idéal avec lequel conclure un mariage de princesse.

Marie expira avec lassitude.

— La comtesse de Guiche m'en a effectivement touché deux mots. Il est organisé pour fêter le retour du duc d'Angoulême au château de Grosbois. Elle souhaiterait que j'y participe, et pense ainsi me faire plaisir et me récompenser pour mes loyaux services, mais tu sais à quel point ce genre de mondanités m'ennuie !

— Tu as certainement mieux à faire, il est vrai, insinua Catherine en agitant le carnet de sa sœur. Eh bien, dans ce cas, laisse-moi y aller à ta place, et je te rendrai ceci.

— Cela ne se peut, tu le sais bien !

— Fais en sorte de me faire inviter, dans ce cas, si tu désires revoir ton précieux carnet ! C'est tout dans ton intérêt si tu ne veux pas que notre père connaisse ton secret, la prévint Catherine.

— Il faut savoir raison garder, ma sœur. Si tu lui en parles, cela pourrait l'anéantir !

— Il serait tellement déçu d'apprendre que sa si sage fille se compromet dans des disciplines réservées aux hommes. Quel scandale ce serait ! ronronna Catherine.

— Tu es odieuse !

— « Envieuse » serait plus juste !

Marie secoua la tête. Comprenant que sa cadette n'était pas prête à lâcher l'affaire, elle se dit qu'elle n'avait guère le choix.

— Très bien, je vais voir ce que je peux faire !

— Tu as plutôt intérêt à réussir, sinon…

Elle agita encore le carnet en signe de menace.

Henri de Vibrac rédigeait un courrier lorsqu'un des officiers de sa garde frappa à la porte de son bureau. Absorbé par sa tâche, le commandant mit quelques minutes avant de lui signifier d'entrer. Le gradé, pressé, lui fit alors le salut militaire réglementaire.

— Un coursier vient d'apporter ce pli pour vous, mon commandant.

Ce disant, il lui tendit une enveloppe scellée de cire rouge. Henri de Vibrac avisa l'objet et, comprenant de quoi il s'agissait, ne prit pas la peine d'attendre que son interlocuteur soit parti pour l'ouvrir, tout impatient qu'il était. La lettre décachetée faisait en effet état des dernières recherches qu'il avait menées pour faire toute la lumière sur sa naissance, des démarches qui jusqu'à présent n'avaient pas abouti. Il parcourut brièvement la missive :

Cher Monsieur,

Pour faire suite à votre précédent courrier, nous sommes au regret de vous informer que nous ne pouvons vous fournir les renseignements demandés. Croyez bien que…

Il interrompit sa lecture et, déçu, jeta le papier sur son bureau.

Un échec de plus ! Il devait pourtant bien y avoir trace quelque part de sa naissance et du nom de ses parents !

Henri de Vibrac… Un patronyme à consonance noble. Aucun registre n'en faisait mention, ou tout au moins les données qui auraient pu lui révéler des choses lui étaient inaccessibles. Il avait rencontré tous les notaires à la recherche d'actes de naissance, écumé les registres des églises, en vain !

De sa jeunesse, il se souvenait avoir été élevé par des fermiers. Lesquels, lorsqu'il les avait interrogés, lui avaient dit ne rien savoir de ceux qui leur allouaient chaque mois une somme généreuse pour l'entretenir et le nourrir. Garder le secret faisait probablement aussi partie du contrat. Parvenu en âge d'étudier, Henri avait été confié à une institution catholique, avant d'intégrer une école militaire pour y faire carrière. Il s'était ensuite brillamment illustré dans diverses batailles et avait progressivement gagné ses galons. Distingué par le roi de France, Louis XIII, il était entré à son service en qualité de mousquetaire et s'était acquitté de sa tâche : assurer la garde du souverain à l'extérieur. En réalité, il n'aurait jamais dû pouvoir accéder à la compagnie des mousquetaires, car seuls les gentilshommes ayant servi dans les Gardes françaises étaient susceptibles de rejoindre ses rangs. Il en avait conclu qu'il avait été recommandé en haut lieu, mais de son bienfaiteur il ignorait tout. Sur le moment, il avait pris cela comme une récompense pour ses exploits militaires. Il avait été fier d'intégrer ce corps d'élite à la casaque bleue ornée de quatre croix de velours blanc, officiant à cheval et maniant le mousquet tout autant que l'épée.

En quittant les rangs de la compagnie, il avait été promu officier dans les régiments et s'était ensuite élevé à la seule faveur de son mérite. Il s'était alors fait remarquer à de nombreuses reprises, notamment par le duc d'Angoulême qui s'était attaché ses services en le nommant commandant de la garde de son château de Grosbois. Un poste stable, presque une retraite dorée loin des champs de bataille pour le trentenaire et qui lui rappelait avec nostalgie ses années de mousquetaire.

L'homme face à lui toussa légèrement pour lui remémorer sa présence.

— Avez-vous les renseignements que je vous ai demandés ? questionna Henri, revenant à son interlocuteur.

Le militaire sortit une feuille de sa poche et la déplia.

— Si fait ! J'ai interrogé plusieurs personnes à son sujet, discrètement il s'entend.

— Oui, c'est important ! approuva Henri, de sa voix grave et cuivrée. Qui donc ?

— Des gens du village pour le moment, et plusieurs domestiques du château, qui la côtoient.

— Fort bien. Asseyez-vous et dites-moi ce que vous avez découvert ! répondit Henri, non sans une certaine excitation.

L'officier fut ravi de prendre un siège après sa station

debout prolongée et fut d'autant plus enclin à livrer tout ce qu'il savait.

— Marie Marsac est la fille de M. Vincent Marsac, notaire et greffier à Mandres et de Mme Élisabeth née Dorvet. Laquelle est décédée il y a quatorze ans. Son père ne s'est pas remarié depuis.

Henri se rembrunit. *Quel triste sort ! Ainsi donc cette pauvre jeune fille n'a plus sa mère et a été élevée par son père...*

Il acquiesça, encourageant son lieutenant à poursuivre.

— Elle a une sœur, de trois ans plus jeune, prénommée Catherine. Les Marsac sont des propriétaires terriens et possèdent du bien. Ce qui explique que les deux filles ont bénéficié d'une formation bourgeoise prodiguée à leur domicile par des maîtres compétents. Elles ont également reçu une éducation catholique.

Henri opina de la tête en songeant qu'ils avaient ce dernier point en commun.

— Marie Marsac est la dame de compagnie de la comtesse de Guiche, tâche dont elle s'acquitte avec le plus grand dévouement. Sa protectrice l'apprécie beaucoup selon les dires de son entourage et de ses gens, qui parfois même évoquent un certain favoritisme.

— Elle a l'air d'être le genre de fille très, voire trop sérieuse, n'est-ce pas ? questionna Henri, ennuyé.

— Il semble qu'on n'ait rien à lui reprocher en effet ! Si l'on excepte toutefois des petites choses étranges.

Henri prêta l'oreille, tandis que son interlocuteur prit un ton de conspirateur.

— On la verrait souvent rôder du côté de la bibliothèque, pour emprunter des livres de philosophie naturelle notamment...

Henri de Vibrac réfléchit un instant en se caressant le menton.

— C'est sans doute pour la comtesse, une femme très cultivée. Et quoi d'autre ?

— On la voit aussi beaucoup du côté du laboratoire où elle œuvre des heures durant, plutôt que de rester à broder et lire aux côtés de la comtesse…

— Là encore, cela ne m'étonne guère ! Mme de Guiche est très soucieuse de soigner ses malingreux et la pauvre fille doit avoir fort à faire pour veiller à ce que les serviteurs préparent ses potions comme elle le désire !

— Certes ! répondit le lieutenant, quelque peu gêné. Voulez-vous que j'approfondisse mon enquête sur ce point ? Les domestiques du laboratoire ont refusé de s'épancher sur la question, mais on peut trouver un moyen de les faire parler…

— Cela ne paraît pas nécessaire. La fille a l'air honnête, n'est-ce pas ?

— Tout à fait ! Et la comtesse n'a rien à craindre d'elle si telle est votre préoccupation. Elle n'a pas le profil d'une espionne…

Henri fut surpris par cette répartie : il n'avait pas envisagé cette éventualité, car ce n'était pas l'objet implicite de sa demande. Il voulait simplement en apprendre plus sur elle, tout obnubilé qu'il était par les beaux yeux de Marie auxquels il ne cessait de songer depuis leur rencontre.

— En effet, me voilà rassuré, ironisa-t-il. Je vous remercie !

— Cette fille n'est-elle pas l'enragée qui vous a l'autre jour dans la cour mal parlé, ainsi qu'aux collègues ? hasarda le lieutenant.

— Si fait ! Une créature adorable…, répondit Henri, pensif. Avez-vous sa date de naissance au fait ?

— Eh bien, j'attends encore confirmation, mais il semblerait que…

— Donnez-moi vos notes, le coupa Henri, impatient.

J'avais raison, la vingtaine, soit une dizaine d'années de moins que moi… , se dit-il après avoir parcouru la feuille.

Ils parlèrent ensuite de l'événement de ces prochains jours, à savoir le retour du duc d'Angoulême au château. Le commandant demanda à ce que les hommes nettoient leurs quartiers et les écuries en vue d'une éventuelle inspection du duc. Tout devait être impeccable, et il insista bien sur ce point.

Il annonça encore qu'il allait le rejoindre avec une petite troupe pour l'escorter jusqu'au domaine et qu'il escomptait voir une haie d'honneur à leur arrivée.

Enfin, ils évoquèrent le bal organisé pour son retour. Cette perspective ne réjouissait guère Henri, mais tous les officiers y étaient conviés et il ne pouvait s'y soustraire. Le lieutenant, de faction ce soir-là, déplora de ne point en être cependant.

— Plaignez-vous donc ! s'exclama Henri, je vous donnerais volontiers ma place. Ce genre de mondanités m'ennuie au plus haut point ! Sachez toutefois que je resterai en alerte et qu'il ne faudra pas hésiter à me solliciter si vous avez le moindre problème.

— Bien, mon commandant !

— Vous pouvez disposer, lieutenant.

Son interlocuteur salua et, une fois qu'il fut parti, Henri balaya du regard la lettre décachetée sur son bureau avant de la chiffonner de rage et de la jeter dans l'âtre. Il souffrait de ne pas connaître ses origines et de ne pas savoir, au fond, de quel bois il était fait, si ce n'était celui façonné par son seul courage et son mérite.

Il avisa alors les notes sur Marie et les relut, cherchant en vain une réponse à la question qui le taraudait : *Mais qu'a donc de si spécial cette jeune fille pour me faire cet effet-là ?* Incapable d'élucider ce mystère, il replia la feuille, sourit et la plaça dans sa poche intérieure, tout contre son cœur. Lequel palpita un peu plus vite.

Chapitre 3

Recettes et Secrets de femmes

Alchimie amoureuse :
Ajoutez une pincée d'épices pour donner du piquant

— Ce sont vraiment là de mauvaises nouvelles ! constata Henri contrarié, suite aux révélations de l'émissaire royal dépêché au château. Le duc devrait rentrer d'ici trois ou quatre jours, ne pouvez-vous l'attendre ou revenir pour lui en faire part personnellement ? Il voudra sans doute connaître tous les détails.

— Hélas, mon temps est compté ! répondit l'officiel. Je dois encore avertir beaucoup de monde…

— Je comprends. Ne vous inquiétez pas, je ferai ce qu'il faut pour protéger le domaine de la Fronde, dussé-je mettre ma vie en péril.

— Je n'en espérais pas moins de vous, commandant. Je compte également sur votre discrétion pour ne pas alerter la population plus que nécessaire. Il convient de se préparer au pire, sans céder à la panique toutefois !

— Cela va de soi ! Il ne serait pas bon d'interrompre

les cultures dans les champs ni les activités à la ferme des Tours Grises de Mandres, ou encore celles de nos vignerons. Il faut bien se nourrir ! En revanche, il serait judicieux de faire des réserves…

L'émissaire approuva. Les deux hommes se saluèrent, et le visiteur enfourcha la monture qui l'attendait avant de quitter la cour du château à vive allure.

Henri resta un moment à le regarder s'éloigner, perdu dans ses réflexions. Il songea à ce jeune roi nommé Louis le quatorzième, âgé d'à peine douze ans et à qui la responsabilité de régner avait échu. Il n'avait que cinq ans lorsqu'au décès de son père Louis XIII il avait dû monter sur le trône. Cinq ans, un âge où l'on joue encore avec ses petits soldats et non avec de vrais !

L'enfant issu de la dynastie des Bourbons n'étant pas en mesure de gouverner, ce fut sa mère Anne d'Autriche qui assura la régence aux côtés de son principal conseiller, le cardinal Mazarin. Ce dernier mena toutefois une politique fiscale peu populaire. Le pouvoir royal s'en trouva affaibli, et des troubles jaillirent à l'encontre de l'absolutisme monarchique. Lors d'une nuit terrifiante, le jeune souverain et sa cour durent s'enfuir pour échapper au pire, et ce alors même que la France était en guerre contre l'Espagne et la maison de Habsbourg. Nul doute que Louis XIV devrait nourrir longtemps du ressentiment à l'égard de la noblesse de robe et des Grands du royaume qui, voulant accroître leurs richesses et leurs privilèges, avaient plongé le pays dans une guerre civile : la Fronde. Celle-ci avait connu un nouveau développement avec la Fronde des princes provoquée par l'emprisonnement du prince de Condé et ses proches, attisant la révolte de leurs alliés et des provinces qu'ils gouvernaient. Depuis le mois de février de cette année 1650, en raison de cette révolte princière, Louis XIV, sa mère la régente et Mazarin se trouvaient contraints de se déplacer à travers la France, au fil des victoires de l'armée royale.

Combien de temps faudrait-il avant que Mandres n'eût à souffrir de ces guerres ?

Henri se sentait impuissant à agir, et d'autant plus en l'absence du duc d'Angoulême. Il serait volontiers monté au front pour mettre son bras au service du jeune roi Louis XIV et assurer sa garde comme lorsqu'il était mousquetaire, mais il devait attendre le retour du seigneur du château pour recueillir ses ordres et le protéger ainsi que ses gens.

D'une manière générale, en l'absence du maître des lieux, l'inaction pesait sur ses troupes, tout comme sur Henri lui-même. Ne disait-on pas que l'ennui était l'ennemi du soldat ? Il n'avait que trente ans, avait déjà beaucoup combattu, mais il se sentait prêt à verser son sang pour une noble cause, plutôt que de rester sagement à attendre que les problèmes comme ceux inhérents à la Fronde lui tombent dessus. Il faudrait toutefois qu'il renonce à servir le duc pour cela. Or, il l'appréciait beaucoup. Mais il s'en voulut aussitôt, car l'homme était vieillissant et cet engagement auprès de lui était improductif.

Que ces sortes d'attachement sont vains ! pesta-t-il contre lui-même, tout en retournant vers le château.

Des éclats de voix féminines lui parvinrent alors. Par réflexe, il s'écarta de côté pour n'être point vu. Il faut dire que la comtesse venait en sa direction, accompagnée de sa dame de compagnie, la charmante et non moins énigmatique Marie Marsac. Aux aguets, il dressa aussitôt l'oreille pour écouter leur conversation.

— Je suis vraiment confuse de solliciter cette faveur auprès de vous, madame la comtesse. Je veux bien renoncer à ma propre invitation pour cela, ainsi qu'à mes gages le mois prochain…

— Allons allons ! s'exclama sa protectrice d'une voix forte, vous m'obligeriez ! Je vous dois bien cela après tout ce que vous faites pour nous ! La chose est entendue. J'en instruirai le duc et ferai tout ce qui est en mon pouvoir pour que votre sœur participe à ce bal.

Henri arqua un sourcil. Ainsi donc, la sœur de la demoiselle serait également présente ! L'occasion de vérifier si ses charmes surpassaient ceux de son aînée. Il sourit, avant de réaliser qu'elle était aussi plus jeune, ce qui ne lui plaisait guère au fond. Il apprécierait que sa compagne ait de la conversation. Il détestait s'ennuyer et c'est sans doute pourquoi il n'avait jamais trouvé une femme assez bien pour lui, toutes empêtrées dans leurs préoccupations domestiques qu'elles étaient.

— Il ne peut rien me refuser de toute façon ! ajouta la comtesse d'une voix chaude, pour assurer sa dame de compagnie de sa réussite.

— Croyez bien encore que je m'en veux de solliciter une telle faveur, et je conçois tout ce qu'elle peut avoir d'impolitesse…

Dans ses excuses, Henri perçut de la colère. Se pourrait-il que Marie soit contrainte de soumettre cette demande ?

— Ma jeune sœur s'estime prête à présent à faire son entrée dans le monde, c'est pourquoi elle me presse. Quant à mon père, il verrait d'un bon œil que nous y allions toutes les deux, tenta-t-elle de se justifier. L'occasion pour l'une de veiller sur l'autre…

— Ou de la surveiller ! Je reconnais bien là la volonté d'un père soucieux de préserver ses deux filles ! ironisa la comtesse. N'ayez crainte, vous dis-je, et considérez la chose comme acquise. Pour en revenir à présent à notre précédente conversation, avez-vous pu préparer la mixture que nous avions évoquée ?

— Oui, comtesse. Et je dois même confesser que je l'ai quelque peu améliorée !

— Oh ! mais vous m'intriguez ! s'enthousiasma sa protectrice en la prenant par le bras.

Les deux femmes disparurent alors dans l'aile du château où se trouvait le laboratoire. Henri fronça les sourcils, suspicieux.

À quelle sorte de mixture faisait-elle allusion ? Moi aussi, cela m'intéresse !

Il lui revint en mémoire les paroles de son lieutenant, concernant le fait que Marie passait beaucoup de temps dans cette pièce. Ce n'était pourtant pas le lieu idéal pour faire de la cuisine. Alors en quoi cette préparation pouvait bien consister ? Et dans quelle mesure la demoiselle pouvait-elle être capable de « l'améliorer » ? Décidément, cette Marie semblait avoir de la ressource. Il hésita : devait-il demander à son lieutenant de pousser plus avant son enquête sur la jeune femme ? La proposition était tentante. Mais il se ravisa aussitôt en songeant qu'il empiétait beaucoup sur son intimité. Qu'adviendrait-il si elle venait à l'apprendre ?

Secouant la tête, il réalisa qu'elle avait en tout cas le don de le perturber et de lui faire oublier ses principaux devoirs, car sa priorité pour le moment était tout autre. Il devait renforcer au plus vite la garde autour du château. S'il voulait préserver la paix, il devait préparer la guerre !

Lorsque le carrosse déposa Marie chez elle, la nuit était déjà bien entamée. Le claquement des sabots sur les pavés fit cependant accourir Catherine.

— Alors, l'as-tu ? demanda-t-elle à son aînée à peine la portière de la voiture ouverte.

La passe d'armes entre les deux sœurs ne faisait que commencer. Et, bien que fatiguée, Marie retrouva aussitôt toute sa verve.

— Rends-moi donc mon carnet, et je te le dirai !

— N'y compte même pas ! répondit la blonde en croisant les bras.

— Mais j'en ai besoin, j'ai des choses à consigner ! Et cela ne peut attendre.

— Et moi j'ai attendu toute la soirée ton retour pour savoir si je participerais à ce bal ou non ! Alors…

— Fort bien, je ne suis pas d'humeur de toute façon à te combattre. Sache que la comtesse de Guiche m'a fait la promesse d'intervenir auprès du duc d'Angoulême. Selon elle, la chose semble acquise.

— Oh ! ma chère sœur ! Comme je suis heureuse, s'exclama Catherine en saisissant ses mains pour la faire tourner.

— Mais tu ne le mérites pas ! reprit Marie, sentant la tête lui tourner. Et puis tu aurais pu tout aussi bien me le demander gentiment, j'aurais fait le nécessaire.

— Toi ? Mais tu es bien trop respectueuse des règles pour oser les transgresser. Jamais tu n'aurais pu plaider ma cause auprès de la comtesse !

— Eh bien, détrompe-toi ! répondit Marie en songeant qu'elle avait au contraire tendance à largement outrepasser la loi ces derniers temps, pour le bien de l'humanité il s'entend. À présent, rends-moi mon carnet !

— Le voici !

Catherine lui tendit le précieux objet, que Marie s'empressa de fourrer dans sa besace.

— Il faut quand même que je te dise que j'ai conservé une des feuilles volantes qui s'y trouvait, reprit Catherine, piquante. Histoire de m'assurer que tu respecteras bien les termes de notre contrat.

— Ou pour continuer à me faire chanter, sans doute ! rétorqua Marie, fine mouche. Et que contenait cette page ?

— Je l'ignore… C'était un document griffonné avec plein de formules et de lettres sans aucun sens.

— Ma table des éléments chimiques… Tu exagères !

Marie garda cependant pour elle qu'elle les connaissait par cœur à présent.

— Ah, c'est donnant donnant ! répliqua sa sœur.

Marie manifesta son envie d'entrer dans la maison, mais Catherine la maintint encore dans la clarté lunaire.

— Attends, il faut que je te dise : notre père n'est pas seul…

— Comment cela ? s'enquit Marie, inquiète.

— Ton prétendant, Guillaume Brisset, est là également !

— Quoi ? s'écria Marie, offusquée. Oh ! non ce n'est vraiment pas le moment ! Notre père est-il donc si acharné qu'il le fasse venir aussi vite en notre logis ?

— À vrai dire, j'en suis un peu la cause…, avoua Catherine en baissant les yeux.

En l'observant davantage, Marie remarqua que la jeune femme avait en effet revêtu sa plus belle robe ; son teint était blanc et ses joues poudrées comme c'en était la mode à présent.

— Fort bien ! Je te laisse t'en occuper alors et je monte me coucher !

— C'est impossible ! Père te réclame. En fait, c'est moi qui ai insisté pour qu'il vienne…, admit Catherine en rougissant légèrement. J'ai dit que tu te languissais de le rencontrer et que tu ne saurais souffrir de différer cet heureux entretien plus longtemps.

Marie se mit aussitôt en colère.

— Mais pourquoi ? Es-tu si pressée de te débarrasser de moi ?

— Mais non, idiote, réfléchis ! Si notre père en arrivait à convenir d'une date de dîner qui tombe le soir du bal, nous devrions toutes deux renoncer à notre projet. Or, je ne veux pas courir ce risque !

— Ah, je vois ! Cela m'étonnait aussi ! s'exclama Marie en soupirant. Bon, allons voir ce garçon ! En me découvrant ainsi, fatiguée et non apprêtée, peut-être déclinera-t-il de lui-même les doux vœux de notre père !

— Tu verras, il est plutôt bel homme ! Enfin, il me plaît bien à moi.

— Et pourquoi ne l'épouses-tu pas ? Nous serons bien aises toutes les deux !

— Non point ! Je veux d'abord observer les beaux officiers au bal et ensuite je ferai mon choix !

Marie secoua la tête et entra dans la maison.

Guillaume Brisset était en effet bien de sa personne. De physionomie agréable, il était blond aux cheveux frisés, à l'aube de la trentaine. Il souriait beaucoup et sans raison, et se montrait volontiers empressé et galant du moins dans les échanges de civilités suite à son arrivée. Toutefois, son discours et sa manière de s'enquérir du bien-être de M. Marsac et de ses filles, de commenter l'emplacement de la maison et sa bonne situation se révéla rapidement d'un ennui mortel.

— Ah, enfin, te voilà, ma fille ! s'exclama le bon père de famille. Avise un peu qui nous fait le plaisir de nous visiter ? M. Brisset !

— Oh ! quelle surprise ! mentit Marie, en échangeant un regard complice avec Catherine.

Laquelle clignait un peu trop des paupières, comme on use d'un éventail à la chaude saison. Marie nota que le jeune homme lui jeta à peine un coup d'œil avant de loucher du côté de sa jeune sœur. Elle lui avait visiblement fait forte impression. Il faut dire qu'elle déployait volontiers des trésors d'ingénuité pour tester la puissance de ses charmes sur leur invité.

— Je t'ai d'ailleurs parlé de lui…, insista le vieux Marsac en lui faisant un clin d'œil, comme pour l'inciter à se montrer davantage enthousiaste.

— Ah, oui, peut-être ! répondit mollement Marie, afin de bien signifier qu'elle n'était nullement intéressée.

L'accueil glacial que lui réserva Marie lui fit pincer les lèvres, et Brisset reporta aussitôt son attention sur Catherine, qui minaudait à présent en roulant des épaules.

— Il se trouve que j'ai rédigé le testament de feu son père. C'est ainsi que nous avons fait connaissance dans ce triste événement…

— D'ailleurs à ce sujet, monsieur Marsac, pourrions-nous rediscuter de quelques menus détails ?

Le notaire parut surpris, comme si ses compétences étaient remises en cause.

— Eh bien, qu'y a-t-il ? N'ai-je point bien consigné tout le bien de votre père ?

— Si fait. Mais... un peu trop bien, justement ! confessa son interlocuteur, ennuyé. Cela pourrait exciter quelques convoitises familiales et m'en déposséder d'autant.

— Je vois..., convint Vincent Marsac en observant d'un œil troublé son potentiel futur gendre. Vous aimeriez que je le remanie en votre faveur, n'est-ce pas ?

— Disons que nous pourrions peut-être l'arranger différemment ou le raccourcir quelque peu...

Le père fronça les sourcils.

— Entendez-vous me corrompre ? lança d'un air de défi le valeureux notaire.

— Non point, monsieur Marsac ! Mais est-il bien nécessaire de faire ainsi étalage de toute cette fortune ? Je vous le dis, de vous à moi, bien sûr.

— Justine, pourriez-vous fermer la porte, je vous prie ? tonna soudain le maître des lieux, tandis que la petite souris grise, toutes oreilles dehors, opinait du chef en quittant la pièce.

— Songez que nous aurions tous deux à y gagner ! plaida encore leur invité. D'autant que mon bien, dont vous avez parfaitement connaissance, pourrait par la suite profiter à votre fille...

— Vous êtes un corrupteur, monsieur !

— Non point. Je suis négociant de métier et bientôt, je l'espère, votre futur gendre.

Brisset jeta un regard appuyé en direction de Catherine, tandis que son père s'empourpra en observant son aînée.

Au même moment, Marie se faisait la réflexion que son prétendant, d'apparence timide, n'en n'était pas moins entreprenant, motivé qu'il était par tout autre chose qu'elle-même. Manifestement, il s'agissait pour lui de faire un mariage d'intérêt. Ce constat mit définitivement fin à tout espoir qu'elle aurait pu avoir d'être séduite.

— Eh bien, nous verrons cela ! bougonna Vincent Marsac. J'ai une réputation à tenir, moi, monsieur.

— Et de bien jolies filles à entretenir... Réfléchissez, je suis certain que chacun y trouverait son compte. Pour quelques écritures, une fille bien mariée. Voilà qui n'est pas cher payé !

— Certes ! répondit le vieil homme, avant de toussoter. Bon, et si nous passions à table ? Ma chère Marie, nous avons différé le dîner en t'attendant, mais nous avons tous fort faim ! D'ailleurs où est passée Justine ? Elle n'est jamais là quand on a besoin d'elle ! tonna encore M. Marsac désireux de prouver à son hôte qu'il était le maître chez lui.

C'est alors que la porte s'ouvrit en grinçant et que la servante pointa le bout de son nez :

— Vous m'avez chassée tantôt, monsieur !

— Allons bon, vous divaguez, ma fille ! Et pourquoi aurais-je fait cela ? répliqua-t-il, embarrassé, devant leur convive. Allez plutôt prévenir la cuisinière de réchauffer les plats ! Je veux une abondance de mets pour régaler notre invité.

En fait de délices, il leur fut servi une viande trop dure à force d'avoir attendu et une potée de légumes trop cuits eux aussi, qui se démêlaient presque dans l'assiette.

Marie ne put s'empêcher de sourire en espérant que tout cela achèverait de rebuter leur invité.

Pour compenser ce désastre, leur père ouvrit une bonne bouteille de vin. Lequel était trop chaud et vinaigré, songea encore l'aînée qui y trempa à peine ses lèvres. Mais leur invité, une fois de plus, fit bonne figure en buvant abondamment et en reprenant de leur pitance, le tout en donnant l'impression de se régaler. Peut-être était-ce par politesse ? Ou par intérêt ? Ou les deux ?

Soudain, les sens sans doute échauffés par l'alcool, leur invité s'enhardit à poser une question.

— Alors, mademoiselle, qu'attendez-vous exactement du mariage ?

— Pour moi, je considère qu'il s'agit de l'union de deux cœurs fortement épris l'un de l'autre ! répliqua aussitôt Catherine, trop heureuse de prendre part à la conversation. Et l'union de leurs corps également, cela va sans dire ! ajouta-t-elle en rosissant de plaisir. Avec aussi de nombreux enfants pour sceller cette union…

— Il suffit ! l'interrompit soudain son père avec fermeté. Cette question s'adressait à ta sœur Marie, et non à toi ! Et je te saurais gré par ailleurs de ne point parler du péché de chair avec cette légèreté !

— Oh ! cela ne m'a point choqué ! intervint le jeune homme avec empressement, dont les sens émoussés par le vin l'auraient, semblait-il, au contraire volontiers conduit à discuter de volupté plus longtemps.

— Pour ma part, je ne sais pas trop, répondit Marie, gênée, mais je pense que le mariage doit être conclu entre deux âmes honnêtes l'une envers l'autre, qui s'aiment d'un amour sincère. Je vois encore l'hymen comme quelque chose de pur, et de désintéressé (Son interlocuteur se crispa quelque peu). Une alliance nouée entre deux êtres qui partagent une même vision de l'existence, ou des passions communes...

— Vous mettez trop d'esprit là-dedans, ma sœur ! pouffa Catherine. C'est ennuyeux, à force ! Que faites-vous du commerce des sens ? Car nous sommes pourvus d'un corps, et pour aimer il nous faut d'abord être attirés l'un par l'autre...

— Catherine ! protesta son père, furieux de son intervention.

— Non, laissez ! Votre fille a raison, approuva leur invité. Sans le désir, l'amour n'est rien !

Les deux jeunes gens échangèrent un regard brûlant.

— Et que faites-vous des sentiments et du partage de centres d'intérêt entre deux êtres sur un pied d'égalité ? questionna à son tour Marie.

— La belle affaire ! La place de la femme est dans son foyer, et celui de l'homme dans la société ! répliqua le prétendant en titre. De toute façon, faute d'éducation, je doute fort que ces demoiselles puissent discourir bien loin !

— Et pourquoi, je vous prie, la femme n'aurait-elle pas droit à la même éducation que celle réservée aux hommes ?

— Marie ! tempéra son père en tremblant.

— Ainsi donc, la philosophie naturelle serait dévolue à la gent masculine, tandis que notre seule préoccupation serait d'officier aux cuisines, trop heureuses de mitonner des petits plats pour notre cher mari ?

— D'où l'intérêt d'avoir du bien, pour posséder des domestiques. Ils s'affaireront en cuisine à votre place, rétorqua le prétendant en jetant un regard en biais au notaire.

— Et ainsi il ne nous restera que l'ennui ! s'offusqua Marie. La belle affaire !

— Vous pouvez toujours broder, dessiner et que sais-je encore…, surenchérit Brisset, croyant être accommodant.

— Gérer le foyer et la dépense avec économie ! ajouta le père, saisissant cette opportunité d'exprimer son point de vue.

— Voilà, par exemple ! approuva le futur gendre, de nouveau en bonne entente avec son potentiel beau-père.

— Pardonnez-moi, mais je ne conçois pas la chose ainsi ! reprit Marie. Je pense que si la femme veut étudier, c'est son choix, et son mari doit respecter sa décision et lui donner toute liberté de le faire !

— Eh bien, je ne suis pas de votre avis, répondit leur invité en tendant son verre pour qu'on le resserve. Trop d'études gâtent la beauté de la femme. Uniquement préoccupée par sa soif d'apprendre, elle en devient fanée avant que d'avoir trouvé un mari ! Et ses appâts n'attirent alors plus personne !

— C'est ce que je me tue à lui répéter ! s'exclama Catherine, ravie de confondre sa sœur.

— Sur ce point, monsieur, nous ne sommes pas d'accord ! Mais qu'importe, je respecte votre point de vue et préfère monter me coucher plutôt que de m'épuiser à tenter de vous faire entendre raison. Et ce d'autant que je suis éreintée. J'espère que vous m'excuserez. Je vous souhaite une bonne soirée !

Elle se leva promptement ; Brisset fit de même pour

la saluer, mais, trop soûl, retomba lourdement sur sa chaise.

— Marie, reviens ici ! Ce ne sont pas là des façons de se comporter avec notre invité !

Mais Marie s'était déjà esquivée, grimpant les premières marches de l'escalier en toute hâte, avant de s'immobiliser pour écouter le reste de la conversation.

— Son attitude est inexcusable et je ne peux que m'en vouloir de ne point l'avoir élevée comme il se doit ! s'emporta son père. Depuis la disparition de leur pauvre mère, il m'est difficile de veiller à la fois à ce qu'elles ne manquent de rien et à ce qu'elles reçoivent une éducation correcte.

— Oh ! à votre place je ne me ferais pas trop de soucis ! Cela lui passera quand elle réalisera que l'âge avançant, plus personne ne s'intéressera à elle, répliqua ce fourbe d'invité.

— Plût au ciel que cela n'arrive pas ! pria son père. En tout cas, comptez sur moi pour lui faire entendre raison ! Voudriez-vous une liqueur pour oublier ?... Je veux dire digérer ?

— Bien volontiers ! D'ailleurs, si nous en revenions à nos affaires ?

Marie n'entendit pas la suite car elle courut se réfugier dans sa chambre, en proie à une colère sourde. Quel triste sire que ce jeune homme ! Aucune réflexion ! À sa décharge, sans doute était-ce le fruit de son éducation. Il ne faisait hélas que se conformer à une opinion très répandue dans la gent masculine selon laquelle les femmes ne devaient pas se consacrer à l'étude, mais uniquement au bien de leur ménage, à leurs enfants et aux activités domestiques. Était-ce un mal si Marie voulait vivre de sa passion tout autant qu'un grand amour capable de la comprendre ? Était-ce trop demander ? Des larmes lui montèrent aux yeux. Elle alla s'asseoir devant sa fenêtre et contempla la voûte étoilée.

Peu à peu sa colère s'estompa, au profit du silence, des points lumineux dans le ciel témoins complices et lointains, et d'un vide immense, la quiétude et la beauté de la nuit apaisant sa colère. Marie voulait connaître l'amour, mais pas avec n'importe qui ! Et surtout pas avec ce Guillaume Brisset ou aucun autre individu de son espèce, condescendant avec les femmes et au discours aussi fade et insignifiant que sa personnalité !

L'image d'Henri de Vibrac lui revint alors en mémoire. L'homme possédait un charisme bien supérieur à celui de Brisset, et un charme auquel elle n'avait pas été insensible, loin de là. Marie se fit la réflexion qu'il était fou de constater à quel point des yeux sombres et veloutés dans un visage harmonieux possédaient une telle emprise sur les sens, en tout cas les siens. Si seulement cet homme s'était montré courtois et obligeant avec elle. Au lieu de se montrer inflexible et de camper sur ses positions comme il l'avait fait, en prenant le parti de ses soldats. Du moins jusqu'à ce que l'autorité de la comtesse ne le contraigne à laisser ces malheureux tranquilles. Son rôle de militaire était de protéger les habitants du château, avait-il dit pour justifier son attitude, quand celui de Marie était de soigner les gens. Ils avaient deux conceptions bien différentes qui auraient pourtant dû s'accorder. Si encore il avait essayé de la comprendre… Existait-il seulement un homme qui soit capable de montrer un peu d'empathie avec les femmes plutôt que d'agir selon ses intérêts ? L'image du beau capitaine se fondit dans le ciel étoilé qu'elle scruta alors avec d'autant plus d'insistance.

Ô mon Dieu, faites que mon vœu soit exaucé et que je rencontre quelqu'un qui me comprenne…

Au même moment, un astre incandescent traversa le ciel couleur d'encre, laissant derrière lui une traînée lumineuse. Marie, surprise, soupira.

Chapitre 4

Recettes et Secrets de femmes

Alchimie amoureuse :
Incorporez-les dans un bal avec toute la noblesse

Le lendemain, c'est pleine d'appréhension, mais néanmoins avec courage que Marie descendit l'escalier pour se joindre au déjeuner. Son père, encore dans les vapeurs d'alcool de la veille, dont il avait largement abreuvé son futur gendre au point de devoir le faire raccompagner chez lui, l'attendait de pied ferme. Visiblement pressé de partir travailler, il portait son chapeau noir de travers, ses cheveux gris lui retombant en tous sens sur les épaules. Son long col blanc descendait sur son habit, lequel semblait lui aussi défraîchi.

— Bonjour, dit Marie en se glissant doucement à la table.

— N'avez-vous point honte d'avoir soumis votre père à pareille opprobre hier soir ? gronda l'homme, récitant par là même ce qu'il avait passé la nuit à préparer. Heureusement que M. Brisset a le gosier bien pentu, j'ose espérer qu'il ne se souviendra pas de l'affront que vous lui avez infligé !

— Quel affront ? Je n'ai fait qu'argumenter mon point de vue.

— Il suffit ! Votre sens de $1a repartie vous jouera des tours ! s'exclama-t-il en tapant du poing, réveillant par la même occasion Catherine endormie au bout de la table. Ne pouviez-vous vous en tenir à sourire ?

— Il m'avait posé une question !

— Dans ce cas, vous auriez dû répondre par une autre, et le faire parler de lui ! Les hommes adorent cela, répliqua le vieux Marsac. Un peu de bon sens, que diantre ! Comment vouliez-vous paraître agréable à ses yeux dans ces conditions ?

Marie songea justement qu'elle n'avait pas cherché à lui plaire, mais à être elle-même. Elle s'abstint cependant de discuter, par égard pour la santé déclinante de son père.

— Il va de soi que je ne puis laisser un tel comportement impuni. Vous méritez une sanction exemplaire ! Ainsi saurez-vous la prochaine fois vous conformer aux vœux de votre père.

Catherine posa la tête sur ses mains, la situation prenait un tour intéressant.

— À compter de ce jour, vous resterez à la maison et vous pouvez aussi dire adieu à ce bal au château ! De toute façon l'idée que vous puissiez vous pavaner avec d'autres individus que celui auquel je vous destinais ne me plaisait guère !

Catherine poussa un cri qui surprit son père, tandis que Marie, soulagée de tenir un bon prétexte pour échapper à cette corvée, prit un ton faussement affecté.

— Je comprends, mon père, et j'accepte cette punition.

Je n'irai point au bal si tel est votre souhait et je vais de ce pas en informer la comtesse de Guiche. Non, tout compte fait, pourriez-vous lui écrire un mot puisque je suis contrainte de demeurer au logis ? Qu'elle sache bien que cela n'était point là ma volonté.

À l'évocation de sa protectrice, le notaire sembla embarrassé.

— Ah, oui ! La comtesse…

— Mais enfin, papa, que faites-vous donc ? s'exclama Catherine, stupéfaite. Ne voyez-vous pas qu'en la privant de bal, vous la contentez ? Elle est ravie de ne pas y aller !

Marie lui lança un regard noir.

— Sans compter ce que va dire et penser la comtesse à votre sujet… Vous qui aviez déployé tant d'efforts pour faire employer Marie à son service, voilà que vous la lui retirez ! Que peut faire la comtesse à ce bal sans sa dame de compagnie ? ajouta encore Catherine en utilisant désespérément tous les arguments à sa disposition pour ne pas en être privée elle-même.

Le vieux notaire réfléchit.

— Il est vrai que la perspective du bal m'ennuyait, convint Marie, espérant par là même montrer à son père que ses sanctions ne l'atteignaient pas. Mais, si tel est votre souhait, je l'annoncerai moi-même à la comtesse.

Elle se leva pour gagner la sortie au plus vite avant qu'il ne change d'avis.

— Un instant… J'ai dit que vous ne vous en tireriez pas à si bon compte, et je m'en tiendrai à ce que j'ai dit ! se ravisa le bonhomme. Puisqu'il en est ainsi, je vous *condamne* à aller à ce bal !

— Bravo, père, voilà qui est bien dit ! applaudit Catherine.

— N'est-ce pas ? répliqua le vieil homme en se félicitant de sa fermeté.

En cet instant, Marie en voulut beaucoup à sa sœur. Elle se dirigea en toute hâte vers la porte pour laisser libre cours à sa colère. Au même moment, Justine revenait vers elle.

— Ah, mademoiselle… Votre voiture…

— Oui, je sais, merci. J'y vais !

Marie sortit en claquant la porte, mais entendit tout de même la fin de la phrase :

— … aura du retard ! Un coursier est venu nous prévenir qu'ils devaient changer une roue.

Dehors, il faisait froid et par-dessus le marché il pleuvait. Marie dut patienter un moment. Mais il était hors de question pour elle de rentrer et de subir les sermons de son père et les railleries de sa sœur. La journée commençait mal.

C'est alors qu'une fenêtre s'ouvrit à l'étage donnant sur la chambre de Catherine.

— Je me demande quelle tenue choisir pour le bal, pas toi ? C'est ennuyeux, je n'ai rien à me mettre… Je crois que je vais faire venir la couturière au plus vite ! Qu'en penses-tu ?

Marie pria pour que Catherine cesse rapidement son babillage, mais, tout comme la pluie, elle dut encore le supporter quelque temps.

— Et dire qu'il y aura tous ces officiers ! Comme j'ai hâte de les voir en habit de cérémonie. Comme ils vont être beaux ! J'en frémis déjà !

Marie sourit à ce trait typiquement féminin qui

consistait à fondre devant les hommes en uniforme. C'était d'un commun ! Mais alors lui revint en mémoire l'image d'un certain commandant dans sa tunique bleue, avec qui elle avait eu une altercation au château. Autant dire que leur première rencontre avait été pour le moins explosive ! Il l'avait en tout cas favorablement impressionnée par sa prestance et son physique avantageux. Et elle devait bien reconnaître qu'il ne l'avait pas laissée indifférente. Marie ne put s'empêcher de se demander s'il serait également présent au bal. *Simple curiosité, bien sûr…*

Quand arriva le jour du bal, les sœurs Marsac s'apprêtèrent longuement (en particulier l'une d'entre elles), puis attendirent la voiture devant les y conduire.

— Mais que font-ils ? Ce que c'est long…

— Nous devons patienter le temps qu'ils aient fini d'atteler ! Nous sommes bien en avance, la rassura Marie. Rien ne presse !

— Parle pour toi !

Le notaire s'estimant trop vieux pour ces sortes de divertissement avait confié à un valet la tâche de leur servir de chaperon, avec pour mission de les ramener saines et sauves avant minuit.

Catherine était au comble de l'excitation et babillait sans s'arrêter. Marie, que l'ennui gagnait déjà, était davantage préoccupée par la composition d'un remède qu'elle l'avait été par le choix de sa tenue.

Quelle plante pourrait bien guérir les problèmes de digestion ? Peut-être que je pourrais utiliser un peu de…

— Eh, m'entends-tu quand je te parle ? demanda

soudain sa sœur, après s'être rendu compte qu'elle dialoguait dans le vide.

— Mais oui ! répliqua Marie, ailleurs.

— Ah, et qu'en penses-tu ?

Prise au piège, l'aînée des deux sœurs se fit alors un plaisir de mettre en application le conseil donné par son père quelques jours plus tôt, à savoir renvoyer sa question à l'envoyeur.

— Et toi-même, quel est ton avis là-dessus ?

Surprise et déstabilisée, Catherine battit des cils et répondit :

— Eh bien, comme je te le disais je pense sincèrement que tu ne devrais pas négliger de faire un bon mariage ! On ne sait jamais ce que l'avenir nous réserve. D'ailleurs, que fais-tu exactement avec toutes tes formules ? Est-ce un sujet d'étude ? Un passe-temps ? Un jeu ? À quoi cela te sert-il ?

Marie, inquiète, s'assura que son père n'avait pas entendu ses paroles. Heureusement, assis sur une chaise devant une petite table, celui-ci finissait de rédiger un document important. Bientôt, il posa sa plume et saisit de la cire rouge et une bougie pour estampiller la lettre de son sceau.

Le sceau était sans nul doute son objet favori et celui qui le représentait le plus. Il figurait à la fois sur les documents de notaire qu'il produisait, mais se retrouvait aussi souvent sur ses lèvres. Scellées, comme il le disait lui-même, lorsqu'il s'agissait de garder pour lui tous les ragots qu'il avait glanés avec gourmandise.

Marie l'observa avec tendresse. Elle aurait tellement aimé qu'il soit fier d'elle… Malheureusement, il était à mille lieues de connaître la véritable nature de ses activités et de comprendre ce qui la faisait vibrer. Leurs opinions sur ce point divergeaient trop pour qu'elle lui en fasse part.

— Marie, je te parle ! Tu vois que tu ne m'écoutes pas, reprit Catherine, en tapant du pied.

Marie se tourna alors vers sa sœur et lui sourit.

— Tu es très jolie !

— C'est vrai ? répondit en rougissant sa sœur, flattée.

— J'aime beaucoup ta coiffure…

La jeune femme avait retenu ses cheveux blonds en un petit chignon, tandis que de larges boucles encadraient son visage. Elle portait une robe de taffetas moiré dans les rouges foncés. De nombreux nœuds de ruban l'agrémentaient. Le haut de sa gorge était dégagé, cependant qu'une dentelle la bordait en retombant sur la poitrine. Des fentes dans les manches bouffantes qui s'arrêtaient au-dessus du coude laissaient apparaître sa chemise blanche. Un manteau de couleur châtaigne complétait l'ensemble. Seul bémol, son visage était un peu trop fardé, mais, à sa décharge, elle s'était maquillée dans une pièce sombre éclairée à la bougie. Ce qui créait toujours la surprise chez les femmes une fois sorties à la lumière du jour !

— Tu n'es pas mal non plus, répondit Catherine, consentant pour une fois à complimenter son aînée. Tu vois que quand tu veux bien t'apprêter un peu, tu peux être agréable à regarder !

Marie avait quant à elle opté pour une robe de couleur abricot pastel dans un tissu plus léger, garnie d'une dentelle blanche qui couvrait davantage sa gorge. Un choix dicté par sa pudeur. Elle portait en outre le collier de sa mère et des boucles d'oreilles en pierres bleues assorties à ses yeux. Ses cheveux châtains avaient en revanche été arrangés par la servante de la même manière que sa sœur.

— Cela est peut-être joli, mais ce corset par trop rigide me serre à m'étouffer ! souffla Marie qui ne comprenait pas que l'on puisse endurer une telle douleur pour si peu.

— Ah, il faut souffrir pour paraître à son avantage ! Cela nécessite bien que l'on fasse quelques sacrifices. En tout cas, nous serons les plus belles du bal, à n'en point douter ! se targua Catherine sans aucune modestie, tandis que Marie songeait qu'elle aurait préféré ne pas trop se faire remarquer justement.

Hélas pour elle, sa sœur avait raison ! Leur jeunesse et leur beauté attirèrent nombre de regards tandis qu'elles avançaient sur le carrelage jaune et bleu de la grande salle de réception.

Marie n'était jamais allée dans cette partie du château. Aussi fut-elle éblouie par les hautes peintures murales représentant des scènes champêtres autour d'un moulin, de maisons ou encore d'une tour. Une divinité, Minerve[1] probablement, précédée d'un angelot sur un écusson, trônait en bonne place au centre de la pièce, surmontant une imposante cheminée.

Sous les fenêtres à croisillons, des battants étaient ouverts pour laisser entrer la clarté de cette fin de journée avant que les flambeaux ne prennent le relais.

Dans le fond de la salle, un petit orchestre jouait.

1. Ou Athéna chez les Grecs. Déesse de l'Intelligence, de la Stratégie et de la Sagesse.

Violons, luth et viole de gambe le composaient, mais pour le moment personne ne les écoutait, trop occupés qu'ils étaient à discuter les uns avec les autres. Il devait y avoir une centaine de personnes ! Marie n'en connaissait pas la moitié, la part restante étant des amis ou des relations de la comtesse. L'assistance était constituée de nobles pour la plupart et de jeunes gens issus de l'aristocratie locale, voire de la cour. Tous rivalisaient de grâce et d'élégance.

Les hommes étaient coiffés de grands chapeaux à larges bords garnis de plumes de couleur, quand ils n'étaient pas cerclés de rubans rouges. Leurs habits se composaient de culottes et hauts-de-chausses sur des souliers à boucle ou de pantalons sur des bottes, et de pourpoints dont les manches bouffantes, à l'instar de la robe de Catherine, étaient fendues pour laisser apparaître la chemise en dessous. La dentelle était de rigueur pour le col et certains ornements autorisés, mais dans une certaine mesure. Une épée portée en bandoulière complétait leur tenue, ce qui faisait que Marie avait du mal à discerner les officiers de la garde des autres convives. Peut-être les militaires se tenaient-ils plus droits que les autres ? Mais, là encore, il était difficile dans cette débauche d'élégance et de paraître de les distinguer. Tous les hommes avaient des cheveux longs ou bouclés flottant sur leurs épaules, et certains arboraient fièrement une moustache ou une barbichette.

En ce qui concernait les femmes, la mode était aux tissus épais, aux brocarts[1], aux motifs fleuris ou aux

1. Étoffe de soie rehaussée de dessins brochés d'or et d'argent.

couleurs variées, même si plutôt sombres et discrètes pour la plupart. Aussi la tenue de Marie apportait sans le vouloir une touche de clarté bienvenue qui attirait l'œil. Elle avait choisi cette couleur pour sa fraîcheur et sa douceur, à son image finalement.

— Ce qu'ils sont beaux, tous ces gentilshommes ! s'extasia Catherine de derrière son éventail à sa sœur. Je ne sais où poser mes yeux. Ne pourrais-tu me présenter à ceux que tu connais ? Tiens, celui-ci par exemple !

Elle désigna un jeune homme accoudé à la fenêtre, occupé à scruter sa jolie voisine, dont la main était tenue par l'homme plus âgé qui l'accompagnait, son époux probablement.

— Hélas, je ne le connais pas et je le crois déjà fort pris par ailleurs ! Et je ne puis les aborder de toute façon, je ne suis que la dame de compagnie de la comtesse. Je dois observer mon rang et me conformer à la hiérarchie, et je te recommande d'en faire de même !

Devant l'air déçu de Catherine, elle ajouta cependant :

— Mais peut-être pourras-tu faire connaissance avec certains grâce à la danse ?

— Excellente idée ! Mais quand commence donc le bal ? soupira Catherine. C'est un peu long toutes ces discussions, et d'un ennui !

L'impatience de sa sœur ne surprenait guère Marie, bien que pour sa part elle éprouvât un certain amusement à observer ses semblables. Elle chercha la comtesse du regard, songeant qu'il serait bon de lui présenter sa sœur, ne serait-ce que pour la remercier de l'invitation. Lorsque enfin elle l'aperçut, elle vit le maître des lieux se tenir près d'elle. Le comte de Guiche étant absent et la femme du duc indisposée[1], c'est en effet à ses côtés que le duc d'Angoulême fit son entrée.

La comtesse portait une robe de velours bleu nuit sertie sur le devant par ce qui ressemblait à des fleurs de lys brodées en fil d'or. Ses manches bouffantes laissaient apparaître une chemise striée de blanc et de doré. Enfin, sa gorge était bordée de dentelle. La comtesse, par son charme et sa grâce, s'imposait incontestablement comme la reine de la nuit.

Quant au duc, il arborait un pourpoint orange agrémenté au col et aux poignets de dentelle blanche, assorti à son pantalon qui lui descendait aux genoux, terminé par des ornements. Ses chaussures en comportaient également, sous la forme de gros pompons. Ses cheveux gris flottant sur ses épaules étaient coiffés d'un chapeau noir à l'extérieur et rouge en dessous, sur lequel étaient piquées trois plumes rousses.

Tout le monde se tut et s'écarta pour le laisser passer. L'orchestre se mit à jouer un air officiel. Le couple vint se placer au centre de la salle et, en dépit de son âge avancé, le duc ouvrit le bal. C'est ainsi qu'il fit l'honneur de la première danse à la comtesse, montrant à ses courtisans qu'il était encore vert et capable d'assurer les festivités. Le cœur de Marie s'accéléra.

Les choses sérieuses vont commencer…, se dit-elle, non sans une certaine appréhension à l'idée de devoir danser avec des inconnus.

1. Le duc a épousé en 1591 Charlotte de Montmorency, comtesse de Fleix, avec qui il a eu trois enfants, décédée en 1636, puis en 1644 Françoise de Nargonne, qui lui survivra.

Chapitre 5

Recettes et Secrets de femmes

Alchimie amoureuse :
Faites-les danser ensemble,
Allumez l'étincelle d'un coup de foudre

Sa jeune sœur fut rapidement invitée par un cavalier à qui elle avait lancé nombre de sourires enjôleurs. Marie rejoignit alors la comtesse, qui se reposait après avoir dansé.

— Oh ! mais que vous êtes jolie ! s'extasia cette dernière en la voyant, volontiers expansive et généreuse quand il s'agissait de vanter les qualités de la timide jeune femme.

— Je vous remercie. Mais que ces corsages sont inconfortables, je m'en passerais bien ! déclara Marie, ce qui fit rire la comtesse.

— C'est, hélas, notre lot à toutes… Mais il faut bien faire quelques concessions pour paraître à notre avantage. Où est donc votre sœur ?

Marie désigna la jeune fille blonde en train de virevolter aux côtés de son cavalier.

— Nous venions à votre rencontre, mais un gentilhomme empressé nous a arrêtées en chemin…

— Quelle beauté ! Décidément, vous êtes gâtées par la nature dans votre famille. Vos parents doivent être fiers et eux-mêmes dotés d'une physionomie agréable…

— Ma mère était très belle, si j'en juge par l'unique portrait d'elle jeune que possède notre père, répondit Marie, non sans une certaine tristesse.

— Cela ne m'étonne guère ! affirma la comtesse, avec compassion. Mais dites-moi, vous amusez-vous ? N'avez-vous point encore trouvé de galant pour vous inviter à danser ?

— À vrai dire, je n'y tiens pas trop pour le moment. Je… J'observe les gens. Je suis d'ailleurs ravie de voir le duc en si bonne forme.

Ce disant, elle porta son regard sur le propriétaire du château de Grosbois, Charles de Valois, duc d'Angoulême. L'homme aux yeux gris arborant une barbichette était plutôt bel homme, aimable et spirituel. C'était aussi un personnage respecté, bien que ses détracteurs lui reprochaient volontiers d'être un intrigant doublé d'un dépensier.

— C'est une force de la nature ! convint la comtesse.

— Quel âge peut-il bien avoir ? questionna Marie, songeuse.

La noble dame sembla quelque peu embarrassée et l'emmena un peu à l'écart pour répondre à ses interrogations.

— Il devrait fêter ses soixante-dix-sept printemps en avril.

Marie fut très impressionnée.

— C'est incroyable ! Je serais curieuse de connaître le secret de sa longévité. Prend-il des plantes ou quelque remède pour cela ?

La comtesse sourit :

— Je reconnais bien là vos sujets de préoccupation favoris. Possède-t-il quelque pierre philosophale capable de fabriquer l'élixir de longue vie ? Personnellement, j'en doute ! Je le crois surtout solide et habitué à faire de l'exercice, en brillant militaire qu'il fut.

— Il est certain que cela doit aider ! Quand du moins on en réchappe…

— Assurément ! répondit la comtesse en arquant les sourcils. Et, de plus, sa naissance n'est point étrangère à cet état de fait. Il est issu d'un bon terreau, puisque le fils naturel du roi Charles IX et de sa maîtresse Marie Touchet.

— En effet ! approuva Marie, admirative. Ainsi donc le roi Charles l'a reconnu ?

— Absolument ! Et il a eu le privilège de grandir à la cour où il a bénéficié des faveurs de son oncle Henri III. Il a également joui d'une bonne éducation, avant d'hériter de sa grand-mère Catherine de Médicis le comté d'Auvergne.

— A-t-il toujours été militaire ? interrogea encore Marie, curieuse d'en apprendre davantage sur le maître des lieux.

— D'aussi loin qu'il s'en souvienne ! Et comme il me l'a maintes fois raconté, c'est en accompagnant le roi son oncle au siège de Paris qu'il a été initié à la guerre ! Ses exploits par la suite ont été nombreux, à la bataille d'Arques tout d'abord, puis à celle d'Ivry, et enfin à celle de Fontaine-Française… Ah non, pardon ! Il est arrivé trop tard à celle-ci et s'en est beaucoup voulu !

— Il aurait dû au contraire se flatter d'avoir la vie sauve !

— Vous savez comment sont les hommes…, rétorqua sa protectrice, sur un ton complice.

Sur ce point toutefois Marie n'avait que peu d'expérience : en dehors de son père elle ne connaissait que peu la gent masculine. Elle n'osa cependant pas la contredire.

— Il a ensuite été entraîné dans une conspiration contre Henri IV montée par sa demi-sœur, Catherine, maîtresse du roi, poursuivit son interlocutrice en baissant la voix. Une sombre histoire qui lui a valu d'être emprisonné à la Bastille…

Marie buvait les paroles de la comtesse, décidément bien informée et rompue aux intrigues de cour.

— À la suite de cela, il a vaillamment combattu en Languedoc, en Allemagne, en Lorraine et en Flandre ! Je crois que je n'en oublie pas… Il a ensuite été le colonel général de la cavalerie légère de France, et participa aux sièges de Clairac et de Montauban. Enfin, il fut général de l'armée durant le siège de La Rochelle où il s'est comporté en héros…

— Quel brillant parcours ! Comment est-il devenu duc d'Angoulême ?

— Il a hérité du duché d'Angoulême à la mort de sa tante Diane de France. À la suite de quoi il a également reçu les titres de comte de Ponthieu et seigneur de Cognac.

— A-t-il aussi hérité du château de Grosbois ?

— Oh ! que non ! Il l'a acheté au baron Nicolas Harlay, sieur de Sancy, qui l'avait fait construire sur les terres de Grosbois, jadis un domaine royal où Jean II le Bon venait chasser.

— L'édifice était-il comme aujourd'hui lorsqu'il l'a acquis ?

— En réalité, le corps du château avait déjà été bâti par Raoul Moreau, trésorier de l'Épargne. Et c'est son gendre, le baron, qui l'a agrandi. Le duc d'Angoulême l'a acheté inachevé, à l'occasion de son remariage avec Françoise de Nargonne.

— Une toute jeune femme…, commenta Marie, songeuse.

— Cela aurait pu être vous d'ailleurs puisqu'elle n'avait que vingt-trois ans !

— Alors qu'il était lui-même septuagénaire ?

— Eh oui, ma chère ! Quand je vous disais qu'il faisait de l'exercice, ajouta-t-elle, mutine.

Marie en rougit presque.

— Vous devriez vous méfier, il aime la chair fraîche ! Et vous et votre sœur êtes deux biches appétissantes sur ce terrain de chasse, lança-t-elle encore, taquine. Cela dit vous ne seriez pas à plaindre, vous seriez assurée d'avoir une vie confortable.

— Je préférerais rester vieille fille que de m'acoquiner avec un barbon ! se récria Marie.

— Taisez-vous donc, il pourrait vous entendre ! Et puis, il s'agit du duc tout de même, votre seigneur et maître.

— Oh ! je suis tranquille ! Je doute fort qu'à son âge il ait l'ouïe aussi fine, ironisa Marie.

La comtesse ne put s'empêcher de pouffer, avant de reprendre une attitude altière et de s'éventer en regardant l'assemblée.

— Et qu'a-t-il fait ajouter au château depuis qu'il l'a acheté ? s'enquit Marie, désireuse de changer de sujet.

— Ses ajouts sont multiples ! Vous voyez ce décor mural ?

— Oui, je l'admirai tantôt !

— Eh bien, le duc a commandé de grandes compositions pour la chambre dite d'honneur, sous un plafond peint « à la française ». C'est encore lui qui a fait édifier le mur d'enceinte et les deux ailes bordant la cour du château…

— Très intéressant…

— Pardonnez-moi… Puis-je me permettre de vous inviter pour la prochaine danse ? demanda à Marie un inconnu à la voix grave.

Elle cilla plusieurs fois, surprise et troublée en reconnaissant le commandant de la garde, Henri de Vibrac. L'homme avait fière allure dans son pourpoint noir dont les barrettes dorées sur le devant évoquaient l'uniforme, une veste sur l'épaule, des bottes de cuir et une impressionnante épée, qui n'avait rien de décoratif celle-là, à son côté.

Stupéfaite, Marie fut bien incapable de refuser, et ce d'autant plus que la comtesse, étonnée par la démarche du militaire, l'y encourageait du regard.

Il lui revint toutefois que sa dernière rencontre avec lui avait été plutôt houleuse. C'est pourquoi elle se montra quelque peu tendue et sur la réserve dans un premier temps.

Henri de Vibrac lui saisit la main avec douceur mais fermeté et l'emmena vers le bord de la piste de danse, où ils attendirent la fin de celle en cours. Le contact de ses doigts chauds lui procura un certain frisson. C'était la première fois qu'un homme la tenait de la sorte, qui plus est d'une main aussi résolue. Elle se sentit comme enveloppée par sa force et ce mélange de détermination et de douceur qui lui donna envie de se laisser guider par lui. Elle nota au passage que pour un militaire au cuir tanné, sa peau était étrangement douce. Elle fut donc agréablement surprise par ce contact et elle se prit même à espérer qu'il dure longtemps. Mais une autre considération l'accapara. Heureusement qu'elle s'était entraînée à danser avec sa sœur, bien plus pour contenter Catherine cela dit, car autrement elle aurait bien été incapable de se laisser ainsi mener vers la piste !

L'homme se tenait à ses côtés, muet. Il regardait droit devant lui. Parfois, ses yeux s'aventuraient de côté pour l'observer, la traversaient, puis s'échappaient de nouveau vers une fenêtre ou le plafond. Ce qui la fit s'interroger sur le sens de sa démarche. S'il semblait aussi gêné en sa compagnie, pourquoi l'avoir invitée ? Cependant, lorsqu'il la dévisageait avec intensité, elle pouvait voir à quel point son regard était de braise, tout autant que velouté et empli de curiosité et de douceur.

Chacune de ses attentions, comme de simples politesses galantes, était d'ailleurs comme une flèche qu'il lui décochait en plein cœur, malgré elle. Elle n'oubliait pas en effet qu'il avait tenté de jeter des souffreteux dehors et qu'elle avait dû farouchement batailler pour défendre leur cause.

Oui, elle lui en voulait et était résolue à ne pas se laisser intimider, quelles que soient ses tentatives pour la charmer. Mais, curieusement, il ne faisait aucun effort en ce sens. Il se contentait de demeurer silencieux, tout en jetant de temps à autre sur l'assemblée un regard froid et distant, en particulier sur les femmes qui l'observaient pourtant avec insistance. Il faut dire qu'il avait du charisme et de la prestance. Il était grand, bien fait, élégant et fort plaisant à regarder. De fait, il lui apparut rapidement comme hautain, voire arrogant. Ce qui confirma l'impression qu'elle avait eue de lui précédemment.

Avant que la danse ne débute, il s'inclina devant elle. Cela eut pour effet de la troubler l'espace de quelques instants, mais ce n'était que politesse, s'efforça-t-elle de songer. L'orchestre termina sa sarabande et entama un menuet, une danse en vogue depuis peu. De fait, Marie n'avait pas encore complètement assimilé les pas. Elle se laissa donc guider par son cavalier, lequel bien que militaire semblait se défendre en tant qu'homme de cour.

Leurs corps évoluèrent, tantôt face à face, tantôt côte à côte, discourant, se répondant harmonieusement, tandis que tous deux demeuraient muets. C'est ainsi que leurs regards avaient tout lieu de s'exprimer, leurs corps de se découvrir et se mouvoir en parfaite entente l'un avec l'autre, de se frôler, ce qui chaque fois produisait une sensation étrange chez Marie. Elle sentait alors des frissons et une ivresse l'envahir, tout autant qu'une chaleur bienfaisante nimber tout son être. Ses tempes battaient la chamade, son souffle s'accélérait. Elle pouvait d'ailleurs entendre la respiration de son cavalier, lente, régulière, rassurante. Plus insidieux encore, une odeur musquée et virile lui parvenait dès qu'elle s'approchait de lui. Elle agissait sur elle comme le nectar sucré de la fleur sur l'abeille qui lui donnait envie de la butiner, songea Marie pour reprendre une image qu'elle ne connaissait que trop bien en botanique. Et ce ballet esquissé par leurs propres corps, initié par leur pulsion interne, et qui faisait leur chair se rencontrer échappait à son entendement. C'était un peu comme si les corps se comprenaient au-delà des mots, ou qu'ils avaient saisi qu'ils s'accordaient l'un avec l'autre, alors que tout semblait pourtant indiquer le contraire.

Ils dansaient en outre tous deux avec une exquise et surprenante légèreté, en dépit d'une certaine raideur chez Marie du fait de son inexpérience, et de l'aspect martial de son cavalier.

Avec l'ivresse de la danse, Marie ressentit plus fort encore l'attrait incroyable, presque magnétique qu'exerçait cet homme sur elle. Il possédait un charme puissant qui l'incitait à se rapprocher de lui, à sentir sa chaleur, sa force… Son cœur battait plus vite, ses tempes bourdonnaient, son ventre travaillait de manière étrange. Elle ne vit plus personne autour d'eux, ils semblaient tous deux hors du temps, comme enveloppés dans une bulle de coton. Elle sentait qu'elle perdait pied, qu'elle ne contrôlait plus rien, alors elle voulut rompre ce sortilège et ancrer ce qui était en train de se passer dans la réalité.

— Pourquoi m'avez-vous invitée ? Vous devriez me détester…, déclara-t-elle soudain, brisant cette barrière de silence entre eux.

Lequel se révélait bien trop dangereux et ensorcelant finalement pour Marie. D'où son besoin aussi de rompre ce charme puissant.

— Vous m'intriguez…, répondit-il de sa voix chaude, semblant surpris lui-même par cet état de fait. Et il est peu de femmes ici auxquelles je trouve quelque attrait.

— Elles en ont toutes pourtant après vous, si j'en juge

par leurs regards sur votre personne et ceux assassins qu'elles me lancent…

— De quelles femmes parlez-vous ? Je ne vois personne à part vous !

Marie esquissa un sourire, avant de tenter de le contenir en se mordant les lèvres. Était-ce un compliment ? Se pourrait-il qu'elle soit au centre de ses pensées ?

Non, cela ne se peut ! Il doit les ignorer, tout comme il m'a dédaignée, moi, la première fois…, essaya-t-elle de se persuader.

— Vous semblez au-dessus de tout cela, il est vrai ! se reprit-elle. Parfaitement insensible, comme à la souffrance de ces pauvres hommes l'autre jour…

Henri de Vibrac se crispa, et son visage se rembrunit.

— Je faisais mon devoir, et la sécurité passe parfois avant mes propres considérations.

— Eh bien, cela peut être blessant ! rétorqua Marie avec froideur.

— Vous m'en voulez donc encore ? interrogea-t-il avec un peu d'inquiétude dans la voix.

— Cela se peut, hasarda Marie, qui n'était cependant plus très sûre.

— Je vois… Pardonnez-moi dans ce cas d'abuser de votre temps. (Il hésita, puis déclara :) Je ne vous importunerai plus.

Ils terminèrent la danse, mais le cœur n'y était plus.

Son cavalier s'inclina de manière un peu raide devant elle.

— Serviteur, mademoiselle.

Il s'éloigna alors en fendant la foule à grandes enjambées, laissant Marie décontenancée.

Bien qu'une forte attraction se soit immiscée entre

eux, Marie trouva l'homme beaucoup trop fier et imbu de lui-même. N'aurait-il pu simplement s'excuser ou faire preuve d'un peu de compassion au lieu de faire volte-face de la sorte ? De plus toutes les femmes de l'assemblée lui tournaient autour, quand lui ne semblait voir personne. Quel individu étrange ! Marie se sentait mal à l'aise, toute remuée. Elle éprouvait tour à tour de la colère, du ressentiment et un penchant à la fois doux et bouleversant pour cet homme. Que lui arrivait-il donc ?

Une chose était certaine toutefois, il était la cause du trouble qui l'envahissait. Et cela ne se pouvait. C'était même inacceptable ! Pas lui, pas cet être autoritaire et dénué de sentiments, de compassion pour autrui. *Nous sommes on ne peut plus différents !* Et pourtant, elle ne pouvait nier ce qu'elle avait ressenti. Elle repensa à la douceur et à la chaleur de ses mains, au vertige qui l'avait saisie en tourbillonnant entre ses bras, au ballet de leurs deux corps se répondant parfaitement comme mus par une seule et même pulsation, à sa respiration apaisante et rassurante, à son odeur terriblement attirante, à ses yeux d'une profondeur mystérieuse et veloutée si fascinante…

— Mais dis-moi, espèce de cachottière, quel était donc ce très bel homme avec qui tu viens de danser ? surgit la voix de Catherine, dont les joues étaient rouges à présent.

Elle ne cessait en effet de virevolter entre les bras des courtisans, s'étourdissant dans la danse en profitant de tous les délices que pouvait lui offrir la soirée.

— Personne qui ne vaille la peine que je m'intéresse à lui ! répondit-elle d'un ton cinglant, à la plus grande déception de sa sœur.

— Tu as tort ! Il a de larges épaules, du genre de celles contre lesquelles on aurait envie de se blottir…, répliqua Catherine en ronronnant.

Marie ressentit aussitôt une pique la traverser.

— Excuse-moi.

La tête et les joues en feu, la jeune fille eut envie de fuir. Elle sortit de la salle pour se rendre dans la cour afin de respirer l'air frais et tenter de voir clair dans ses sentiments.

Chapitre 6

Recettes et Secrets de femmes

Alchimie amoureuse :
Laissez-les se consumer à la flamme de la passion

Adossé contre un mur de la cour, dans un renfoncement d'où il ne pouvait être vu, Henri méditait en regardant les étoiles. Il tentait de retrouver un pouls plus lent et le sentiment de sécurité qui l'avait quitté un peu plus tôt au contact d'une créature pourtant bien innocente.

Cette jeune femme avait un effet dévastateur sur lui. Ce n'était pas qu'il se soit senti mal en sa présence, bien au contraire ! Il s'était senti plus vivant et exalté que jamais, *vibrant* même, mais ces émotions perturbatrices venaient attaquer la forteresse intérieure qu'il avait érigée au fil du temps pour se protéger. Ces sentiments déstabilisaient son équilibre émotionnel : il perdait le contrôle et il détestait cela.

Depuis tout petit il avait appris à se forger une cuirasse pour ne pas souffrir, tout d'abord de l'absence de ses parents. Histoire aussi d'oublier qu'on l'avait probablement abandonné par honte ou par nécessité, dans le meilleur des cas. Il ne savait pas d'où il venait, de quel sang il était fait et avait eu du mal à se construire. Il s'était endurci au fil du temps, repoussant la douleur, comme la compassion ou l'empathie, ce qui était particulièrement dangereux face à un ennemi sur les champs de bataille. Ces émotions étant inadaptées lors des combats et pouvant le rendre vulnérable. Oh ! certes il avait bien connu quelques jeunes femmes ayant suscité chez lui un certain attrait, parfois assouvi dans un échange charnel, mais jamais il ne s'était réellement considéré comme amoureux. Aucune de ces filles n'avait su le retenir et aucune surtout n'avait l'impact que Marie produisait sur lui et sur ses sens.

En sa présence, il se sentait terriblement troublé, voire intimidé. Il ressentait une force en lui qui s'apparentait à un désir puissant. Elle l'attirait terriblement, et pas uniquement de par son physique agréable et sa belle figure, mais aussi de par son caractère. Elle semblait rebelle, indomptable, insaisissable, ce qui la rendait d'autant plus désirable. Elle dégageait une formidable énergie sensuelle qui le mettait sur des charbons ardents. Face à elle, il se sentait gêné, mal à l'aise et intimidé.

Il avait eu toutes les peines du monde à l'inviter à danser tandis qu'il l'observait discuter avec animation avec la comtesse. Plusieurs morceaux de musique avaient ainsi défilé, avant qu'il ne prenne la décision de passer à l'offensive et de sauter le pas. Il avait longuement tourné sa requête dans sa tête. Certes il avait appréhendé de ne pas être à la hauteur de la danse, n'étant pas un habitué des salons et autres événements mondains (bien qu'ils aient un peu répété la veille au mess des officiers), mais surtout il avait craint qu'elle ne lui oppose un refus dévastateur.

Fort heureusement Marie avait accepté, même s'il avait lu davantage de surprise dans ses yeux et de contrainte du fait de l'insistance de la comtesse que de contentement.

Ensuite, ils avaient dansé, et elle avait rayonné entre ses bras. Il avait encore davantage admiré la grâce qu'elle avait à se mouvoir, sa légèreté qui contrebalançait l'intensité qu'elle avait dans le regard. Son regard... d'un bleu immense, sombre et brillant cependant, à l'image de la voûte céleste qu'il contemplait à présent. Il s'y serait volontiers perdu, mais sa timidité l'en avait empêché.

Il s'était senti perdre de son assurance et fondre comme un bloc de glace à son contact brûlant. Leur échange pourtant avait été froid et impersonnel. On pouvait même parler d'une quasi-absence de conversation, et ce alors qu'un courant chaud passait entre eux. À chaque échange de regard, c'était une décharge qu'il recevait, sans même qu'elle ait eu à jouer de grands battements de cils, comme bon nombre de femmes faisaient pour tenter de le séduire. Il s'en voulait terriblement de n'avoir pas pu, de n'avoir pas su nourrir la discussion. Il n'en avait pas l'habitude, certes, mais ce n'était pas une excuse valable.

Et puis il y avait eu le moment où elle avait évoqué cet incident avec les malingreux. Il avait eu du mal à clarifier la raison de son attitude. S'il avait pu s'exprimer avec le cœur, elle aurait peut-être compris qu'il avait agi pour les protéger tous. Mais, au lieu de s'en expliquer convenablement, il n'avait fait que botter en touche en répondant froidement, paraissant sans doute faire preuve de mépris, d'égoïsme et d'orgueil. Ce qui s'était révélé fatal sur sa relation avec sa cavalière. Il ne savait pas parler de sentiments. Il n'avait en tout cas jamais appris à exprimer les siens.

Au fond, à force de vouloir ainsi se défendre et se protéger, ne se coupait-il pas finalement de nombreux bienfaits ? D'un autre côté, c'était aussi sa façon de fonctionner depuis toujours et cela lui avait pour le moment bien réussi. Pourquoi devrait-il en changer ? Pour les beaux yeux d'une demoiselle qu'il connaissait à peine ? C'était ridicule ! Il rit de l'absurdité de cette pensée, mais son rire sonnait faux et cela lui fit mal au ventre. Quoi qu'il en soit, il avait suffisamment pris l'air et recouvré ses esprits à présent. La morsure du froid se faisait aussi plus aiguë, à force de rester immobile. Il fallait qu'il réagisse, qu'il se ressaisisse.

Henri décida de quitter le bal, il avait suffisamment fait acte de présence et même honoré son dû en dansant avec la plus jolie demoiselle de la soirée. Il était temps de reprendre du service et de s'assurer auprès des officiers de garde ce soir que tout se passait bien. Il oublierait cette jeune fille. Tout ce qui était arrivé ou aurait pu se produire n'avait finalement jamais existé que dans son imagination. Rien de grave. Il se redressa, frotta ses manches et son habit qui avaient été au contact de la pierre et s'apprêtait à partir lorsque soudain il se figea. Marie était là, à quelques mètres de lui.

Elle ne pouvait pas le voir, heureusement. Par réflexe, il reprit sa position en retrait contre le mur et l'observa à la dérobée. Aussitôt son cœur se remit à battre plus fort et il bloqua sa respiration, de peur qu'elle ne sente sa présence.

Marie soufflait sur ses mains pour les réchauffer. Henri repensa au contact doux et chaud de ses doigts délicats entre les siens. Il eut une forte envie de les saisir et de les serrer dans les siennes. Elle fit quelques pas en cercle, s'arrêta. Elle semblait en colère ou, en tout cas, paraissait très agitée. Était-ce le fait d'avoir dansé avec lui qui la mettait dans cet état ? Ou du fait de leur conversation, ou les deux ?

Soudain, elle marcha dans sa direction et s'immobilisa presque devant lui. Il retint de nouveau sa respiration. Puis elle leva les yeux vers le ciel et se mit à le contempler intensément, comme il le faisait juste avant. De longues minutes passèrent. Il la sentit se détendre, lui-même se laissa gagner par une certaine sérénité. La présence chaleureuse de la jeune femme avait finalement le don de lui faire du bien. Il s'en voulut même d'avoir songé le contraire un instant plus tôt. Des effluves de son parfum lui parvinrent, mélange de fleurs et de fruit défendu. Il se sentait bien près d'elle, le tout sous le regard bienveillant et complice des étoiles.

Retrouvant toute sa confiance, il sortit de sa cachette et dit alors :

— Les étoiles… nous ne sommes rien face à leur immensité.

Marie sursauta et frémit en le découvrant derrière elle.

— La plupart d'entre elles sont là depuis des milliards d'années peut-être. Qu'est-ce que le destin d'un homme en comparaison ?

Elle cilla plusieurs fois et répondit dans un souffle :

— Cela est vrai…

Se sentant encouragé et inspiré, lui qui manquait tant d'éloquence un peu plus tôt, Henri poursuivit :

— Elles sont toujours là dans la nuit, stables et rassurantes, à guider les marins sur les mers déchaînées. En particulier la Grande Ourse que l'on distingue là-bas.

Il la désigna de son index pointé vers le ciel. Marie regarda celui-ci, avant de reporter son attention sur la voûte céleste.

— Elles sont particulièrement brillantes ce soir, en effet…

— Ce qui est souvent le cas quand il fait froid, reprit Henri.

Ce disant, il se rapprocha d'elle et crut la voir se raidir avant de se détendre.

— Je donnerais cher pour les observer dans leurs plus infimes détails, comme l'a fait cet astronome et mathématicien… Ah ! Son nom m'échappe.

— Galilée ? proposa Marie, comme une évidence.

— Oui, c'est cela ! Celui qui a créé la lunette astronomique.

— En réalité, il l'a perfectionnée, car la lunette d'approche était une découverte hollandaise, rectifia spontanément la jeune femme.

Henri fut soufflé qu'elle en sache autant.

— Vous êtes parfaite décidément ! s'exclama-t-il, stupéfait.

Mais Marie ne semblait pas bien saisir le sens de ses paroles.

— Pardon ?

— Je voulais dire qu'il est rare de rencontrer une demoiselle qui s'y connaisse un peu en astronomie.

— J'ai lu quelques livres sur le sujet dans la bibliothèque de mon père, tenta-t-elle de se justifier, un peu embarrassée, en jouant avec ses jolies boucles châtaines. Un peu par hasard, mais cela m'a passionnée.

Henri, admiratif, arqua les sourcils.

— Et qu'avez-vous appris sur Galilée ?

— Eh bien, il a écrit pas mal de choses sur la nature de la Voie lactée et aussi dénombré les étoiles de la constellation d'Orion…

— Que l'on peut voir là-bas, répondit Henri en désignant plusieurs points lumineux dans le ciel.

— Qu'elle est belle ce soir…, acquiesça Marie, rêveuse.

— Galilée disait encore que certains astres visibles à l'œil nu sont en fait des amas d'étoiles !

— Absolument !

Henri se sentit en communion avec Marie. Tous deux se tenaient l'un à côté de l'autre, unis par leur passion commune. Il pouvait sentir son souffle près d'elle. Le temps semblait s'être arrêté.

— Quand on songe à toutes ces histoires et mythologies nées autour de la Voie lactée dans l'Antiquité…, poursuivit Marie du même ton rêveur.

— Oui, la voûte céleste inspire autant qu'elle reste un mystère encore irrésolu ! répondit Henri de sa belle voix grave.

Marie tourna son regard incrusté d'étoiles vers lui, et il y plongea avec plaisir en lui souriant. Il crut alors voir son visage s'éclairer, et son cœur s'emballa de plus belle.

C'est alors qu'un cri perçant et quelque peu agressif résonna dans la nuit :

— Ah, enfin, te voilà ! s'écria Catherine, hors d'haleine. Je t'ai cherchée partout ! Notre chaperon n'arrête pas de me rappeler à l'ordre en disant qu'il est l'heure de s'en aller, que notre père sera furieux autrement, mais moi j'ai encore envie de danser ! Je t'en prie, va trouver cet ignoble valet pour lui faire entendre raison !

Marie se crispa, comme honteuse de l'attitude déplorable de sa sœur devant lui.

— Pardonnez-moi, je… Nous devons partir, lui dit-elle avant de s'en retourner vers le château en baissant la tête.

— Attendez… Il est tard ! Laissez-moi vous raccompagner, lança alors Henri, spontanément.

Cette proposition lui échappa presque des lèvres, mais savoir les deux jeunes femmes sur le chemin en pleine nuit fit aussitôt ressortir son instinct de protection.

— Les routes ne sont pas sûres, ajouta-t-il encore comme pour se justifier en reprenant son ton de commandant.

Marie se retourna et le fixa de ses yeux interrogateurs.

— C'est très aimable à vous, monsieur. Mais je ne puis ainsi abuser de votre générosité.

— J'insiste, laissez-moi vous accompagner ! Le temps de mander deux hommes et je vous rejoins près de votre carrosse.

Sa décision était prise, et tout en remettant ses gants il s'éloigna d'un pas vif vers le baraquement des officiers, tandis qu'il laissait derrière lui une Marie décontenancée et sans voix. Il sourit alors en songeant que ce n'était pas toujours aux mêmes d'être troublés finalement !

Marie et sa sœur roulaient vers leur maison. La jeune femme était ravie que Catherine soit en face d'elle dans le carrosse, car ainsi son regard ne pouvait rencontrer celui du beau commandant qui les escortait avec deux autres militaires. Compte tenu des circonstances, le domestique qui leur servait de chaperon ce soir avait tout loisir de dormir sur ses deux oreilles. Il ne s'en privait d'ailleurs pas, ronflant fort à côté de Catherine. Ce qui n'était pas sans incommoder la jeune femme, qui lui donnait régulièrement des coups d'épaule pour interrompre sa litanie.

— Quand même, c'est drôlement gentil de sa part au commandant de nous raccompagner. Tu dois lui avoir fait de l'effet !

— Détrompe-toi ! Je suis certaine qu'il s'agit là d'un ordre de la comtesse pour assurer notre protection, mentit Marie, gênée.

En réalité, elle aurait aimé s'en convaincre. Comment admettre autrement que l'homme avec qui elle avait dansé et qui s'était comporté de manière si distante avec elle puisse avoir un quelconque intérêt à vouloir à présent la protéger ?

En jetant un œil par la portière, elle pouvait le voir chevaucher à leurs côtés sur son étalon noir au poil lustré. Il avait fière allure, elle n'en disconvenait pas, même s'il arborait toujours ce regard froid, implacable. Il lui aurait été aisé de converser avec elles, mais il n'en fit rien. Cette escorte semblait presque l'ennuyer au fond, alors pourquoi avait-il tant insisté pour les raccompagner ? Cet homme était décidément pétri de contradictions !

Marie, cependant, ne put s'empêcher de repenser à leur conversation sous les étoiles. Il avait montré une tout autre facette de sa personnalité, plus ouverte, passionnée, presque rêveuse, celle d'un philosophe même. Elle avait vibré au son de sa voix grave et chaude tandis qu'il lui parlait des galaxies, et avait aimé qu'il lui serve de guide pour les désigner dans le ciel, notamment celle d'Orion.

La plus brillante de toutes, découverte en l'an 1610 par Nicolas-Claude Fabri de Peiresc, songea Marie.

Elle avait bien été tentée de le mentionner, mais elle estimait que cela aurait été trop faire étalage de sa science. Tout comme elle aurait pu argumenter davantage sur les connaissances en physique de Galilée, mais aurait-il apprécié cette conversation sans se poser de questions sur l'origine et la pertinence de ce savoir ? En tout cas, c'était la première fois qu'elle avait ainsi pu discourir librement sur un tel sujet avec un homme et elle avait grandement goûté cet échange.

Au même moment, Henri de Vibrac tourna son visage vers elle et elle croisa son regard d'obsidienne, à la fois sombre et brûlant, empli de sollicitude. Aussitôt, son pouls s'emballa et un souffle chaud monta de son cœur vers sa gorge asséchée, avant de venir rougir sa figure. Il n'était pas si froid finalement. Et c'était plutôt agréable d'être l'objet de l'attention et de la protection de ces militaires, de ce haut gradé en particulier. Même si, de par son tempérament rebelle, Marie refusait qu'il la considère elle et sa sœur comme de petites créatures fragiles.

— Et il n'a même pas profité de la danse pour te faire la cour ? l'interrogea Catherine à voix basse, tirant Marie de ses rêveries après l'avoir bercée tout le trajet de son babillage enthousiaste.

— Nullement !

— C'est étrange…

— Il s'agit sans doute d'un homme d'honneur, hasarda Marie.

Sa sœur éclata d'un rire trop aigu à son oreille, et Marie, en dépit des grincements des essieux et des bruits de sabots sur la route de terre, craignit qu'elle n'attirât l'attention du commandant sur elles.

— Je connais trop les militaires pour savoir qu'en matière de femmes, ils ne se soucient que peu de leur honneur ! reprit Catherine. Mais c'est aussi ce qui les rend charmants, ils sont beaucoup plus audacieux que les autres… Ce sont de jeunes hommes vigoureux, propres à l'amour, de verts galants jamais à court de fredaines ni d'esprit de conquête !

— Comment peux-tu parler d'eux avec autant de légèreté ?

— Eh bien, quoi ? Nous sommes entre nous !

— Tu pourrais au moins songer à l'honneur de notre père, si tu ne te soucies guère du tien, répliqua Marie, peinée.

— Oh ! je te rassure ! Je bavarde peut-être beaucoup, mais je suis une place forte qui n'a point été prise et ne le sera pas que je ne l'ai décidé avec mon futur époux !

— Tant mieux ! s'exclama Marie, soulagée. C'est déjà ça !

— D'ailleurs je ne t'ai point raconté tous les détails sur les garçons avec qui j'ai dansé. Te plairait-il de les entendre ?

— Si tu y tiens ! céda Marie en soupirant, tout en songeant que cela les occuperait bien durant le trajet.

Et, tandis que sa jeune sœur se répandait en bavardages, son regard et son esprit s'échappèrent par la fenêtre en direction de l'étrange militaire qui les raccompagnait sur fond de ciel constellé d'étoiles.

Un peu plus tard, après que le cortège fut parvenu

à destination devant la petite maison bourgeoise des Marsac, Henri de Vibrac prit rapidement congé d'elles, non sans avoir esquissé un bref salut avant de disparaître. Il laissa ainsi Marie sur sa faim, désireuse qu'elle était de le remercier. Cette attitude lui donna encore davantage envie d'approfondir sa connaissance de cet homme étrange. Il avait piqué sa curiosité, et elle n'arrivait décidément pas à le cerner.

Au moment de se coucher, pour la première fois peut-être depuis longtemps, elle ne s'endormit pas en pensant à ses potions, mais à un certain militaire passionné d'astronomie qui lui posait beaucoup de questions. Oui, assurément, elle brûlait d'envie de pouvoir répondre à toutes ces interrogations et elle avait bien l'intention de s'y employer lors des jours suivants. Et c'est en entendant le timbre grave et chaud de sa voix lui répéter en écho : « Vous êtes parfaite décidément ! » qu'elle glissa dans le sommeil, le sourire aux lèvres.

Chapitre 7

Recettes et Secrets de femmes

Alchimie amoureuse :
Faites-les brûler de désir et tissez les liens d'une attirance incontrôlable entre eux

Le lendemain matin, Marie encore ensommeillée descendit rejoindre son père pour le déjeuner. Elle aurait aimé avoir un jour de repos, car elle s'était couchée fort tard, toute préoccupée qu'elle était par l'émoi ressenti pour son beau cavalier et elle n'avait que peu dormi. Mais la comtesse exigeait sa présence car, comme elle l'avait laissé entendre avec animation la veille lors du bal, elle avait quelque chose d'important à mettre en œuvre, et cela la concernait en tout premier lieu. C'est donc à la fois dans le flou et intriguée que Marie se préparait à aller la rejoindre.

— Puis-je savoir ce qui a valu à mes deux filles d'être escortées par des militaires hier soir ? demanda aussitôt son père, d'un air à la fois autoritaire et inquiet.

Le village est-il attaqué ? Aviez-vous fait quelque chose de répréhensible ?

— Non, père, rien de tout cela ! tenta de le rassurer Marie en souriant. Le commandant du château a simplement proposé de nous raccompagner.

— Allons donc ! Comme cela, gentiment ?

— Et pourquoi pas ? questionna Marie.

Mais elle se heurta au regard plein de suspicion de son père.

— Je serais bien allé le lui demander moi-même, mais je portais un bonnet et une chemise de nuit et cela ne faisait guère sérieux pour un homme de ma condition.

Marie cette fois éclata de rire.

— Oh ! papa ! Cela arrive à des gens très bien de dormir !

— Je vous prierai de ne point vous moquer de votre vieux père. Alors, qu'en était-il ? Ces jeunes soldats voulaient-ils prolonger la soirée en votre compagnie ?

— En compagnie de la sienne, à n'en point douter ! émit soudain Catherine, que Marie n'avait pas remarquée et qui, déjà tout habillée et apprêtée, se tenait près de la cheminée pour se réchauffer.

— Catherine ! la houspilla Marie

— Eh bien, quoi ? Qu'y a-t-il de mal à cela ? Et puis ils peuvent toujours essayer de vous faire la cour, ils se heurteront à un mur ! se gaussa sa jeune sœur.

— Il s'agit probablement d'une directive de la comtesse, père. Rien d'autre, conclut Marie avec fermeté. Ne vous faites point trop d'idées à ce sujet.

— Ah, bon ! répondit le notaire, paraissant à la fois rassuré et quelque peu déçu. Alors dites-moi, vous êtes-vous bien amusées au moins à ce bal ?

— C'est à Catherine qu'il convient de poser la question, elle a passé la soirée à danser !

— Oh ! papa ! C'était merveilleux ! s'extasia la jeune femme, en faisant de grands gestes, expansive comme à son habitude. J'ai eu un succès fou, contrairement à elle, lança-t-elle en désignant Marie du menton. Tous les gentilshommes riches et bien faits de la région se battaient pour m'inviter !

Marie haussa les sourcils devant le sens de l'exagération de sa sœur, et ce d'autant plus que la plupart du temps c'était elle qui, au moyen de ses sourires enjôleurs, les y avait incités.

— J'espère que tu ne t'es pas montrée trop délurée, ma fille ! répondit sévèrement le vieux Marsac. J'ose croire que tu n'as point fait honte à ton père et au nom que tu portes.

Marie, gênée, pinça les lèvres et détourna le regard, ce qu'il perçut aussitôt.

— Dites-moi, Marie, votre sœur s'est-elle bien comportée ?

— Elle a été… comme à son habitude, répliqua l'aînée en choisissant ses mots pour ne blesser personne.

Mais cette réserve sonnait comme un aveu, et le pauvre père s'enflamma derechef.

— J'en étais sûr ! N'aurais-tu pu faire preuve d'un peu de retenue ? s'insurgea M. Marsac en tapant sur la table. Que vont dire le duc, la comtesse, et tous mes futurs clients ?

— S'ils confondent la spontanéité avec la dépravation, je les plains ! répliqua vivement Catherine. C'est qu'ils sont aussi poussiéreux que ce vieux château !

Cela eut le mérite de faire sourire Marie. Elle songea

que l'édifice n'était pas si ancien que cela, en réalité, si elle se fiait aux dires de la comtesse.

Justine intervint sur ces entrefaites.

— La voiture de Mlle Marie est arrivée !

— Ah, très bien !

Aussitôt, la jeune femme empoigna sa besace et se dirigea vers son père pour l'embrasser, avant de rejoindre la porte où l'attendait déjà Catherine.

— Eh bien, que fais-tu là, toi ?

— Je viens avec toi ! rétorqua sa sœur, d'un ton résolu.

— Pardon ?

— Mais tu en sais la raison, voyons ! Souviens-toi, la comtesse a souhaité faire davantage ma connaissance…, lui répondit Catherine en lui adressant un clin d'œil.

Marie manqua de s'étrangler devant son toupet.

— Mais c'est hors de question ! Je vais travailler, moi.

— Ne te fais donc pas de soucis, je ne t'embêterai pas…

— De plus, la comtesse n'a jamais demandé à…

— Mais si ! la coupa Catherine. Elle a exigé que je passe un peu de temps avec elle ! Souviens-toi, tu l'as même noté dans ton carnet… Tu sais bien, celui où tu rédiges tes formules…

Marie se figea tandis que sa sœur la fixait d'un regard d'aigle. Elle comprit instantanément que sa cadette lui faisait du chantage.

Au mot « formules », le père dressa aussitôt l'oreille.

— Dans mon livre de recettes, veux-tu dire sans doute…, rectifia Marie.

— Cela se peut… à moins qu'il ne s'agisse d'autre chose, répondit l'autre, pas prête à lâcher l'affaire.

— Très bien, il est possible que tu m'accompagnes au château. Mais juste pour la journée, n'est-ce pas ?

— Oui oui…, lâcha Catherine du bout des lèvres, peu convaincue.

— Eh bien ne restez donc pas là à discuter, s'exclama leur père. Il ne faudrait pas faire attendre la comtesse ! Ah, si seulement vous pouviez entrer toutes les deux à son service, j'en serais fort aise ! Tâchez de faire bonne impression, Catherine, et transmettez-lui d'ailleurs mon plus amical souvenir. Elle saura ainsi que je vous recommande à elle.

— Je n'y manquerai pas, père ! répondit sa cadette en pouffant presque.

— Venez donc ici que je vous embrasse… Et je compte sur vous !

La jeune fille courut satisfaire sa requête sous les yeux rageurs de son aînée, et les deux sœurs grimpèrent à bord du carrosse en direction du château de Grosbois.

— C'est exceptionnel, le saisis-tu bien ? lui lança Marie, en colère une fois à l'intérieur de l'habitacle.

— Oh ! ça va ! Je ne te gênerai pas. Tu n'entendras même pas parler de moi…

— Et peut-on savoir ce que tu comptes y faire durant toute la journée ?

— Je vais retrouver Olivier et Frédéric. Tous deux m'ont conviée à voir la relève de la garde, il paraît que c'est spectaculaire ! Ensuite, j'attendrai la fin de leur service et on ira se promener.

— Oh ! mon Dieu ! s'exclama Marie, anéantie devant tant d'imprudence. Je te demanderai de te tenir bien à l'écart de ces jeunes soldats. De rester dans l'enceinte du château et de ne t'en éloigner sans aucun prétexte, entends-tu ?

— Ce que tu peux être rabat-joie ! Mais d'accord, si cela peut te fait plaisir…

— En tout cas, c'est la dernière fois que tu me fais du chantage, sommes-nous bien d'accord ?

— Tant que ça marche, pourquoi m'en priverais-je ? répondit Catherine d'un ton mutin. Tu ne m'as d'ailleurs toujours pas raconté ce que tu fabriquais exactement. Si ça se trouve, tu crées des poisons et tu conspires contre le roi ?

— Ne dis pas des bêtises !

— Alors explique-moi ce que tu fais ! Je ne le répéterai pas, promis !

Sur ce point, Marie avait de sérieux doutes. Elle haussa les épaules, regarda par la fenêtre et se perdit dans ses réflexions. *Que peut bien me vouloir la comtesse ? Et que va-t-elle m'annoncer ? Vais-je enfin et surtout revoir Henri de Vibrac ?*

Lorsqu'elles arrivèrent au château, les militaires étaient en train d'exécuter des manœuvres dans la cour.

— Oh ! regarde ! C'est la relève de la garde ! Comme ils sont beaux tous ces officiers dans leurs uniformes bleus ! s'extasia un peu trop bruyamment Catherine, au grand désagrément de sa sœur aînée.

Marie devait toutefois bien avouer que tous ces hommes avaient fière allure. Elle chercha l'un d'eux en particulier et le vit qui supervisait les opérations. Son cœur se mit à battre plus vite. Ce qu'il avait l'air sérieux ! Dans une tentative salvatrice de détourner son attention de l'effet qu'il produisait sur elle, Marie songea que, d'après ce que la comtesse lui avait dit, la relève de la garde était pourtant plus une cérémonie de parade qu'autre chose, cependant le duc y tenait beaucoup. Marie ne comprenait définitivement pas l'émoi qu'elle ressentait en présence d'Henri de Vibrac et qu'elle tentait en vain de refréner. Tout cela n'était pas rationnel et lui faisait peur. Et en même temps ce vertige était délicieux.

Jusqu'ici, elle n'avait pour ainsi dire jamais connu *l'amour,* si tant est qu'il fût question de cela. Cela lui avait même paru futile. Dans son esprit, le sentiment amoureux se confondait un peu avec l'attraction que l'on pouvait éprouver pour la beauté d'un garçon, ce dont lui parlait fréquemment Catherine. Au point de faire un certain rejet à force de ses coups de cœur aussi sensationnels qu'éphémères.

Mais à présent elle découvrait des sensations particulières, elle était tour à tour surprise, troublée, remuée, conquise… Sa pureté lui faisait vivre ces émotions avec une rare intensité, contrairement à sa jeune sœur, habituée à succomber tous les jours de la semaine aux charmes d'un nouvel individu. Marie aimait comme elle se passionnait pour la science ; de façon absolue.

Véritablement hypnotisée, elle fixait le commandant devant elle, qui dirigeait les opérations. Henri de Vibrac veillait au déplacement des soldats, lesquels exécutaient la chorégraphie militaire à la perfection. Il semblait particulièrement exigeant, comme elle s'en était doutée. Il se mouvait avec panache et œuvrait avec fermeté. Il se tenait droit, tous ses gestes étaient précis, efficaces. Le bleu lui allait bien, tout autant que le noir, et les galons ressortaient sur son habit comme autant de rappels de ses hauts faits d'armes sur les champs de bataille.

— Eh bien, je commençais à m'inquiéter, surgit la voix de la comtesse, la tirant de ses rêveries. Je ne vous voyais pas arriver…

— Pardonnez-moi, je me suis attardée en chemin. Ma jeune sœur désirait assister à la relève de la garde et j'avais à cœur de la contenter.

— Votre jeune sœur ? Je ne vois personne. Où est-elle donc ?

— Eh bien, elle est…

Marie constata que la jeune femme s'était effectivement discrètement éclipsée, tandis qu'elle-même était absorbée dans la contemplation d'Henri de Vibrac.

— Elle est peut-être déjà repartie, dut-elle admettre, confuse.

— Vous semblez tout endormie ! Je regrette de vous avoir fait lever si tôt…, s'exclama la comtesse, ennuyée.

— Non point, je… suis un peu ailleurs.

— Se pourrait-il que ce beau commandant y soit pour quelque chose ? ronronna la noble dame en désignant Henri de Vibrac.

— Pardon ? balbutia Marie en faisant mine de ne pas comprendre, tout en se sentant rougir.

— J'ai ouï dire qu'il vous avait raccompagnées hier soir, vous et votre sœur.

— En effet ! Et c'était très aimable de sa part ! répondit Marie sur un ton qu'elle espérait indifférent et détaché. Il estimait sans doute que les routes étaient dangereuses.

Cet argument ne fit cependant guère illusion.

— Ne vous inquiétez pas, je ne vous juge pas ! Il est bel homme après tout et il est tout à fait naturel que vous succombiez à son charme…

— Il n'en est rien, je vous l'assure ! trancha Marie, très embarrassée. Allons-nous-en, je vous prie. Vous deviez m'entretenir d'un sujet important…

— En effet, mais auparavant j'aimerais conclure la conversation en cours. N'y a-t-il point quelque chose que vous voudriez me demander au sujet d'Henri de Vibrac ?

Marie sentit son cœur se resserrer à l'évocation de son nom. Et, comme elle comprit que sa protectrice ne lâcherait pas l'affaire, elle finit par lui donner satisfaction.

— Très bien. Dites-moi… Quel genre d'homme est-ce ?

— À la bonne heure ! fit la comtesse, qui n'attendait que cela pour se répandre en informations sur son compte. J'avoue au passage avoir été surprise qu'il vous invite à danser hier soir. Henri de Vibrac est en effet un homme au physique avenant et à la figure agréable. Il est au demeurant charmant et doté de bonnes manières…

Marie sentit qu'au-delà de ces quelques qualités énumérées trop rapidement, les défauts n'allaient pas tarder à être évoqués. Et elle ne se trompa point.

— En revanche, il est connu pour être un solitaire, un peu arrogant, d'après les femmes qui ont tenté en vain de l'approcher, et peu liant.

— Peut-être fuit-il toute relation car il est marié à une femme qui ne vit pas ici, ou veuf… Cela se peut, supposa Marie.

— Pas à ma connaissance en tout cas ! Le commandant de la garde du duc se consacre uniquement à sa carrière militaire, où il excelle d'ailleurs. Il a même servi son roi en qualité de mousquetaire…

— Mousquetaire ?

Cela faisait rêver… Ces hommes avaient en effet la réputation d'être de preux chevaliers prêts à tout pour défendre leur souverain, au péril de leur vie.

— Absolument ! C'est donc un soldat, rompu à l'exercice militaire. Ce qui nécessite une certaine discipline, une grande force de caractère, un bras ferme et, j'en ai bien peur, peu d'émotivité. Je crois que vous en avez déjà fait les frais lors de votre première rencontre…

— En effet, approuva Marie en se remémorant leur échange houleux le jour où elles soignaient les malades au château.

— Vous ne devriez pas nourrir trop d'espoirs à son sujet. Vous pourriez être déçue, et je n'aimerais pas vous voir souffrir.

— Telle n'était pas mon intention ! répondit Marie en baissant les yeux. J'étais juste curieuse d'en apprendre davantage sur lui.

— Si vous voulez mon avis, mieux vaut l'oublier ! Il n'est pas pour vous. Quel étrange destin d'ailleurs que celui de cet homme, ajouta-t-elle, perdue dans ses pensées.

Cela eut le don de piquer encore davantage la curiosité de Marie. Que savait-elle donc qu'elle se refusait à dire ? Et que voulait-elle dire exactement par « Il n'est pas pour vous » ? Était-ce pour signifier qu'il était fermé aux sentiments ou… pour autre chose ?

— Venez, reprit la comtesse. Allons dans le laboratoire, nous y serons bien plus à notre aise pour discuter.

Elle partit devant, et Marie la suivit tout en cherchant sa friponne de sœur des yeux. Qu'allait dire son père en apprenant qu'elle l'avait laissée, livrée à elle-même en compagnie de jeunes hommes ? Il se penserait trahi, honteux et leur en voudrait terriblement à toutes les deux…

— Catherine ! soupira Marie, agacée.

C'est alors que son regard croisa celui d'Henri de Vibrac qui s'était retourné. Semblant agréablement surpris, il la dévisagea avec intensité. Sa figure parut même s'éclairer à sa vue, ses sourcils remontèrent, son front se décrispa. Elle vit de la lumière passer dans ses yeux, tandis qu'elle sentit son cœur faire un bond dans sa poitrine. Songeant à leur discussion de la veille sous les étoiles, elle ressentit une certaine complicité entre eux, comme un fil invisible qui les reliait et qu'ils étaient tous deux seuls à percevoir et à connaître.

La comtesse était de dos, Marie était donc seule dans le champ de vision d'Henri de Vibrac. Elle inspira profondément, ce qui eut le mérite de faire remonter sa poitrine dans son corsage, et elle lui sourit. Il parut conquis par ce sourire. Il esquissa aussitôt une sorte de rictus aimable et inclina la tête pour la saluer. Puis il se retourna vers ses troupes, une main derrière le dos et l'autre sur son épée. Une bouffée de chaleur avait saisi Marie.

La comtesse avait chassé les domestiques du laboratoire, de manière à pouvoir s'entretenir seule avec Marie. La jeune femme comprit que l'affaire était d'importance. Sa protectrice referma même la fenêtre à croisillons donnant sur la cour, pour éviter toute fuite de paroles. La lumière pâle de l'hiver traversant la vitre couleur miel conférait une teinte ambrée à la pièce, en harmonie avec le bois de la grosse table sur laquelle trônaient nombre d'appareils de chimie, de fioles et d'ustensiles en cuivre. Le four ne fonctionnait pas et l'endroit était assez froid, encore que la présence des domestiques avant elles l'avait quelque peu réchauffé.

— Je ne vais pas vous faire languir plus longtemps, commença la comtesse. Figurez-vous qu'en discutant hier soir avec l'une de mes amies de l'aristocratie parisienne, il m'est venu une idée.

Marie prit place sur une chaise et se tint prête à recueillir le fruit de ses pensées.

— Mon amie me vantait les mérites de la crème aux plantes pour le visage que lui avait vendue son apothicaire et qui, à l'entendre, faisait des miracles sur les rides. Elle avait, m'a-t-elle dit, rajeuni de dix ans ! Elle songeait même à changer d'époux, c'est vous dire !

Marie sourit, bien que ce genre de considération ne la touchât pas vraiment.

— Malheureusement, au bout de quelques jours cet onguent lui a donné des boutons et l'a finalement plus enlaidie que rajeunie ! poursuivit la comtesse, un peu amusée, bien que peinée pour son amie.

— Ces crèmes sont souvent fabriquées en grande quantité, et cela se fait parfois au détriment de la qualité ! répondit Marie, après réflexion.

— Absolument ! Aussi, je me suis dit que nous aurions peut-être tout intérêt à développer des *cosmétiques* avec des ingrédients naturels. Après tout, qui mieux qu'une femme peut comprendre ce qui peut convenir à une autre en matière d'esthétique ? Alors, n'est-ce pas là une riche idée ?

Marie sourit d'un air un peu contraint car au fond d'elle-même la chose ne l'enthousiasmait guère. Elle considérait en effet les cosmétiques comme quelque chose de superficiel, au service des apparences, alors que si elle avait étudié la médecine c'était pour sauver des gens, et les femmes en couches notamment.

— Alors, qu'en pensez-vous ? Vous ne dites rien.

Marie toussa pour s'éclaircir la voix.

— Avant toute chose, je suis flattée que vous ayez songé à moi pour cette mission. Votre confiance m'honore…

— Mais… ? questionna la comtesse, fine mouche. (Elle devait avoir deviné que Marie n'était pas totalement conquise par son projet.) Songez encore que si la médecine vous est interdite, ce type de chimie passera beaucoup mieux ! Il sera jugé moins durement par la société et vous pourrez peut-être même faire quelques profits.

— Sur ce point, permettez-moi d'en douter ! Les textes de loi stipulent bien que les femmes…

— Oui, je sais !… ne peuvent faire commerce de leur utilisation de la médecine, la coupa la comtesse en soufflant. J'escompte bien que cette aberration change un jour tout de même ! Alors, qu'est-ce qui vous gêne ? N'avez-vous jamais conçu de crème pour la peau ? Ou d'onguent ?

— Si, bien sûr ! Mais disons que c'est un usage de la chimie un peu dérisoire comparé aux soins que nous prodiguons aux malades…

— C'est moins noble, pensez-vous ?

Le silence de Marie parla pour elle.

— Eh bien, je saurais vous montrer, moi, que vous vous trompez ! Tout d'abord parce que les crèmes utilisées par nos consœurs sont loin d'être saines, la plupart sont en fait de véritables poisons !

Elle avait mille fois raison, et Marie ne put qu'acquiescer.

— De plus, les cosmétiques possèdent des pouvoirs insoupçonnés, notamment sur la santé…

Les yeux de la comtesse pétillaient, elle paraissait instruite d'une prescience qui échappait encore à Marie.

Tant et si bien que la jeune femme se laissa convaincre. Et puis elle devait tant à sa protectrice qu'elle n'était pas en position de lui refuser quoi que ce soit.

— Très bien ! Faisons-le ! répondit Marie en recouvrant un semblant d'enthousiasme.

Elle allait s'employer à lui donner satisfaction. Sans doute était-ce aussi une façon pour la comtesse d'étonner ses amies ? Quoi qu'il en soit, cela ne regardait pas Marie. Elle considérait qu'il s'agissait là d'un nouveau défi à relever et elle adorait cela, en particulier lorsque cela nécessitait d'utiliser la chimie. Elle allait en revanche se retrouver à travailler davantage et à effectuer de nombreuses recherches. Ce qui lui prendrait du temps, beaucoup de temps… Au risque de l'empêcher de se rapprocher d'un individu qui la troublait beaucoup…

Et, si elle s'apprêtait à faire en sorte de rendre les femmes plus désirables, le paradoxe c'est qu'elle pourrait également rebuter les hommes en pratiquant la chimie à haute intensité. Ces agissements, selon les normes sociales, n'étant pas l'apanage des femmes.

Elle devait donc plus que jamais préserver son secret. Qu'adviendrait-il en effet si un certain Henri de Vibrac, commandant de la garde du château de Grosbois, venait à l'apprendre ? Cette pensée lui serra le cœur.

Chapitre 8

Recettes et Secrets de femmes

Alchimie amoureuse :
Cultivez la patience…

Les jours passaient, et Henri devait bien admettre qu'en dépit de ses efforts il ne parvenait pas à oublier Marie. Il ne cessait de penser à elle depuis le bal. Les nombreuses sollicitations de Charles de Valois auraient dû lui occuper la tête, mais il n'en était rien. Et ce d'autant plus que le duc d'Angoulême considérait la menace de la Fronde avec circonspection, même s'il avait fait renforcer la vigilance autour du château. Henri n'avait aucun pouvoir d'action sur les événements et cela le contrariait beaucoup, mais le duc était âgé et peu enclin à partir au combat, même pour défendre le jeune roi.

Dans ce contexte d'immobilisme aux couleurs gris ardoise, Marie était son rayon de soleil. Son cœur tressaillait chaque fois qu'il l'apercevait.

Marie arrivait très tôt, à l'aube le plus souvent, et repartait de plus en plus tard, à la nuit tombée, ce qui l'inquiétait plus que de mesure. Mais il ne pouvait, hélas, lui proposer à chaque fois de l'escorter, car le duc aurait trouvé à redire, d'autant qu'elle n'était que la dame de compagnie de la comtesse de Guiche.

Marie se dévouait corps et âme à sa tâche, travaillant avec zèle, œuvrant pour le bien de ses semblables, comme lorsqu'elle assistait le médecin du château pour soigner les miséreux. À ce sujet, et si c'était à refaire, il se serait comporté différemment avec elle ce jour-là. Il aurait adopté une attitude plus souple et se serait montré à son écoute et à la hauteur de la situation.

Cette altercation avait au moins eu le mérite de lui révéler son caractère et sa détermination. Marie était sérieuse, appliquée et courageuse, des qualités qu'il tenait en très haute estime, là où nombre de femmes se montraient si frivoles. Henri ressentait de l'admiration pour la jeune femme, pour sa bravoure et son abnégation donc, mais aussi pour sa beauté ou sa grâce quand elle dansait, et plus encore pour son esprit et son intelligence. Combien de femmes de sa connaissance se passionnaient-elles pour l'astronomie ? Aucune !

Qu'il était agréable de parler avec elle, et qu'il était doux de la contempler. Marie était un être rare, précieux, et il désirait chaque jour que Dieu faisait la connaître davantage.

En la voyant rejoindre le laboratoire quotidiennement et y rester enfermée des heures durant, Henri éprouvait presque un peu de jalousie à l'égard de ce travail qui l'accaparait et ravissait sa belle à sa vue.

Bientôt ce qui était au début une simple attraction se transforma en obsession. À la fois pour la beauté de la jeune femme, dont le regard céleste dans une si jolie figure et la charmante gorge avait tant d'empire sur ses sens, mais aussi pour son intelligence vive et enfin parce qu'elle était auréolée de mystère. Sur ce dernier point, certaines questions le taraudaient. Il voulait tout savoir d'elle.

Que pouvait-elle bien faire avec la comtesse dans ce lieu ? Le four à haute température fonctionnait en permanence comme l'indiquait l'épaisse fumée qui en sortait. Un four qui avait nécessité une autorisation royale pour sa création. Quel genre de recette pouvait bien exiger qu'il en soit ainsi ?

Désireux d'avoir des réponses à ses questions, et n'y tenant plus, Henri fit en sorte de croiser le chemin de Marie, histoire d'échanger quelques mots avec elle. Il feignit de plus en plus fréquemment de patrouiller ou de traverser la cour pour apporter des messages urgents aux sentinelles postées à l'entrée du château. Hélas pour lui, Marie était le plus souvent accompagnée de la comtesse, et hormis quelques politesses et amabilités, il ne put converser davantage avec elle.

Si leurs échanges étaient brefs, il fallait reconnaître également qu'Henri se montrait très timide en sa présence, ce qui constituait peut-être le plus sérieux obstacle entre eux !

Un jour cependant le vent lui fit un cadeau inespéré en emportant le chapeau de la demoiselle, lui fournissant un prétexte idéal pour s'approcher d'elle. Il courut le rattraper et s'empressa de le lui rapporter.

— Oh ! je vous en remercie ! Il ne fallait pas vous donner cette peine…, lui dit Marie, pleine de sollicitude à son égard.

Son cœur s'emballa.

— Je vous en prie ! Que peut donc faire une demoiselle sans chapeau par un tel vent ? Il ne resterait rien de sa belle coiffure !

Les mots étaient sortis tout seuls, et il se trouva profondément idiot. D'autant qu'il appréciait justement son naturel, avec les boucles rebelles échappées de son chignon. Marie l'avait regardé de ses grands yeux bleus constellés d'étoiles avec gratitude et amusement.

Ce jour-là, Henri remarqua que Marie, habituée à ne recourir à aucun fard (son teint naturellement rosé et frais n'en nécessitait pas), avait le visage couvert d'une substance blanche et du rouge sur les lèvres. Cela la faisait ressembler quelque peu à ces dames de la haute société qui fréquentaient le salon de la comtesse. Sur le moment Henri estima que c'était gâter sa belle figure. L'instant d'après, il la trouvait plus femme et plus désirable encore. Mais il est vrai qu'il éprouvait toujours davantage d'attirance pour elle, et de curiosité. Terriblement troublé en sa présence, déstabilisé par l'ampleur de cette attirance et toujours plus avide d'en savoir davantage sur elle, il se mit à échafauder une stratégie, en militaire passionné par les échecs qu'il était. Il lui suffisait d'utiliser une autre pièce que lui-même pour se rapprocher de sa reine. Ainsi il agirait sans déroger aux convenances ni se compromettre. Et sa pièce n'était nulle autre que Catherine.

Henri avait en effet remarqué qu'elle venait de plus en plus souvent au château en sa compagnie. À peine arrivée, Catherine échappait à la vigilance de son aînée pour rôder autour de ses recrues, ce qui avait le don de les perturber, et de l'agacer. Il avait même dû intervenir pour les recadrer et les rappeler à la discipline, en profitant également pour les exhorter à se montrer corrects avec la jeune femme. S'il l'avait fait, c'était avant tout pour préserver l'honneur de Marie. Méfiant, il gardait toujours un œil sur Catherine, quand il ne déléguait pas cette tâche à l'un de ses subalternes.

Celle-ci paraissait avoir remarqué son manège, tout en s'en moquant un peu, puisqu'il ne semblait pas représenter une menace sérieuse. Henri aurait aussi pu, il est vrai, s'en plaindre à Marie, à M. Marsac ou même à la comtesse, mais Marie l'aurait alors perçu comme un censeur sévère et il se serait attiré son inimitié autant que les foudres de sa sœur. Il finit par comprendre que Catherine pouvait être un atout et travailla à s'en faire une alliée, dans le seul but de se rapprocher de sa sœur.

— Belle journée, n'est-ce pas ? lança-t-il à la jeune femme blonde occupée à caresser le cheval d'un jeune lieutenant, sous le regard concupiscent de celui-ci.

Les deux jeunes gens étaient dissimulés derrière des arcades.

— Tiens, bonjour commandant ! Oui, très belle ! C'est précisément ce que je disais à Frédéric.

Le jeune homme se décomposa en apercevant son supérieur. Il aurait dû être à son poste depuis plusieurs minutes.

— Hélas pour lui, il va falloir qu'il vous abandonne. C'est son tour de garde et le devoir l'appelle !

— Je m'y rendais justement, commandant, approuva aussitôt le retardataire en regagnant au plus vite son poste.

Catherine sembla quelque peu peinée de le voir s'éloigner.

— Le devoir, toujours le devoir ! se plaignit-elle, exaspérée.

— Le port de l'uniforme, si plaisant auprès des demoiselles, se mérite ! ironisa Henri.

Il remarqua qu'il lui était plus aisé de parler avec elle qu'avec Marie. Sans doute était-ce parce qu'il la trouvait bien terne comparée à son aînée. Mais, puisque les deux jeunes femmes avaient un lien de sang, il se montrait volontiers accommodant avec elle.

— Comment se porte votre sœur ?

— Très bien, je vous remercie, répondit Catherine en levant un sourcil, intriguée.

— Vous ne passez pas beaucoup de temps avec elle au château finalement…, commenta Henri. La compagnie de la comtesse vous déplaît-elle ?

— Non, point ! Mais je ne suis jamais conviée à leurs réunions.

— C'est bien dommage pour vous ! compatit Henri.

— De toute façon, leurs occupations m'ennuient…

— Quelles peuvent bien être ces activités pour décourager une jeune femme aussi enthousiaste que vous ? questionna Henri d'un ton faussement désinvolte.

Catherine le fixa d'un œil inquiet.

— Je… Je l'ignore en vérité. Mais il doit s'agir de travail. Et puis il fait trop chaud dans leur laboratoire ! De toute façon je n'ai pas le droit d'y entrer. Personne ne le peut d'ailleurs, à part leur garde rapprochée de domestiques. Alors tant pis ! Je m'occupe autrement.

— C'est triste cela ! Ne pourriez-vous rien faire pour que cela change ? Pourquoi ne proposeriez-vous pas à votre sœur de l'aider ?

— Elle n'a que faire de mon aide ! Et je ne possède pas sa *science*…

Henri tiqua sur ce mot.

— Que voulez-vous dire ?

Catherine se mordit la lèvre.

— Pardonnez-moi, je raconte n'importe quoi ! J'ignore tout de ses activités. Et ma sœur sur ce point m'a fait jurer le secret ! C'est pourquoi je regrette, monsieur, je ne peux vous en dire davantage.

— Je comprends et c'est tout à votre honneur !

Henri réfléchit, sa curiosité encore attisée par l'aspect *secret* de cet affairement.

— Je vais vous laisser, vous devez avoir fort à faire…, s'exclama Catherine désireuse de s'échapper.

Fine mouche, elle avait dû se rendre compte qu'il la tenait cependant.

Henri entreprit de changer de tactique.

— Un petit instant, je vous prie, jeune demoiselle, reprit-il d'un ton un peu menaçant.

— C'est que je suis pressée…

— Vous l'étiez moins il y a quelques minutes avec mon lieutenant.

Catherine voulut parler mais ne trouva pas ses mots et baissa les yeux.

— Vous n'ignorez pas que votre attitude envers les hommes de ma garde n'est guère acceptable. Et je m'en voudrais beaucoup de devoir en référer à monsieur votre père…

Il vit avec satisfaction l'affolement passer dans les yeux de Catherine.

— Oh ! je vous en prie, ne lui dites rien ! Je ne fais rien de mal, nous… faisions juste connaissance.

— Avec Frédéric, certes. Mais aussi avec Olivier, Édouard, Rodolphe…

— Je vous promets que vous n'aurez plus à vous

plaindre de moi ! Je resterai discrète désormais et n'accaparerai plus vos officiers.

Henri songea qu'il avait su habilement jouer avec sa pièce ; la jeune fille avait certainement à cœur de bien se faire voir du supérieur des militaires qu'elle fréquentait, et il ne restait plus qu'à jouer le coup suivant.

— Cela m'ennuie… (Catherine parut très mal à l'aise.) À moins bien sûr que vous n'intercédiez en ma faveur…

Le regard de Catherine se mit à briller d'une étrange lueur.

— Mais bien volontiers ! Que désirez-vous que je fasse ?

Au même moment, dans le laboratoire, Marie s'employait à broyer une plante pour l'inclure dans une préparation, lorsque la comtesse entra. Celle-ci fit aussitôt signe au petit personnel de les laisser seules. Habitués à lui obéir sans broncher sous peine d'être renvoyés, les domestiques sortirent sans demander leur reste.

— Alors, où en êtes-vous de ce fard blanc ?

— Je progresse ! Voyez vous-même, je le porte sur la peau depuis ce matin. Il ne s'est point altéré et le rendu semble plutôt correct.

— Oui, c'est même très joli ! Il a l'air fluide, homogène, de belle tenue. L'aristocratie et la bourgeoisie parisienne pourraient fort bien se l'arracher. Quelles sont ses vertus ?

Marie saisit une boîte de laquelle elle ôta un objet enveloppé de papier bleu.

— Voyez vous-même ! Voici un pain de céruse ou

blanc de plomb vendu chez un apothicaire. Et voici le fard de ma composition.

Elle lui tendit alors un flacon en verre rempli d'un liquide blanchâtre et épais.

— La texture est très agréable ! s'extasia la comtesse en prélevant de la substance pour la presser entre ses doigts. Et quelle est la différence d'assemblage entre les deux ?

— Ce pain de céruse est constitué en partie de produits métalliques comme le vif-argent, ou le sel de tartre, le camphre, le soufre, l'alun pour les principaux ingrédients. Des matières très toxiques ! On doit de plus l'appliquer en couches épaisses pour masquer les imperfections de la peau, ce qui peut aussi asphyxier les pores et provoquer des effets secondaires dévastateurs, comme des inflammations, ou des infections. Sans compter le risque de gâter les dents ou d'altérer l'épiderme en creusant finalement ces mêmes rides que l'on cherchait à dissimuler !

— C'est stupéfiant ! admit la comtesse en grimaçant. Quand on songe qu'on l'utilise depuis l'Antiquité ! Alors, qu'avez-vous fait pour l'améliorer ?

— J'avais essayé de le mélanger à de la cire ou à de la graisse pour le rendre plus fluide et diluer ses effets pervers, mais la composition restait la même avec ses conséquences néfastes. C'est pourquoi j'ai remplacé les poisons qu'il contient par des produits végétaux et des eaux de fleurs, dont j'use d'ailleurs pour la création de mon parfum.

— Une fragrance très agréable, j'en conviens ! approuva la comtesse. Je me disais aussi que vous ne sentiez pas le musc, la civette ou l'ambre gris comme c'est le cas si souvent.

— En effet ! Et c'est là ma seule concession à la beauté...

— C'est un peu votre signature finalement ! Et elle vous ressemble. J'aimerais beaucoup que vous m'en composiez un à l'occasion.

— J'en serais flattée ! Pour qu'il vous convienne, il faudrait que vous choisissiez parmi plusieurs fleurs et senteurs que je pourrais vous proposer dans mon orgue à parfums.

— Ce serait merveilleux ! Mais nous verrons cela. Pour le moment, il s'agit de se concentrer sur les cosmétiques. Et tout ceci me semble très prometteur ! N'oublions pas le rouge pour les lèvres. De quoi est-il fait celui-là ?

— Craie de Briançon et rouge carmin, récita Marie, que l'on module pour obtenir différentes tonalités, en fonction des humeurs du jour, ajouta encore la jeune femme en songeant aux usages, notamment en matière de séduction, que sa sœur en faisait.

— Sans oublier les poudres roses, talcs et autres précieuses mouches bien sûr pour être complètes sur le chapitre !

— Il n'y a rien à craindre de ce côté-là. Ce sont de petits morceaux de taffetas ou de velours. Ils n'affectent en rien notre peau. Ma sœur en est friande, elle peut s'en mettre jusqu'à plus d'une dizaine sur la figure pour cacher ses boutons !

— Mais elle brouille le langage des mouches destiné à traduire son état d'esprit et sa disposition à la séduction... Quel intérêt de juxtaposer une « effrontée » au coin de la narine avec une « passionnée » près de l'œil ? Je vous le demande !

— Elle est encore jeune, convint Marie, attendrie par la créativité parfois exubérante de Catherine. En outre sa grande passion c'est de les découper en demi-lunes ou en étoiles.

— L'esthétique est décidément une affaire toute personnelle ! Bon, je vous laisse travailler. Je suis vraiment ravie de votre progression. Je fais revenir mes domestiques pour qu'ils vous aident. Rejoignez-moi dans la bibliothèque quand vous aurez terminé, nous savourerons une tasse de thé bien méritée.

Marie eut bien envie de lui dire qu'elle n'en aurait pas le temps, mais elle n'osa point, par politesse. La comtesse devait s'ennuyer à présent que sa dame de compagnie désertait sa société ! Mais c'était pour mieux la satisfaire.

Sa protectrice lui adressa un sourire victorieux, destiné à l'encourager et, réajustant son étole émeraude sur ses épaules, disparut.

Restée seule, Marie songea que la comtesse était décidément une femme exceptionnelle et qu'elle avait beaucoup de chance d'être à son service. Ce fut alors que son visage se mit à gratter, comme si elle s'était frottée à de l'ortie. Peut-être que la plante qu'elle avait utilisée n'était pas la bonne après tout ? Il fallait qu'elle s'en assure. Elle prit un peu d'eau et s'essuya la figure avec un tissu propre. Puis elle se regarda dans la glace et constata avec horreur qu'elle avait des petits boutons rouges un peu partout, comme si elle avait contracté une maladie !

— Ce n'est pas encore gagné ! soupira-t-elle, déçue.

Elle songea alors que ce soir plus que jamais elle

sortirait à la nuit tombée. Elle ne voulait pas risquer de croiser Henri dans cet état-là, même si l'idée de ne pas le voir lui fit un pincement au cœur. Elle aurait tant aimé échanger quelques mots avec lui ! Cela faisait plusieurs jours qu'ils ne s'étaient pas adressé la parole, et il lui manquait…

Chapitre 9

Recettes et Secrets de femmes

Alchimie amoureuse :
Laissez la transmutation mystérieuse se faire au rythme des cœurs battants

Ce matin-là, Henri de Vibrac dut voir deux silhouettes féminines encapuchonnées faire une arrivée discrète au château. Le commandant aurait pu les intercepter si la comtesse elle-même ne les avait accueillies.

— Et voilà vos modèles ! dit-elle en entrant dans le laboratoire et en s'adressant avec animation à Marie.

Contrairement à elle, la jeune femme n'était pas particulièrement enthousiaste à l'idée de procéder à des essais cosmétiques et donc relevant du domaine de l'esthétique. Elle leur préférait grandement la médecine, le fait de soigner des gens lui apparaissant plus noble. Mais, lorsque l'une des visiteuses fit tomber sa capuche pour dévoiler son visage, Marie changea aussitôt d'avis. La pauvre était complètement défigurée. Habituée pourtant à recevoir des malades, Marie sentit son estomac se nouer.

— Sa maison a brûlé et c'est un miracle si elle en a réchappé ! expliqua la comtesse avec bienveillance. Hélas, cela a produit des dégâts terribles et irréversibles sur sa peau.

— Je n'arrive même plus à me regarder dans une glace, dit la malheureuse en baissant les yeux.

Marie perçut toute sa souffrance, et c'est en tremblant qu'elle saisit le pot de crème blanche qu'elle avait confectionnée.

— Nous allons faire notre possible pour remédier à cela ! répondit-elle avec douceur.

Tandis que la comtesse croisait les bras, pleine d'espoir vis-à-vis de sa protégée, Marie attrapa des morceaux d'éponge naturelle qu'elle s'était procurés, les trempa dans l'onguent et commença à l'étaler sur le visage de la jeune femme.

— Cette crème va permettre d'uniformiser votre teint en dissimulant ses imperfections.

Fort heureusement, la mixture était de bonne tenue et se répartit harmonieusement sur sa figure, remplissant ainsi l'office qu'on en escomptait. Marie attendit ensuite que la substance sèche, puis elle appliqua un peu de poudre. Au moyen d'un pinceau, elle apposa du rose sur ses pommettes, et ce jusqu'aux paupières, pour faire ressortir l'éclat de ses yeux. Enfin, elle termina par l'utilisation d'un rouge à lèvres d'une tonalité discrète et de bon goût qui pouvait passer pour assez naturelle, ce qui était tout à fait dans ce qu'elle aimait.

— Ma peau étant très fragilisée, est-ce que ces

préparations ne risquent pas de l'irriter davantage ? demanda timidement la jeune femme.

— Elles ne vous feront aucun mal, répondit Marie, sûre d'elle après être parvenue à confectionner un onguent qui la satisfasse. J'ai personnellement testé tous ces produits. J'ajoute que je suis contre l'usage du mercure et du bismuth pour leurs effets néfastes à long terme, alors même qu'ils sont très utilisés dans les cosmétiques actuels !

Les femmes présentes approuvèrent sa démarche, atterrées que les produits à usage quotidien puissent présenter un tel danger.

Après avoir appliqué une mouche galante sur la joue de sa patiente, Marie contempla son œuvre et estima qu'elle avait terminé. Elle lui tendit alors un miroir tandis que la comtesse et l'autre personne attendaient fébrilement de voir le résultat de son travail.

— Oh ! mon Dieu ! s'exclama la jeune femme en découvrant son visage dans la glace. C'est un miracle !

Ses yeux débordaient de gratitude et de larmes. Elle toucha même sa figure pour s'assurer qu'elle était bien la sienne. Elle pouvait désormais la présenter à autrui sans honte ni crainte de faire fuir.

La comtesse et l'autre femme se précipitèrent à leur tour pour regarder et s'extasièrent aussitôt sur la transformation.

— Oh ! Marie ! C'est prodigieux ce que vous venez de faire ! affirma la première, soufflée.

Une vague de fierté envahit Marie avec le sentiment du devoir accompli.

— Qu'est-ce que cela fait du bien ! Je ne sais comment vous remercier ! s'écria la visiteuse en lui saisissant les mains et en les pressant dans les siennes. Je vais pouvoir redevenir une femme, que l'on regarde et que l'on peut aimer !

Marie se sentit émue. Elle réalisa soudain l'importance du maquillage et de la possibilité de soigner l'intérieur par l'extérieur.

— Je vous donne cette crème pour votre usage personnel et quand vous n'en aurez plus, vous pourrez m'en redemander. À toutes fins utiles, je vais également vous fournir la recette pour que vous la fassiez-vous même… On ne sait jamais !

Marie avait en effet toujours à l'esprit qu'on pouvait l'empêcher de faire ses onguents si ses activités venaient à être découvertes.

Les yeux de la jeune femme s'écarquillèrent d'étonnement.

— C'est merveilleux ! Combien vous dois-je pour cela ?

— Vous ne nous devez rien ! répliqua aussitôt la comtesse, en échangeant un regard complice avec Marie.

— Vous êtes des anges descendus du ciel ! renchérit la jeune femme, débordante de gratitude à leur égard.

Marie s'en voulut d'autant d'avoir pensé qu'œuvrer sur les cosmétiques pouvait être superficiel, alors qu'ils avaient tout aussi bien fonction de soigner que n'importe quel médicament.

— À votre tour, à présent ! fit la comtesse en invitant l'autre visiteuse à prendre place sur la chaise devant Marie.

Lorsqu'elle ôta sa capuche, l'assistance put alors découvrir que la pauvre était certes moins atteinte que l'autre femme, mais qu'elle possédait toutefois une peau très abîmée, avec ce qui ressemblait à des taches de son et des cicatrices issues de boutons mal soignés, diagnostiqua Marie. Elle procédait en effet à un examen minutieux de la peau pour trouver la cause du problème afin d'apporter le remède approprié. Et si elle ne pouvait refaire ce que la nature avait défait, elle pouvait tenter de le rendre acceptable.

Elle opta cette fois pour une crème épaisse et couvrante. Elle répéta l'opération avec les éponges et l'onguent, et enduisit patiemment la figure de la visiteuse, en insistant sur les zones à problèmes. Marie estimait en effet que la peau de celle-ci était moins fragile que celle de l'autre femme et pouvait davantage résister à ses assauts. Enfin elle compléta son œuvre par de la poudre rose sur ses pommettes, un rouge plus soutenu (qui faisait merveille avec ses cheveux blond vénitien) sur ses lèvres et une mouche coquette au-dessus de ces dernières.

Lorsqu'elle lui tendit la glace, la réaction de sa patiente fut au-delà de ses attentes.

Elle se leva et la prit dans ses bras.

— Merci merci merci ! ! ! Cela fait un bien fou, s'exclama la jeune femme, surexcitée. Ce que je suis belle, grâce à vous !

Marie songea que les cosmétiques, en prenant soin des apparences, pouvaient aussi guérir l'âme et le cœur meurtri. Qu'une femme ainsi parée pouvait se trouver séduisante et reprendre confiance en elle… Le maquillage était donc bien une affaire de santé, et un baume apaisant pour le moral et l'estime de la personne.

— Vous êtes une véritable magicienne ! poursuivit sa patiente.

La comtesse fronça les sourcils, elle ne voulait pas que sa protégée puisse avoir de quelconques ennuis.

— Oh que non ! Marie possède des connaissances un peu plus poussées que nous sur les plantes, voilà tout ! commenta-t-elle d'un ton qu'elle souhaitait badin.

— La nature seule regorge des vertus magiques dont vous parlez, ajouta Marie. Je ne fais qu'utiliser les plantes à bon escient dans ces préparations. Mais vous pouvez tout aussi bien le faire vous-même. Il n'y a rien d'extravagant là-dedans !

La jeune femme la fixa d'un air incrédule.

— Ah, si vous le dites !

Marie lui tendit le pot de crème avec le précieux onguent.

— Tenez, prenez-le ! Il est à vous.

— Je vous en prie, laissez-moi vous payer pour cela, supplia la dame, visiblement de la haute société, contrairement à la première.

Marie avait d'ailleurs noté que la comtesse la lui avait présentée en second, ne faisant ainsi aucune différence entre les deux.

— Il n'en est pas question, chère amie ! Cela nous fait plaisir, répondit la comtesse, avant toutefois d'ajouter : Mais si vous insistez, nous avons toujours nos bonnes œuvres…

— Eh bien voilà, c'est parfait !

Les deux se sourirent, ayant trouvé un terrain d'entente.

Les quatre femmes restèrent encore un moment à bavarder.

Et ce sont deux créatures ravies et épanouies, les capuches abaissées et le visage offert au vent grâce à Marie, que le commandant dut voir repartir ce jour-là, se demandant probablement ce qui avait pu causer une telle transformation.

Ce soir-là, dans le carrosse qui les ramenait chez leur père, Catherine nota que Marie était d'excellente humeur.

— Eh bien, que t'est-il donc arrivé pour que tu souries ainsi à la vie ? questionna la curieuse.

— Disons que j'ai obtenu une certaine reconnaissance dans mon travail, et cela m'emplit de joie ! répondit Marie, en songeant au bonheur de ces dames qui avaient retrouvé une bonne image d'elles-mêmes.

— Je doute fort que ce soit le fait d'avoir lu un poème à la comtesse ou brodé un mouchoir qui t'ait mise dans cet état, insinua sa sœur.

Marie sourit et secoua la tête.

— Non, en effet !

— Vas-tu enfin me dire à quelles sortes d'activités tu te livres ? Je te vois chaque jour un peu plus pâle et nous partons de plus en plus tard tous les soirs.

— Une fois encore, tu n'es pas obligée de venir avec moi !

— Et demeurer auprès de notre père pour l'entendre fulminer qu'il lui restera bientôt deux vieilles filles sur les bras ? Non, merci !

Marie réalisa que son travail l'éloignait fort heureusement de ce genre de considérations et qu'au fond elle n'était peut-être pas la plus à plaindre des deux sœurs. Ce constat ajouté aux événements du jour contribuèrent sans doute à la faire changer d'attitude. Elle prit conscience qu'elle brûlait de partager ses découvertes avec Catherine. D'autant plus que sa sœur, adepte des cosmétiques, devrait adorer le récit.

— Très bien, je vais tout te dire !

— Enfin ! s'écria Catherine en avançant aussitôt sur la banquette pour mieux recueillir ses confidences.

Hélas, une pierre sur le chemin fit vaciller le carrosse et la curieuse faillit tomber, ce qui l'obligea à reprendre place au fond de la banquette où elle se cramponna.

— Je te le dis si tu me jures de ne pas le répéter à notre père, reprit Marie, mesurée.

— Tu as ma parole !

— Ni à personne d'autre…, insista encore Marie, méfiante.

Cette fois, Catherine roula des yeux, mais sa curiosité l'emporta :

— C'est bon, je te le promets ! Allez, dis-le-moi !

Marie s'éclaircit la voix, s'apprêtant à lui révéler la vérité, ou tout du moins une partie.

— Fort bien, si j'ai ta parole. Il m'arrive d'exercer des activités pharmaceutiques et botaniques. Mais par charité, uniquement ! s'empressa-t-elle d'ajouter, méfiante.

Catherine ouvrit de grands yeux ; Marie le prit dans un premier temps comme un signe de sa surprise, mais cela s'avéra être tout autre.

— Qu'est-ce que cela signifie, « pharmaceutiques » et « botaniques » ? questionna-t-elle en butant sur les deux mots.

Marie se pinça les lèvres pour ne pas rire, avant de s'appliquer avec sérieux à le lui expliquer :

— Eh bien, je conçois des potions, des crèmes et des onguents pour soigner les gens, la plupart du temps à base de plantes.

— Ah ! (Catherine cogita longuement.) Comme un apothicaire ?

— Absolument ! Sauf que nous n'avons pas recours aux mêmes produits. J'essaye en effet, autant que possible, d'utiliser des végétaux et des produits naturels qui ne soient pas dangereux.

Catherine réfléchit encore.

— Mais pourquoi ? Enfin, la comtesse doit largement avoir les moyens de se payer les services d'un apothicaire, non ?

Marie éclata de rire.

— Bien entendu ! Mais ce que je fais est différent. Je m'efforce de trouver « d'autres solutions » pour guérir des maladies ou soigner des gens…

Catherine secoua la tête, ce qui inquiéta Marie, avant qu'elle ne dise :

— Au fond, ça ne me surprend pas de toi !

— Et pourquoi donc ?

— Tu as toujours aimé observer la nature…, répondit Catherine.

Marie en fut touchée, du moins avant que sa cadette n'ajoute :

— Tu pouvais passer des heures à regarder une coccinelle sur un brin d'herbe ou des abeilles faire leur miel. Alors que je trouvais cela d'un ennui profond !

Marie pinça les lèvres.

— Je leur trouve toujours autant d'attrait, et puis cela m'est fort utile aujourd'hui.

— Allons donc ! Quelle sorte d'intérêt est-ce que cela peut te procurer ?

— Le miel possède de multiples propriétés soignantes. Et en ce qui concerne les herbes, elles recèlent aussi de nombreux bienfaits. Tiens, rien que ces derniers jours, j'ai conçu une crème pour le visage qui, entre autres vertus, n'abîme pas la peau et qui…

— Une crème pour le visage ! s'exclama Catherine,

en avançant de nouveau sur la banquette. Et tu m'avais caché cela ?

— J'avoue avoir été tentée de t'en parler, mais tes indiscrétions me font peur.

— Tu te trompes ! Je serai muette comme une carpe ! répliqua sa cadette en faisant mine de verrouiller ses lèvres à l'aide d'un cadenas invisible.

Qu'elle s'empressa aussitôt de rouvrir en disant :

— Du moins si tu travailles pour moi…

Marie fronça les sourcils.

— Comment cela ?

— Je voudrais moi aussi que tu me fasses une crème adaptée à ma peau et à mon teint. J'en ai assez de cacher mes boutons derrière des mouches. C'est vrai, je n'ai même plus d'idées pour les tailler à force !

Marie observa plus attentivement la figure de sa sœur.

— Tu as une peau grasse, ce me semble…

— Tu n'es pas obligée de m'insulter ! riposta celle-ci, offusquée.

— Non, point ! Je réfléchissais à la bonne texture à utiliser.

— Ah, dans ce cas, je te pardonne !

Marie croisa les bras.

— Mais cela me demandera beaucoup de travail…

— Et alors ? Tu adores cela ! Tiens, pendant que tu y es, pourrais-tu aussi élaborer une teinture pour les cheveux ? Je me lasse du blond et aimerais me voir en brune, ce qui ferait d'autant ressortir mes yeux. Qu'en penses-tu ?

— Une teinture ? Je peux essayer…

— Mais non ! Je te demande ce que tu penserais de moi en brune !

Marie songea qu'elle aurait sans doute mieux fait de ne rien dire à sa sœur. Si toutefois elle capitulait, ce n'était pas parce qu'elle cédait à ses caprices, mais parce que cela fournissait à sa conscience professionnelle de nouvelles pistes de travail et de recherche. Les découvertes qu'elle ferait se révéleraient certainement utiles pour trouver des solutions pratiques aux problèmes des femmes.

— Alors ? interrogea sa sœur.

— Alors quoi ?

— Serais-je belle en brune ? insista celle-ci.

— Je n'en sais rien… Oui, sans doute !

— Tout ce qui est affaire de séduction t'échappe décidément totalement, ma pauvre fille ! D'ailleurs, cela me fait penser, j'allais oublier… J'ai quelque chose pour toi ! révéla-t-elle en farfouillant dans la poche de sa jupe.

— Pour moi ? reprit Marie, surprise.

Qu'allait donc bien encore inventer sa sœur ?

— Le commandant m'a donné quelque chose pour toi. Mais où est-elle passée ?

Parmi plusieurs billets doux déjà ouverts et froissés, probablement écrits par ses prétendants au château, Catherine choisit une lettre cachetée et la lui remit.

Le cœur de Marie se serra aussitôt.

— Qu'est-ce donc que cela ?

— Ah, tu verras ! Tout ce que je peux te dire, c'est que quelles que soient tes découvertes géniales, je t'exhorte vivement à ne pas négliger le beau commandant ! ajouta-t-elle sur un ton rempli d'insinuation.

Bien que la lettre lui brûlât les doigts, Marie décida de la mettre dans sa besace et de la lire plus tard. Si elle en avait le courage…

— Eh bien, tu ne l'ouvres pas ? s'étonna sa sœur, emplie de curiosité.

— As-tu une idée de ce qu'elle contient ?

— Absolument pas. Il m'a juste chargée de te la donner…

Mais sa langue trop bien pendue ne lui permit pas de garder le secret plus longtemps.

— C'est pour que tu lui accordes un rendez-vous, je crois.

— Pardon ? manqua de s'étrangler Marie.

Un sentiment d'appréhension doublé d'excitation la saisit aussitôt.

— Alors, que dois-je lui répondre ? Acceptes-tu ?

— Il en est hors de question ! s'exclama Marie en rougissant.

— Ah, mais je crois que tu n'as pas le choix, ma vieille !

— Comment cela ? Je décide encore de ma vie à ce que je sache…

— As-tu peur à ce point de paraître moins sage aux yeux de notre père ?

— Il ne s'agit pas de cela du tout !

— Alors quoi ?

— Je n'en ai pas le temps, voilà tout !

— Eh bien, je suis certaine que tu le trouveras ! Réfléchis un peu. Je suis convaincue que notre père préférerait te voir fréquenter un homme que… mener une carrière d'apothicaire, insinua sa sœur d'un ton à la fois menaçant et triomphal

Une colère sourde envahit Marie. Elle s'en voulut aussitôt de lui avoir confié son secret.

— Tu es odieuse !

— Alors, quel jour, quel endroit ?

— Je te dirai cela après avoir lu sa lettre…, répliqua Marie pour contrer l'insistance de sa sœur.

— Mais…

— Et le sujet est clos !

Catherine haussa les épaules et tourna la tête.

Le reste du trajet se déroula dans un profond silence.

Après avoir fait sa toilette et revêtu sa chemise de nuit en linon, Marie alla s'asseoir devant son petit secrétaire, sur lequel était posée la lettre cachetée d'Henri.

Elle la contempla longuement, comme s'il s'agissait d'or pur en fusion. Un matériau ô combien précieux, mais qu'elle ne pouvait toucher sous peine de se brûler.

Elle regarda par la fenêtre et aperçut des étoiles. Lui revient alors la conversation qu'ils avaient eue lors du bal. Elle ressentit de nouveau le trouble qui l'avait habitée, le sentiment de bien-être éprouvé en sa compagnie, et l'envie d'ouvrir cette missive se fit impérieuse. Elle en décacheta délicatement le sceau pour mieux le conserver et déplia la lettre.

À l'attention de Marie Marsac,

Mademoiselle,

Pardonnez tout d'abord la liberté que je prends de m'adresser ainsi à vous. Si ce courrier vous parvient, c'est que votre sœur aura été assez aimable pour vous le remettre.

— Ah, Catherine ! Ne pouvais-tu te mêler de tes affaires ? s'emporta-t-elle.

Sa sœur n'avait en effet aucune idée du trouble qui l'envahissait chaque fois qu'elle croisait le commandant. Marie elle-même ignorait la nature de ces nouveaux et vifs sentiments, mais ce qu'elle savait en revanche, c'est qu'ils lui procuraient un certain malaise. C'était bien pourquoi elle essayait de garder ses distances avec lui depuis des jours.

Nous n'avons pas eu l'occasion de pouvoir discuter librement depuis le bal donné pour le retour de notre seigneur, le duc d'Angoulême, et je dois vous avouer que je le déplore sincèrement.

J'ai en effet fortement apprécié notre échange lors de cette soirée. Non pas qu'il fut très prolixe, mais il a eu tout au moins le mérite de me révéler vos qualités. Il m'est apparu, dès lors comme une évidence, que j'aimerais m'entretenir de nouveau avec vous.

Il est si rare de rencontrer une jeune femme qui cultive aussi bien son corps que son esprit. Et vous possédez ces vertus, mademoiselle.

À la lecture des qualités dont Henri voulait bien la parer, Marie se sentit rougir sous le double coup de l'émotion et de la pudeur. Son cœur se mit à battre un peu plus fort. Elle se demandait bien où il souhaitait en venir et replongea dans la lecture de sa lettre avec plus de curiosité encore.

La nature ne m'a pas doté des qualités d'éloquence que vous devez rencontrer dans l'entourage de la comtesse de Guiche. J'ai pour ma part du mal à exprimer ce que je ressens, en particulier lorsqu'il s'agit de m'adresser à une personne possédant des charmes aussi puissants que les vôtres.

C'est pourquoi il m'est peut-être plus aisé de vous formuler par écrit la vive admiration que je vous porte.

Ce qui m'amène à l'objet de ma lettre.

— Oui, allez donc au fait ! supplia Marie, qui se languissait de savoir où il voulait en venir. Elle trépignait en effet d'impatience sur sa chaise et dut s'y reprendre à deux fois pour lire, tant ses mains tremblaient sous le coup de l'émotion en tenant la lettre.

Je souhaiterais vivement solliciter de votre part que vous m'accordiez un peu de votre temps. Il me serait agréable en effet d'apprendre à davantage vous connaître.

Si ma proposition vous gêne ou que vous la trouvez inconvenante, vous pouvez tout à fait venir accompagnée de votre sœur, de sorte qu'ainsi la bienséance sera respectée.

— Catherine ? Oh ! sûrement pas ! Elle serait insupportable…

Elle l'imaginait déjà lui faire des clins d'œil appuyés pour l'inciter à la bagatelle.

Une fois encore, je concède que ma démarche peut vous paraître surprenante mais, je l'espère, en aucun cas incommodante. Si tel était le cas, je vous demanderais d'oublier cette missive et je vous promets de ne jamais chercher à vous revoir.

Mais en attendant je nourris l'espoir, guidé par l'intuition, que cette curiosité puisse être réciproque, de même que l'intérêt que vous avez suscité chez moi.

La respiration de Marie s'accéléra encore en découvrant la délicatesse avec laquelle il exprimait l'intérêt qu'elle avait éveillé chez lui. D'étranges palpitations au creux du ventre vinrent encore confirmer si elle en doutait encore l'effet dévastateur que produisait son charme sur elle. En un sens, la curiosité d'en apprendre davantage sur l'autre était bien réciproque. Toutefois l'avouer était bien trop effrayant pour elle. C'était comme un gouffre qu'elle ne pouvait se résoudre à franchir avec la peur de l'inconnu.

Je n'abuserai pas plus de votre temps. Si vous êtes d'accord, je propose que vous me répondiez par un billet contenant les instructions pour notre rencontre que vous confierez à votre sœur.

Je me permets d'espérer vivement que vous donnerez une suite favorable à ma demande.

Dans cette attente, je vous prie de recevoir, chère mademoiselle, l'expression de mon plus profond respect.

Henri de Vibrac

Marie referma la lettre en proie à des émotions contradictoires. D'un côté elle était toute retournée par la requête du commandant, bien que l'effet de surprise soit quelque peu émoussé après que son écervelée de sœur eut vendu la mèche dans la voiture. De l'autre, une angoisse sourde lui étreignait le cœur à la perspective de se retrouver seule en compagnie de cet homme.

Il lui avait témoigné son admiration, mais elle craignait que, aveugle à ses véritables qualités, il la portât en trop haute estime. Ses connaissances étaient certes bien réelles, mais aussi très limitées.

Et puis il était préférable qu'il ne sache pas les activités auxquelles elle se livrait sous la protection de la comtesse. Elle se devait de dissimuler ce secret, pour elle et pour sa bienfaitrice.

Et puis, elle n'avait pas de temps à lui consacrer ! Sa sœur ne venait-elle pas de lui donner encore plus de travail ? Outre celui déjà colossal qu'elle devait fournir pour honorer l'engagement que la comtesse avait pris auprès de ses amies. *Oui, sa demande tombe vraiment mal !*

Mais, à l'idée de passer un moment avec lui, son cœur se remit à cogner fort dans sa poitrine, tandis qu'elle ne pouvait s'empêcher d'éprouver un vif plaisir à l'envisager. Un sourire s'épanouit sur ses lèvres. *Ce regard de braise, ces larges épaules…*

Marie souffla sa bougie et alla se coucher. La nuit s'annonçait longue, car une chose était certaine, elle devrait avoir pris sa décision avant le lendemain matin.

Chapitre 10

Recettes et Secrets de femmes

Alchimie amoureuse :
Saupoudrez de séduction, couvez de regards caressants et laissez le trouble s'installer

Mandres-les-Roses, mars 1650

Profitant du repos hebdomadaire accordé par la comtesse de Guiche, Marie sortit faire quelques courses au village de Mandres. Du moins en apparence, car en vérité son but était tout autre.

Un pâle soleil s'était invité dans un hiver qui s'étirait en longueur. Cela n'était pas suffisant cependant pour justifier le vaste chapeau qu'elle portait sur sa tête et qui lui couvrait en partie le visage. L'accessoire était en fait destiné à dissimuler les boutons qui envahissaient sa figure depuis la veille, en réaction à l'une des crèmes qu'elle avait élaborées et dont les plantes, bien qu'efficaces, ne faisaient pas bon ménage avec sa peau.

Cet imprévu rebutant et disgracieux avait sérieusement failli compromettre ce qu'elle s'apprêtait à faire. Elle avait même été sur le point d'y renoncer, mais c'était sans compter sur l'insistance et l'espièglerie de sa sœur, jamais à court de subterfuges, pour lui fournir une solution à son problème.

— Oui, tu es horrible, mais ce n'est rien ! Et puis ça ne changera pas de d'habitude puisque tu ne te maquilles jamais ! Tu n'as qu'à mettre un chapeau à voilette pour dissimuler ton visage.

Catherine considérait ce conseil avisé comme un juste retour des choses, puisque Marie s'était attiré une réaction cutanée après avoir testé les crèmes qu'elle avait confectionnées pour elle.

Et puis, quelque part, ce chapeau lui serait fort utile pour dissimuler les rougeurs qui ne manqueraient pas d'envahir sa figure sous le coup de l'émotion. Son cœur palpitait déjà fort dans sa poitrine, ne serait-ce que parce qu'elle allait une fois de plus à braver l'interdit. Sa pratique clandestine des sciences depuis maintenant quelques années aurait dû l'y habituer, mais non ; la conscience de l'interdit lui donnait toujours un goût de métal et de peur dans sa bouche asséchée.

Ses pas l'amenèrent sur la place du village, où elle croisa nombre de personnes qu'elle connaissait, des voisins et des artisans travaillant au château, des paysans ou encore des nobles que fréquentait son père. Une population bigarrée à l'image de cette région, partagée entre ses maisons bourgeoises et ses champs à perte de vue. Bon nombre d'entre eux ne la reconnurent pas sous son grand chapeau. Ce couvre-chef était finalement une bonne idée !

Elle marchait d'un pas vif, non pas parce qu'elle était impatiente d'arriver, mais parce qu'elle était surtout pressée d'en finir, et d'échapper au chantage de sa sœur. Cette dernière avait fait de ce moment qui aurait pu être agréable une contrainte. Et c'était sans compter le mensonge qu'elle avait dû servir à son père. Elle avait hâte aussi de rentrer pour vérifier si sa nouvelle mixture était plus efficace que sa *crème à boutons* comme elle l'appelait. Finalement cette entrevue l'ennuyait autant qu'elle lui procurait une certaine excitation. Du moins, c'est ce dont elle essayait de se persuader. Et quelque part, c'était bien pratique pour ne pas songer à la peur panique qui l'habitait à l'idée de se confronter à Henri, mais surtout à ses sentiments. Elle passait ainsi d'une émotion à une autre, et cette instabilité l'exaspérait.

Elle bifurqua vers la ferme des Tours Grises, la plus grande des environs, qui pratiquait aussi bien l'élevage que la culture des céréales. Puis, elle se dirigea vers le pigeonnier, une petite tour de forme arrondie qui datait du XVe siècle, lieu de leur rendez-vous. Elle était en avance – peut-être pourrait-elle en profiter pour aller acheter du lait et des œufs, ce qui justifierait ainsi sa promenade au village ? Mais elle n'en eut pas le temps, car au même moment elle vit celui qu'elle venait rejoindre.

Elle le reconnut immédiatement à sa haute stature. Henri portait une redingote bleu marine sur son habit de velours assorti et des bottes de cavalier en cuir. Un grand chapeau à plume coiffait ses cheveux bruns. Le cœur de Marie se mit à accélérer furieusement dans sa poitrine.

N'était-elle pas en train de commettre une imprudence ? Que s'apprêtait-elle donc à faire ? Et qu'allait-elle bien pouvoir lui dire ?

En contemplant sa silhouette à la fois musclée et élancée, il lui revint qu'il était le commandant de la garde du duc d'Angoulême. Un homme âgé d'une dizaine d'années de plus qu'elle de surcroît. Soudain, il l'intimida fortement.

Il est toujours temps de fuir…

Mais alors elle se souvint de son élégance lors du bal et de sa douceur sous les étoiles.

Ce fut cette dernière impression qu'elle choisit de garder en mémoire, et elle avança vers lui.

Au même moment, comme s'il avait senti sa présence, il se retourna. Son regard de braise vint rencontrer le sien et l'embraser tout entière, et ses lèvres sous sa fine moustache s'étirèrent en un charmant sourire.

— Bonjour, lui dit-il simplement de sa belle voix grave, tandis qu'un pan entier de son cœur sembla se détacher dans sa poitrine.

Après être un temps restés dans la cour de la ferme à observer silencieusement les oiseaux, il l'invita à faire quelques pas au dehors. Ce qu'elle s'empressa d'accepter.

Ils cheminèrent tous deux, côte à côte, dans une rue bordée d'arbres, tournant le dos à l'église du village, désireux de s'éloigner du centre. Aucun d'eux ne semblait en effet enclin à demeurer dans un endroit trop fréquenté, même si cela pouvait paraître de prime abord rassurant pour la jeune femme. Ils croisèrent alors un paysan qui tenait son cheval par la bride et qui dévisagea Marie avec insistance, comme s'il la reconnaissait mais souhaitait cependant en avoir le cœur net avant de la saluer. Elle tourna aussitôt la tête, et l'homme abandonna ses efforts avant de scruter Henri avec curiosité.

Ce dernier se sentait plus mal à l'aise qu'il ne l'aurait voulu. Il regardait droit devant lui, n'osant trop observer la jeune femme à ses côtés. Il avait été surpris en la voyant arriver parée d'un grand chapeau à voilette qui dissimulait son visage. À travers le tissu, il lui avait semblé percevoir l'éclat et l'intensité de ses yeux bleutés. Mais n'était-ce pas un effet de son imagination ? Quoi qu'il en soit, il ne s'expliquait pas cet étrange accoutrement. Était-ce pour ne pas être reconnue dans la rue ?

Il est vrai qu'il était insolite qu'une jeune femme se promenât ainsi sans chaperon avec un homme qui n'était pas de sa famille ou son époux. Il avait été surpris qu'elle ait même accepté son invitation et n'avait pu s'empêcher de concevoir l'espoir qu'elle partageait son inclination. Mais ce chapeau ! Peut-être que sa tenue était conçue de manière à la faire paraître plus mystérieuse et donc plus désirable ? Sans doute était-ce une stratégie typiquement féminine destinée à la rendre inaccessible pour qu'il soit davantage amoureux d'elle ?

Il réalisa alors qu'il réfléchissait en militaire et que les femmes n'étaient pas forcément des stratèges, encore qu'il en eût rencontré un certain nombre prêtes à user de différents subterfuges pour lui mettre le grappin dessus. Sans succès cela dit jusqu'ici !

Quoi qu'il en soit, la voilette le rendit d'autant plus désireux et curieux de percer son mystère. Son regard glissa sur le côté et dessina les courbes gracieuses de sa silhouette. Gracieuse aussi était sa démarche, avec cependant un élan et une détermination qui la distinguaient des autres femmes.

Il *fallait* qu'il franchisse cette barrière de silence et qu'il parvienne, à présent qu'elle était avec lui, à lui dire de vive voix toute l'admiration qu'il avait pour elle.

— Je vous remercie d'avoir accepté mon invitation, finit-il par articuler maladroitement, le regard toujours perdu dans le lointain.

— Mais je vous en prie, c'était la moindre des politesses.

Politesse ? Était-ce là l'unique raison de son acceptation ? Il serra la mâchoire, et le silence emplit de nouveau toute la place entre eux. Ce fut le chant d'un oiseau qui le rompit, allégeant ainsi une atmosphère devenue pesante.

Le volatile, comme tous ces comparses, commençait à chanter ; ils annonçaient avec un peu d'avance la venue du printemps. Henri lui-même sentait que son corps frémissait, après une période de gel et d'immobilisme. Tous ses sens s'éveillaient, à l'image de la nature et de ses bourgeons naissants sur les branches. Comme de la sève dans les arbres au sortir de l'hiver, son sang semblait bouillir dans ses veines et ne demander qu'à jaillir, pour ranimer et réchauffer son cœur après une longue période de solitude glacée.

— Comment va votre sœur ? s'enquit-il avec sollicitude.

— Très bien, je vous remercie ! répondit-elle avec enthousiasme, avant de redevenir silencieuse.

Henri acquiesça pour marquer son contentement.

— Et votre père ?

Elle tourna son visage vers lui, semblant surprise qu'il le connaisse.

— Oh ! comme d'habitude ! Il est très pris par son travail.

— C'est un excellent notaire à ce que l'on m'a dit, ajouta Henri sur le ton de la conversation, les mains croisées derrière le dos.

En vérité, tout ce qu'il en connaissait lui avait été rapporté par son lieutenant. Son compliment était donc quelque peu exagéré. Mais il était désireux de lui plaire.

— C'est un travailleur acharné et il aime son métier, approuva-t-elle d'une voix qui trahissait sa gratitude.

— Fort bien !

Le silence retomba. Il est vrai qu'il n'était pas très judicieux de parler d'un père qui ne serait sans doute pas ravi à l'idée de savoir sa fille se promenant seule en compagnie d'un étranger en pleine journée !

Mais la voix de Marie lui avait enchanté les oreilles. Son souffle le transportait. Il émanait d'elle une telle énergie et une telle maturité… Il savoura dans le silence l'écho de ses dernières paroles.

— Ainsi donc vous avez réussi à vous soustraire à votre devoir ? demanda soudain Marie, le prenant par surprise.

— Cela m'arrive, même si c'est rare, je le confesse ! Le duc m'a accordé ma journée.

Il se garda bien toutefois de dire qu'il avait prétexté pour cela une affaire urgente. Ce qui n'était pas tout à fait faux, il avait eu hâte de la revoir. Hâte de passer du temps avec elle et de confronter les impressions qu'il avait eues lors du bal et qui alimentaient en permanence ses fantasmes, avec la réalité.

Quelque part il aurait aimé qu'elle le déçoive, ainsi il aurait pu l'ôter de sa tête et poursuivre une vie normale, morne et uniquement dictée par son sens du devoir. Mais cela, c'était avant de connaître Marie, et tout retour en arrière lui semblait à présent impossible.

— Et vous n'avez donc rien de mieux à faire que de la passer avec moi ? osa-t-elle demander sur un ton piquant, mais qui dans sa bouche paraissait on ne peut plus charmant.

— Je considère comme un privilège que vous m'accordiez un peu de votre temps et cette promenade est fort agréable. À vrai dire, cela ne m'était pas arrivé depuis longtemps de cheminer ainsi au hasard de mes pas en agréable compagnie.

Il perçut un rire approbateur de la part de sa compagne, mais elle n'en dit pas davantage.

Ils marchèrent plusieurs minutes dans la campagne environnante, dont les routes étaient flanquées de fermes et de petites maisons où vivaient sans doute bon nombre d'employés du château.

À un moment, il voulut couper à travers champs pour l'entraîner derrière un rideau d'arbres dans une sorte de clairière, au bord d'une étendue d'eau. Mais il pivota un peu rapidement et se heurta à sa hanche.

— Oh ! pardonnez-moi ! Je suis maladroit…, s'excusa-t-il avec empressement.

— Il n'y a pas de mal…

En vérité, ce frôlement l'avait rendu fou.

Le désir était monté en lui, brutalement. Et, si la frôler lui avait permis de sentir son corps et sa chaleur, le contact avec ses hanches était plus troublant encore. Il brûlait de sentir son bassin contre elle, et plus encore de se mouvoir en elle. Cette pensée lui fit perdre pied. Il s'efforça de chasser ses fantasmes, malvenus dans le contexte, mais difficiles à refréner, et de revenir à la réalité.

Sa tête était en ébullition, il ne savait comment aborder les choses. Jusqu'ici, il avait toujours refusé d'écouter ses émotions pour mieux s'en protéger et ne pas souffrir. Mais la situation à présent exigeait qu'il sorte de sa réserve et exprime ses sentiments. Le problème étant qu'il ignorait comment procéder, il ne l'avait jamais expérimenté. Tout cela était complètement inédit. Oh ! comme il s'en voulait ! S'il avait cédé aux inclinations de son cœur dans un âge plus tendre, il serait depuis passé maître en la matière. Mais, à présent qu'il était un individu accompli, il se faisait rattraper par ses émotions et se trouvait complètement démuni. Un comble ! Le sol semblait se dérober sous ses pieds. Finalement, il aurait préféré affronter cent hommes qu'une créature aux charmes si dévastateurs, aussi charmante soit-elle.

Marie contemplait l'étendue d'eau couleur émeraude, comme un joyau serti dans un écrin de nature. Elle n'était jamais venue là et c'était une très belle découverte que la conviait à faire le commandant. En d'autres circonstances, elle s'y serait sans doute ennuyée, pressée de retourner dans son laboratoire, mais pour le moment elle appréciait de prendre son temps, et de savourer l'atmosphère et le cadre en agréable compagnie.

Le lieu était calme, reposant. Le vert s'invitait également sur les arbres qui progressivement regagnaient quelques feuilles sur des branches noircies par le givre hivernal. Les oiseaux chantaient, l'eau produisait un clapotis apaisant, le soleil brillait et les réchauffait de ses rayons, du moins lorsque le vent froid ne soufflait pas et ne dessinait pas au passage quelques rides à la surface de l'étang. Elle ferma les yeux. Elle se sentait bien et en sécurité auprès d'Henri. Il se montrait prévenant avec elle et manifestait des signes de son intérêt et de sa curiosité à son égard, même timidement. Peut-être que cette réserve était le fait de son éducation ? À moins que ce ne soit l'attitude normale d'un militaire ? Elle aurait bien demandé conseil à Catherine sur ce point. Cette pensée la fit sourire.

En tout cas, elle était rassurée. Ce rendez-vous se déroulait mieux qu'elle ne l'aurait cru, ils passaient un moment fort agréable et beaucoup de choses circulaient entre eux au-delà des mots. Comme le fait qu'ils s'entendaient bien, comme lorsqu'ils avaient dansé. Il la respectait et ne la pressait ou ne l'embarrassait pas. Elle regrettait cependant qu'il n'exprime pas davantage le fond de sa pensée.

Elle se sentait troublée à son contact, il était évident qu'il lui faisait de l'effet, beaucoup d'effet même. En revanche, elle avait du mal à déchiffrer son attitude et bien plus encore à reconnaître les signes d'une inclination de sa part. Mais elle avait si peu d'expérience en la matière, comment aurait-elle su ?

Dans sa lettre il avait témoigné de son *admiration*. À présent qu'ils étaient tous les deux, il ne paraissait guère pressé d'en faire la démonstration. Peut-être s'était-elle fait des idées à son sujet ? Au fond, cela lui convenait plutôt bien, sinon elle n'aurait pas su comment réagir.

— Allez-vous souvent vous promener ? hasarda Henri d'un ton léger mais empreint de sollicitude.

— À vrai dire, j'aimerais bien ! C'est fort agréable

et il est bon pour le corps de faire de l'exercice. (Il sourit à cette affirmation, sans doute peu commune dans la bouche d'une jeune femme.) Hélas, je n'en ai guère le temps.

— Et pourquoi donc ? La comtesse vous accapare-t-elle à ce point ?

— Oh ! que non ! C'est juste que… Je suis assez occupée, voilà tout !

Elle songea qu'il n'était guère dans son intérêt de trop en dire sur ses occupations. Cela pouvait même être dangereux, car Henri était un représentant de l'ordre et il travaillait en étroite collaboration avec le duc. S'il apprenait qu'elle se livrait à des activités illicites au sein du château, il serait en droit d'en référer à son seigneur et maître, et il pourrait beaucoup lui en coûter, ainsi qu'à la comtesse. Finalement en fréquentant cet officier, elle jouait un peu avec le feu.

En revanche, il n'était pas interdit et même plutôt judicieux, de sonder son sentiment pour sa passion, la philosophie naturelle. Elle ne pourrait en effet s'attacher à un être qui méprisait l'objet de son affection.

— Oui, j'ai remarqué que vous passiez beaucoup de temps dans cette partie au château que l'on nomme le laboratoire…, dit soudain Henri, ce qui la glaça d'effroi.

Elle déglutit. Le cadre qui lui apparaissait idyllique jusqu'alors se transforma en un lieu isolé d'où elle pouvait difficilement s'échapper. Elle allait devoir la jouer fine.

— En effet ! Et qu'y a-t-il de mal à cela ? demanda-t-elle d'une voix qu'elle voulait innocente mais qu'elle entendit partir dans les aigus sous le coup de l'émotion.

— Aucun ! Vous prêtez main-forte aux domestiques de la comtesse et cela fait, je pense, partie de vos attributions, rétorqua-t-il d'un ton posé. Mais n'est-ce pas fastidieux pour vous toutes ces potions ?

— Elles sont utiles pour soigner les gens, répondit fermement Marie.

— Certes ! J'admire d'ailleurs grandement l'action de votre maîtresse à l'égard des pauvres.

Marie souffla de soulagement de l'entendre dire cela. Elle avait cru percevoir en effet chez lui de prime abord beaucoup de mépris envers les nécessiteux. Il faisait finalement preuve de compassion.

— N'est-ce pas ennuyeux toutefois de tendre ses instruments au médecin, de mélanger divers produits sans en connaître le sens ? Je veux dire, vous êtes une femme cultivée, je pense que vous préféreriez certainement davantage vous mêler à des conversations qui vous élèvent dans le salon douillet de la comtesse que de passer des heures devant un four, non ?

Marie frémit. Ainsi donc était-ce là la manière dont il percevait son travail ? Comme il se trompait ! Et ce malgré le fait qu'il l'avait apparemment dûment observée ! Cela la fit sourire intérieurement qu'il en ignore tout, et cependant la blessa quelque peu. Elle aurait aimé lui avouer toute la satisfaction qu'elle éprouvait à composer des élixirs et des remèdes qui pouvaient soigner, sauver, guérir les gens ou leur redonner une bonne image d'eux-mêmes. Elle aurait tant voulu lui dire la vérité, la base de la confiance entre deux personnes, mais c'était impossible. Ce fut donc sur la défensive qu'elle lui répondit :

— Jusqu'où donc me croyez-vous savante, monsieur de Vibrac ?

Il parut un peu déstabilisé par cette question très directe, d'autant qu'elle s'était arrêtée pour lui faire face.

— Je ne vous ai pas qualifiée de savante, mais de cultivée. Le terme « savante » serait pour moi faire offense à une femme telle que vous.

Marie sentit soudain une colère sourde monter en elle.

— Et en quoi le fait d'être savante serait une offense, je vous prie ? J'avoue ne pas comprendre, interrogea-t-elle encore, désireuse de connaître le fond de sa pensée.

— Eh bien, je nourris peut-être bon nombre de préjugés à l'encontre des femmes dites « savantes », mais j'ai tendance à les trouver prétentieuses et ennuyeuses. Sans compter qu'on les remarque volontiers en société avec leur langage apprêté et leur apparence négligée.

Marie se sentit blessée, presque insultée.

— Au fond, vous préféreriez qu'une femme possédant de nombreuses connaissances sur quelque sujet prétende ignorer ce qu'elle sait pour ne point choquer ?

— C'est un peu l'idée ! J'exècre ce genre de personnes qui savent un peu tout sur tout, se mêlent de tout et au fond n'apportent rien.

— Les choses ont au moins le mérite d'être claires, répondit Marie, comme pour elle-même.

— Pas vous ? questionna Henri, persuadé sans doute qu'elle adhérait à ses propos.

— Eh bien… je considère que lorsque l'on possède un savoir ou des compétences, quels qu'ils soient, il convient de faire preuve de modestie. Cela ne leur donne que davantage de valeur.

— Absolument ! approuva Henri, apparemment ravi qu'elle abonde dans son sens.

— D'autant plus en ce qui concerne les femmes chez

qui la chose peut paraître laide. Alors qu'un homme doté de ces mêmes connaissances apparaît au contraire comme brillant ! ironisa Marie, en poussant un peu le débat pour mieux tester ses réactions.

— Mais tout à fait ! Il en va ainsi de notre monde, répliqua Henri, soucieux sans doute de lui plaire, mais inconscient qu'il venait à l'inverse de lui inspirer une forte désillusion.

— C'est une idée fort répandue, en effet ! admit-elle tristement.

Marie venait de comprendre qu'une relation avec cet homme serait difficile. Elle ne pouvait éprouver un attachement sincère pour quelqu'un en mentant sur qui elle était vraiment.

Le vent souffla soudain en bourrasque dans les branches, c'était un courant glacé qui la saisit tout entière. Elle frotta ses bras, sentit un vide immense dans son cœur et une terrible déception l'envahir.

— Pardonnez-moi, il me faut rentrer à présent !

— Déjà ? Je veux dire, j'abuse de votre compagnie, mais j'aurais volontiers prolongé ce moment avec vous. Lorsque nous discutons, je ne vois guère le temps passer !

Marie sourit tristement, songeant qu'elle, au contraire, venait de le sentir douloureusement passer.

— Je vais m'empresser de vous rendre à votre père ! ajouta-t-il encore, tout en reprenant la direction du village avec elle.

— Vous pouvez rentrer au château, si vous le désirez, le coupa-t-elle soudain. Je trouverai mon chemin jusqu'à notre maison, je vous remercie.

Il parut un peu décontenancé mais n'insista pas, afin

de ne pas s'imposer sans doute. Ou peut-être que son orgueil venait d'en prendre un coup, tout comme le sien ?

De la tristesse parut passer dans ses yeux, elle vit son beau regard de braise s'assombrir puis s'éteindre.

— Vous reverrai-je ? demanda-t-il alors d'une voix nouée par l'émotion.

Une rafale de vent glacé balaya son dos, Marie frémit.

— Mais bien entendu, et ce dès demain, au château !

Henri de Vibrac pinça les lèvres, contrit.

— Oui. Cela va de soi !

L'expression de son visage paraissait se demander si c'était tout ce qu'il pouvait attendre d'elle. Il ne paraissait pas comprendre pourquoi elle ne montrait pas plus d'intérêt pour qu'ils se revoient. Tout semblait pourtant bien se dérouler jusqu'ici, alors pourquoi soudain ce revirement ?

Il ne faisait décidément guère preuve de compréhension et d'empathie. Ce qu'au fond elle lui reprochait depuis le début.

— Pardonnez-moi, il se fait tard et je dois vraiment y aller ! ajouta Marie, pressée d'en finir.

— Je ne vous retiens pas plus longtemps. Transmettez mes amitiés à votre sœur.

Il s'inclina brièvement et reprit sa route vers le château, tandis que Marie partit dans la direction opposée, chez les Marsac.

Ce n'est qu'une fois le dos tourné qu'elle put laisser libre cours à sa colère et à sa déception, et que des larmes dévalèrent ses joues. Elle releva alors sa voilette pour pouvoir respirer le bon air et chasser ainsi un chagrin dont elle espérait qu'il ne serait que temporaire.

Chapitre 11

Recettes et Secrets de femmes

Alchimie amoureuse :
Écartez du feu et observez les éléments se décanter à la lueur de la froide raison

— Ah, te voilà ! chuchota Catherine en venant accueillir Marie dans l'entrée de la maison. Tu es déjà rentrée ?

Elle parlait à voix basse pour ne pas attirer l'attention de leur père attablé dans le séjour et occupé à rédiger un document. Son débit rapide trahissait toutefois un empressement inquiétant.

— Eh oui ! répliqua Marie d'une voix lasse, tout en ayant bien pris soin de garder sa voilette pour dissimuler ses yeux rougis par les larmes.

— Alors, comment s'est passée ton entrevue avec le beau capitaine ?

— Commandant, Catherine.

— Oh ! enfin, tu m'as comprise ! reprit sa sœur, tout excitée à l'idée de recueillir ses impressions.

Marie hésita avant de lui répondre, car si elle montrait sa déception, sa cadette chercherait à savoir ce qui l'avait contrariée et ne la lâcherait pas. Et si, au contraire, elle lui donnait de l'espoir, ce serait pire encore. Elle aurait à cœur certainement d'organiser une nouvelle rencontre. Marie prit donc le parti de révéler la vérité.

Elle ôta son chapeau et, la regardant droit dans les yeux, lui dit :

— Cet homme n'est pas pour moi, Catherine. Je suis désolée, cela ne se peut. Et je doute même que l'on puisse entretenir une quelconque amitié, nous sommes trop différents !

Catherine écarquilla grand les yeux, surprise et incrédule. Elle s'apprêtait à demander pourquoi lorsqu'une voix grave lui parvint du salon :

— Est-ce Marie qui vient de rentrer ?

Marie reconnut le ton autoritaire que son père prenait parfois quand il voulait imposer ses vues. Elle comprit que quelque chose s'était passé. Elle tourna un regard interrogateur vers Catherine. Celle-ci s'affola.

— Oui, papa ! lui répondit-elle, avant d'ajouter pour sa sœur : Nous reparlerons de cela plus tard, mais il faut que tu saches que notre père sait tout…

— Pardon ? demanda Marie, inquiète.

Elle n'eut guère le loisir d'en apprendre davantage, car leur père les avait rejointes. Il tenait ses bésicles d'une main, sa plume de l'autre et la regardait, l'air fort mécontent.

— Venez donc ici, Marie. J'ai à vous parler.

— Le temps de me changer et je suis à vous, fit Marie, espérant gagner un peu de répit.

— Tout de suite ! ordonna le patriarche d'une voix qui ne souffrait aucune contradiction.

— C'est à cause de Justine…, souffla encore Catherine.

— Quoi, Justine ? questionna Marie avant d'aller dans le salon, poursuivie par sa sœur désireuse de ne rien manquer de la scène.

— Puis-je savoir ce que vous avez fait de votre matinée ? attaqua directement Vincent Marsac.

— Je suis allée au village, père, comme je vous l'avais dit.

— Et qu'y avez-vous fait ? la questionna son père, les bras croisés.

— Voyez vous-même ! dit-elle en brandissant son panier rempli d'œufs et de lait.

— Oh ! je vous en prie ! Épargnez-moi vos mensonges… Vous étiez en compagnie d'un homme, à ce que l'on m'a dit. Beaucoup plus âgé, qui plus est ! (Marie fit la moue en songeant qu'Henri était encore jeune et que le propos était donc tout à fait exagéré.) Puis-je savoir de qui il s'agissait ?

Marie fit aussitôt le rapprochement avec Justine dont parlait Catherine juste avant. La servante avait sans doute dû recueillir cette information d'un paysan ou d'un voisin l'ayant croisée en compagnie d'Henri de Vibrac au village.

La moucharde s'était ensuite empressée de le répéter au sieur Marsac avec moult détails, outrances et distorsions comme à son habitude. Et la rumeur avait ainsi fait son office, au détriment des personnes incriminées.

— Ne vous réjouissez pas trop vite, père ! Il n'est point nécessaire de préparer un acte de mariage, répondit Marie, sinistre.

— Mais comment parlez-vous donc à votre géniteur, petite effrontée ? tonna le vieil homme en posant la main sur son cœur fatigué, avant de se reprendre et de se calmer.

Habituée à ses simagrées, Marie ne céda pas cependant à l'apitoiement.

— Je dis juste que vous n'avez point à vous fier à ces ragots et que le temps d'épouser n'est point venu !

— De cela, il m'appartient de juger ! Vous vous êtes conduite… comme une fille ! Vous m'avez déshonoré, moi et le nom que vous portez. Dans ces circonstances, j'exige que vous fassiez venir ici l'homme en question pour réparer ce préjudice. Car enfin, tout le village vous a vus ! Si vous vous êtes ainsi donnés en spectacle, c'est que vous escomptiez bien aller jusqu'au mariage, n'est-ce pas ?

Marie songea en souriant que cette perspective ne l'avait même pas effleurée. L'image d'Henri en habit de cérémonie lui vint alors, et elle lui trouva fort belle allure, avant que de chasser cette pensée et de déclarer :

— Vous vous trompez. Et je vais m'empresser de rétablir la vérité et de tout vous expliquer.

— Très bien, j'attends ! Mais laissez-moi m'asseoir d'abord.

Marie le suivit dans le séjour où son vieux père se laissa tomber sur son fauteuil au coin d'un feu qu'attisait frénétiquement Justine en ne perdant aucune miette de la conversation.

Marie songea que cette dernière tenait certainement là sa façon de prendre sa revanche sur les reproches qu'elle lui avait faits tantôt dans son bureau, lorsqu'elle l'avait accusée d'avoir fouillé dans ses affaires. C'était au fond un juste retour des choses.

— Très bien, je vous écoute.

— J'étais bien en compagnie d'un homme, concéda Marie.

— Ah, vous voyez ! Je sais tout, vous ne pourrez rien me cacher !

— Et c'est bien cela qui m'inquiète, répondit Marie pour elle-même.

— Que marmonnez-vous dans votre barbe ? questionna son père. Parlez donc plus fort, je deviens dur de la feuille !

Catherine pouffa.

— Je dis que ce que l'on vous a rapporté, dans le but évident de me nuire (ce disant elle visait Justine), est très exagéré. En vérité, il ne s'est rien passé. J'ai simplement croisé l'un des hommes de la garde du château (elle se garda bien de dire lequel pour ne pas porter atteinte à sa réputation et éviter ainsi que le bruit parvienne jusqu'aux oreilles du duc). Et je l'ai encore remercié de nous avoir raccompagnées avec Catherine l'autre jour…

— Un militaire ? C'est pire que ce que je pensais ! se lamenta Marsac. Ces hommes-là sont sans manières, sans le sou et ils ne font pas long feu, qui plus est ! Mais à quoi songiez-vous donc ?

Marie surprit le regard de Catherine qui s'assombrit ; elle devait penser à tous les beaux officiers qu'elle fréquentait et que son père dénigrait par là même.

— Qu'importe, le mal est fait ! Et je vais sur l'heure contacter Guillaume Brisset pour le supplier d'accepter de revenir à notre table.

Marie songea qu'il n'avait pas eu tant que cela à se faire prier la dernière fois.

— Il est urgent pour nous de lever le préjudice et de laver notre honneur que tu as ignominieusement (il dut se reprendre à trois reprises pour prononcer ce mot correctement, tout énervé qu'il était) bafoué ! Et cette fois, ma fille, tu ne pourras point te défiler. Tu l'épouseras, te dis-je !

Le vieux Marsac conclut en tapant du poing sur la table et fit trembler les assiettes en porcelaine sur le vaisselier, à sa grande surprise.

Marie n'avait même plus la force de contester. À quoi bon ? Elle se sentait suffisamment anéantie suite à la conversation décevante qu'elle avait eue avec Henri.

— Si tel est votre désir, père !

Elle s'inclina. Alors qu'elle montait dans sa chambre, elle entendit dans son dos son père et sa sœur discuter :

— Qu'a-t-elle dit ?

— Qu'elle se rangeait à votre décision, papa ! répondit Catherine, tout étonnée.

— C'est bien ce que j'avais cru comprendre ! Très bien, je vais de ce pas rédiger l'acte de mariage avec ce M. Brisset. Il me faudra par contre revoir le testament de son père, et cela m'ennuie… Enfin, s'il faut en passer par là !

De retour au château, Henri de Vibrac se sentait à la fois en rage et désespéré. Les minutes s'égrenaient et il en était toujours à se demander ce qui avait bien pu survenir pour que son rendez-vous avec la charmante Marie tourne court. Il ne comprenait pas. Tout se déroulait si bien ! Ils prenaient du bon temps ensemble… Et tout à coup, elle s'était braquée et avait fait volte-face. Avait-il dit quelque chose qui l'ait contrariée ? Ou toutes les femmes n'étaient-elles au fond que versatiles ?

Henri n'était point homme à se remettre en question. Pour lui, il n'avait fait qu'abonder dans son sens dans leur discussion. Non, quelque chose avait dû la perturber, mais quoi donc ? Il se repassa le fil de leur conversation et notamment le moment où il avait parlé de son travail pour la comtesse. Ils avaient ensuite évoqué les femmes savantes et les hommes qu'elle estimait brillants parce qu'ils étaient instruits, affirmant ainsi sa singularité vis-à-vis des autres femmes. Se pouvait-il que son commentaire ait été ironique ?

Cela était possible en effet, et si c'était le cas, il avait été stupide de ne pas le voir. Mais cela justifiait-il pour autant une telle rebuffade ?

Non, quelque chose d'autre était sans doute intervenu. Ah, si seulement elle n'avait pas porté cette fichue voilette ! Il aurait pu tenter de déchiffrer dans ses yeux ce qui l'avait chagrinée. En attendant, il fulminait.

Il entra dans son bureau et claqua la porte un peu sèchement. Il s'assit sur sa chaise, croisa ses bottes sur son écritoire et réfléchit encore en jouant avec sa moustache. C'est alors qu'il aperçut une lettre cachetée de cire sur son sous-main en cuir. Un coursier avait dû l'apporter en son absence.

Il comprit aussitôt ce dont il était question. Il brisa en toute hâte le sceau rouge et la déplia. Il la parcourut rapidement, bien que l'esprit ailleurs, encore dans la manière peu amène dont Marie avait mis un terme à leur promenade. L'instant d'après, il la jetait sur son bureau. Un nouveau coup d'épée dans l'eau ! Ses recherches n'aboutissaient pas, malgré le fait qu'il ait déjà dépensé une fortune. Ah, le secret sur sa naissance était bien gardé ! Ou, au contraire, il était tellement insignifiant qu'il n'avait laissé aucune trace.

La déception fit place à la colère, il se sentit bouillir. Il devait trouver un moyen de se défouler. Il se leva d'un bond et partit en direction de la salle d'armes du château.

— Monsieur de Vibrac ! fit le maître d'armes en le voyant arriver.

Il était occupé à enseigner l'art de bretter à l'une des recrues de la garde, un jeune rouquin aux cheveux bouclés.

— Quelle arme utilisez-vous, Roger ? demanda Henri.

— Le fleuret !

Henri ouvrit un placard et revint armé d'une lame aussi fine que sa pointe était acérée.

Il ôta sa veste, la jeta sur une chaise et vint se positionner au centre de la piste devant le cadet.

— Très bien. Voyons un peu ce que vous avez dans le ventre, jeune homme !

Le soldat se mit en garde. Henri fendit l'air de sa lame pour l'attaquer, le garçon esquiva, Henri bondit et l'assaillit de nouveau. Son adversaire, pris de court par la fougue et la précision du commandant, para le coup comme il le pouvait. Il tomba à la renverse. Henri attendit qu'il se relève, il ne frappait pas un homme à terre. Puis il lui porta encore une série d'estocades, avant d'exécuter une pirouette et d'enrouler sa lame jusqu'à la garde de l'autre et de l'envoyer valser dans les airs. Il se fendit, accula son adversaire tout contre le mur et arrêta la pointe de son fleuret à un pouce de sa gorge.

La recrue était livide.

— C'est un peu léger, mon garçon. Prenez vos affaires et rentrez chez vous ! Vous n'avez rien à faire ici.

Le rouquin détala sans demander sans reste.

— Ses progrès sont encourageants, Henri, je vous l'assure le défendit le maître d'armes. Mais il est encore jeune, il vient juste d'arriver…

Henri cependant ne l'entendait pas ainsi. Il désirait des hommes avec des tripes, prêts à donner leur vie pour protéger le château et ses occupants. Il ne voulait pas de pleutres ou de mollassons. Et celui-ci en était un de la plus belle espèce !

— Vous êtes en colère, Henri. Elle est mauvaise conseillère.

— Je sais ce que je fais ! rétorqua celui-ci, j'ai suffisamment combattu pour savoir ce qui est nécessaire pour défendre sa vie.

— Alors affrontez donc votre maître d'armes et non un homme que vous pouvez dominer trop facilement !

— Si vous le voulez…

— Si je gagne, il reste, ajouta encore l'escrimeur en désignant le jeune homme qui s'immobilisa alors près de la porte avec ses affaires dans les bras.

Roger avait raison. Henri venait de faire l'aveu de sa faiblesse. Il s'était fait dépasser par ses émotions. Ce qu'il avait pourtant lui-même reproché au cadet.

— Très bien. En garde ! s'écria-t-il, ravi d'en découdre.

L'affrontement fut épique. Les lames déchiraient l'air, quand un bretteur tentait de pourfendre son adversaire, l'autre esquivait, puis passait de la défense à l'attaque. Ils se poursuivirent tout autour de la salle, montèrent sur des bancs et des chaises qu'ils utilisèrent ensuite comme projectiles.

Bientôt, Henri qui transpirait abondamment sentit la fatigue le gagner. Il faut dire qu'il n'avait pas beaucoup dormi la nuit précédente, trop préoccupé par son rendez-vous avec Marie. S'il avait su que ce serait un tel échec, il se serait bien gardé de se torturer. Il avait passé les dernières semaines à guetter sa belle, à tenter de saisir son caractère ou à anticiper ses réactions. Car oui, le fait est qu'il était véritablement mordu. Henri réalisa soudain la teneur de ses propos, il était amoureux d'elle ! Brusquement déconcentré, il ne sentit pas la lame de son adversaire lui effleurer la joue. Ce n'est que lorsqu'il vit des gouttes rouges tomber sur sa chemise blanche qu'il comprit qu'il avait été touché.

— Arrêtons là ! déclara Roger d'un ton ferme. Vous êtes blessé.

Henri passa les doigts sur sa joue écorchée.

— Une égratignure… Reprenons !

Mais Roger manifesta son désaccord :

— Il faut vous soigner pour éviter l'infection. Je suis désolé…, dit le maître d'armes en écartant sa lame.

— Vous avez raison. Et ne vous excusez pas, vous vous êtes bien battu. Je l'ai cherché après tout !

Les deux hommes se saluèrent.

Henri attrapa sa veste et se dirigea vers la porte. Il jeta alors son fleuret au garçon qui attendait fébrilement l'issue de ce duel pour connaître son sort.

— Va t'entraîner ! Et mets donc un peu de cœur à l'ouvrage !

— Oui, commandant ! Merci !

— Ne me remercie pas. Toi seul pourras te féliciter

plus tard si tu gagnes tes combats. Sachant que si tu perds, tu ne pourras plus guère t'en blâmer !

Roger approuva en hochant la tête. Henri sortit. Il ôta un mouchoir de son pantalon, avec lequel il fit pression sur sa joue. Et plutôt que d'aller voir le médecin, il se dirigea vers les écuries pour trouver du réconfort auprès de l'être dont il se sentait finalement le plus proche et qui lui était le plus fidèle dans l'existence : Orion.

Chapitre 12

Recettes et Secrets de femmes

Alchimie amoureuse :
Veillez à ne pas laisser le poison du doute s'insinuer…

M. Marsac et ses filles se tenaient avec raideur autour de la table en compagnie de leur invité, Guillaume Brisset. Le silence régnait en maître en attendant l'arrivée des plats. Et, si Catherine regardait le plafond en rêvassant et le patriarche le sol en cogitant, Marie nota que leur convive, semblable à lui-même, souriait bêtement. Il semblait très satisfait, comme il devait le signifier par la suite :

— Je suis vraiment ravi, monsieur, que nous ayons pu parvenir à un accord !

— Et moi donc ! Je croyais que nous n'arriverions jamais au bout de cette affaire, déclara le père, soulagé, bien qu'un peu crispé.

— Vous avez mis beaucoup du vôtre pour qu'il en soit ainsi…

Le notaire, modeste, tint à tempérer ces louanges.

— Oh ! si peu ! C'est à la principale intéressée que nous le devons. Puisqu'elle a enfin accepté de se conformer aux vœux d'un père qui ne désire que son bien.

Guillaume Brisset fit des yeux ronds.

— Que voulez-vous dire en parlant « d'intéressée » ? Il me semble que c'est moi en effet qui ai tout lieu d'être content.

— Eh bien mes enfants ! Si vous l'êtes tous deux, je suis un homme comblé !

Marie sourit, car il était évident que leur invité et son père ne discutaient pas de la même chose. Le quiproquo n'avait cependant que trop duré.

— Je pense, papa, que M. Brisset voulait vous exprimer sa gratitude pour être intervenu en sa faveur, en ce qui concerne le testament de son père, rectifia Marie.

— Oui, voilà ! confirma Brisset. De quoi donc parliez-vous ?

— Le testament ? Quel testament ? Je n'ai rien fait moi, protesta M. Marsac qui ne souhaitait apparemment guère qu'on s'appesantisse sur le sujet.

Il était clair en effet qu'il avait dû aller à l'encontre de ses principes pour arranger le jeune homme.

— Mais si ! Souvenez-vous : vous l'avez repris ce matin même…

— Je n'ai rien fait ! trancha le vieux bougre, en rougissant. Là ! J'ai juste corrigé une ou deux fautes d'orthographe… C'est tout !

— Et supprimé aussi quelques pages de déclarations de bien ! ajouta Brisset d'un ton triomphant en évoquant la malversation à laquelle s'était livré Vincent Marsac.

Marie pouffa, Catherine arqua un sourcil.

Le notaire toussa fort pour éviter que ses domestiques ne l'entendent.

— Mais que fait donc la servante, vous n'avez pas faim, vous ? demanda-t-il, soucieux de changer de sujet.

— Non. À vrai dire, j'avais déjà mangé quand votre coursier m'a porté votre invitation à souper, expliqua en toute franchise leur invité.

Marsac leva les yeux au ciel, tandis que Marie pouffa de plus belle.

— Bon ! Et si nous parlions de choses sérieuses…

— Bien volontiers ! approuva Brisset en croisant les mains sur la table. Que me conseillez-vous donc de faire avec tout cet argent dont j'ai hérité ?

— Je parlais de ma fille ! répliqua le vieil homme, songeant sans doute qu'il était terriblement bête.

Marie sourit de plus belle, elle ne s'en cachait même plus.

— Oui, eh bien quoi votre fille ? rétorqua le jeune homme en se tournant vers Catherine avec un grand sourire, auquel la jeune fille répondit en battant exagérément des cils.

— Non, l'autre ! Celle que vous devez épouser…

— Ah, parce que c'est l'autre que je dois…

— Oui ! coupa Marsac, d'un ton autoritaire.

— Bon ! fit le jeune homme, contrit.

— Vous ne vous en rappeliez plus ?

— C'est-à-dire que j'avais un peu trop bu l'autre soir ! Et c'était un peu flou…, confessa l'invité.

— Alors, je vais vous rafraîchir la mémoire ! Vous avez tantôt ici même déclaré votre flamme à ma fille, Marie.

— J'ai fait cela, moi ?

— Oui ! Et vous l'avez même demandée en mariage.

Si Marie pinça les lèvres, Catherine sembla tout autant étonnée de l'apprendre. Quant à Brisset, il ouvrit la bouche, sans pouvoir articuler un mot.

— Or, il se trouve que l'autre jour, par minauderie, elle vous a quelque peu rejeté…

— Ah, de cela je me rappelle en revanche !

— Mais elle y consent à présent, de tout cœur ! Vous suivez ?

— Est-ce vrai ? L'acceptez-vous ? questionna Guillaume Brisset en fixant Marie de ses yeux bleus étonnés.

Marie était lasse de toutes ces simagrées. Elle était encore sous le coup de la vive déception qu'elle avait éprouvée à l'égard d'Henri de Vibrac et plus rien ne lui importait plus. Alors lui ou un autre ! Résignée, elle était devenue la spectatrice de sa propre existence.

— Si cela est dans votre intérêt à tous deux, qui suis-je donc pour m'y opposer ?

Le jeune homme cependant ne l'entendait pas ainsi.

— Voyons, l'intérêt n'a pas ici d'importance !

Marie songea qu'il était au contraire au centre de la relation l'unissant à son père.

— Il est question ici d'obtenir votre consentement…

— Ce mariage a mon agrément, c'est tout ce qui compte ! répliqua fermement le sieur Marsac.

— Allons, mademoiselle, reprit le jeune homme avec douceur. Il est question de passer toute votre vie avec un homme…

— Cela va de soi, puisque vous êtes celui avec qui elle doit s'unir ! réagit promptement le père. Ce que ces jeunes gens sont lents…

— Enfin monsieur, n'insistez pas ! Ce n'est point vous

que je dois épouser ! (Catherine pouffa.) Il est nécessaire que cet hymen soit du goût de la future mariée, reprit Brisset en s'approchant d'elle pour lui saisir la main.

Marie sursauta au contact de ses doigts froids. Ils lui semblaient être un corps étranger. Elle songea aux mains chaudes d'Henri de Vibrac, qui lui étaient infiniment plus agréables et familières.

— Peu importe mon goût et mon esprit, monsieur. S'il me faut obéir à mon père, alors vous aurez juste mon corps ! affirma Marie, dont la poitrine s'agitait à présent d'une colère sourde.

— Eh bien, voilà ! Un père a sur les vœux d'une fille pleine jouissance et cela ne souffre pas de contradiction ! ajouta Marsac. Laissons donc là son esprit et son jugement, ils sont sans importance.

— Quand même…, tempéra Brisset, ennuyé.

— Ce sont là des caprices féminins ! Une fois mariée, elle sera suffisamment occupée à tenir son ménage pour empêcher ses pensées de vagabonder et sera bien forcée de revenir à des choses plus concrètes ! surenchérit le père en adressant à son futur gendre un clin d'œil appuyé.

Brisset la regarda un peu plus attentivement. Marie se retenait de pleurer. Elle tâchait de se raccrocher aux bouclettes blondes de son interlocuteur en songeant qu'un homme possédant la chevelure d'un angelot ne pouvait être complètement détestable.

— Je ne ferai rien que vous ne l'ayez décidé…, répliqua Brisset avec douceur, en lâchant sa main.

Elle respira, soulagée. Au fond, il n'était pas si abominable ; intéressé certes, mais pas mauvais. Et en tout cas il ne comptait pas la forcer à l'aimer.

— L'affection viendra au fil du temps ! C'est comme l'appétit qui vient en mangeant, expliqua Marsac. Et l'on ne demande point à une femme de faire preuve d'esprit dans un ménage, pourvu qu'elle sache coudre, cuisiner, élever les enfants et régler la dépense avec économie !

Marie était atterrée que son père puisse tenir un tel discours, et elle songea avec tristesse à sa mère dont les aspirations artistiques avaient jadis été étouffées. Elle avait en effet retrouvé plusieurs de ses peintures dans des tiroirs. Elles étaient de très bonne facture, mais son père avait toujours considéré ce talent comme mineur au regard des aptitudes qu'il jugeait véritablement utiles :la couture et la gestion du ménage.

Même mariée, Marie ne comptait pas cependant interrompre son étude des sciences. Et elle avait bien l'intention de continuer ses activités au château aussi longtemps que la comtesse la protégerait.

— Si vous m'autorisez à demeurer comme dame de compagnie auprès de la comtesse, monsieur, j'accepte de vous épouser sur-le-champ, dit alors Marie d'un ton résolu.

— Est-il bien question de Mme de Guiche ? Tu n'auras plus besoin de travailler, si tu es mariée ! s'exclama Marsac, hors de lui.

Catherine qui jusqu'à présent avait assisté aux échanges avec un mélange de curiosité et d'ennui se redressa cette fois sur son siège. Elle devait en effet être soucieuse que Marie puisse terminer les crèmes et autres cosmétiques qu'elle lui avait promis.

— Et pourquoi donc ne pourrait-elle le faire, si tel

est son choix ? demanda-t-elle soudain, à la surprise générale.

— Son choix ? Une fois mariée, son époux répondra d'elle ! C'est donc à lui qu'il appartient de décider, tempêta Marsac.

— En effet ! approuva Brisset. Et je pense qu'il est souhaitable que Marie continue à travailler si tel est son désir, du moins tant que nos enfants ne seront pas arrivés bien entendu.

Marie le regarda avec gratitude.

— Et puis, cela amènera une source de revenus bien appréciable dans notre ménage ! ajouta-t-il encore, pragmatique.

La jeune femme perdit alors définitivement toute illusion sur son compte.

— Eh bien, c'est parfait ! Nous sommes d'accord ! s'écria Marsac, espérant quelque chose qui ne vint pas.

C'est pourquoi il hurla de plus belle :

— Nous sommes bel et bien D'ACCORD !

C'est le moment que choisit Justine, qui visiblement avait reçu des instructions en ce sens, pour entrer avec les plats. Lesquels étaient froids à force d'avoir attendu.

— Que l'on amène une bouteille de mon meilleur vin pour fêter cela !

Si Guillaume Brisset parut s'en réjouir, Marie dut subir les remontrances de sa sœur :

— L'autre était mieux..., lui souffla-t-elle.

Marie baissa la tête avec tristesse. Pour une fois, elle était bien d'accord avec elle. Mais Henri de Vibrac l'avait fortement déçue ; pire, il l'avait blessée, car elle éprouvait des sentiments pour lui. Alors Brisset ou un autre, peu lui importait.

Lorsque Marie revint au château deux jours plus tard, Henri qui l'avait jusque-là évitée la croisa malencontreusement dans la cour. Le duc d'Angoulême l'avait convoqué pour une raison urgente. Il devait donc répondre aux ordres et n'avait guère le temps de s'attarder. Toutefois, son cœur fit un bond dans sa poitrine lorsqu'il heurta une silhouette gracile qui se dirigeait d'un pas rapide vers le laboratoire. Et cette silhouette, il l'aurait reconnue entre mille… C'était celle de Marie !

— Pardonnez-moi, fit-il alors en la saluant avec raideur, avant de reprendre sa marche en direction du château.

Elle avait levé la tête vers lui, et il avait vu ses yeux sombres, emplis de tristesse. À moins qu'il ne se soit fait des idées. Son visage était aussi extrêmement pâle, avec quelques rougeurs étranges, et des cernes qui trahissaient sa fatigue.

Des soucis sans doute l'empêchaient de dormir.

Son cœur se serra bien malgré lui, lorsqu'il songea qu'elle souffrait peut-être autant que lui de l'échec de leur rencontre. Il se sentit empli de compassion à son égard. Un moment, il eut envie de la rattraper pour lui demander si elle allait bien, lui dire ô combien elle lui manquait et à quel point il lui était pénible d'essayer de l'éviter et de l'oublier. Il était si difficile pour lui de mettre un terme à l'espoir d'une relation entre eux, c'était comme vouloir éteindre un feu qui ne cessait de couver sous la cendre. Il avait bien tenté de se soustraire à ces pensées obsédantes à son sujet, mais en vain.

Jusqu'ici Henri était toujours parvenu à mettre ses sentiments de côté pour ne pas souffrir et réussir.

Mais, à présent que la boîte de Pandore[1] était ouverte, il n'arrivait pas à canaliser ce débordement d'émotions, ce déferlement toxique qui empiétait sur tous les aspects de son quotidien. Une existence, en vérité, devenue bien morne depuis que Marie était entrée dans sa vie en bouleversant tout sur son passage, puis sortie tout aussi vite. Après avoir vécu et ressenti une telle exaltation, qu'il était dur de revenir à la froide réalité ! Elle lui paraissait bien fade et vide de sens. C'était pourquoi il lui fallait retrouver le prix de cette vie pour en redécouvrir tout son intérêt, et le duc allait peut-être pouvoir lui en fournir l'occasion.

Il n'avait pas fait trois pas qu'il croisa son subalterne, lequel avait surgi dans la cour sans même avoir eu le temps de boutonner sa veste.

— C'était Marie, n'est-ce pas, qui vient d'arriver ? Sa sœur n'est pas avec elle ?

— Voyons, reprenez-vous, lieutenant ! Savez-vous bien à qui vous vous adressez ?

— Pardonnez-moi, mon commandant. Mais elle m'avait donné rendez-vous et cela fait deux jours qu'elle n'est pas venue au château ! Je m'inquiète, confessa-t-il avec beaucoup de fébrilité dans la voix.

Henri voulut là encore le sermonner sur sa grande liberté de ton. *À qui donc pense-t-il parler en confiant sa vie sentimentale à son supérieur ?*

Puis il songea que Catherine avait suscité chez lui un espoir déçu, comme Marie finalement chez lui, et

1. La locution « boîte de Pandore » fait référence au mythe grec dans lequel Pandore, mue par la curiosité, ouvre la boîte laissée aux soins de son mari, libérant ainsi tous les maux sur l'humanité.

il regarda différemment le jeune homme dont les traits semblaient tirés.

— C'était bien Mlle Marsac, en effet, répondit-il d'une voix moins dure. Et je n'ai point vu sa sœur avec elle.

— Ah… Dommage, répliqua le prétendant, désappointé.

— Mais je ne doute point qu'elle reviendra bientôt ! Sinon oubliez-la ! C'est qu'elle ne se soucie pas de vous.

Il se montrait peut-être sévère, mais beaucoup plus raisonnable pour son second finalement qu'il ne l'était pour lui-même.

Il fit quelques pas et entendit le lieutenant lui répondre :

— Sauf si son père lui impose un fiancé, comme à sa sœur !

— Pardon ? fit Henri en se retournant, et ce en dépit du devoir impérieux d'aller retrouver le duc.

— Comment, vous n'êtes pas au courant ? Ce vieux grigou a engagé Marie de force à l'un de ses clients, un certain Brisset, un homme qui venait d'hériter une petite fortune de son père. Ah, ces notaires ! Ils savent bien où est leur intérêt !

Cette nouvelle fit à Henri l'effet d'une enclume tombant sur sa tête.

Marie ? Fiancée ? Ce n'est pas possible ! Cela expliquerait en tout cas son étrange attitude à mon égard.

Il tenta de chasser sa douleur pour essayer d'y voir clair.

Si cela se trouve, peut-être que le jour de notre rendez-vous elle le savait déjà ! Et elle s'est enfuie par crainte de me céder… Cela change bien des choses ! songea-t-il en se sentant presque soulagé.

D'un autre côté, cela ne se peut car, si elle l'avait su

elle, n'aurait pas pris le risque de se montrer au village en ma présence. Une douleur sourde l'envahit de nouveau.

Quand je pense qu'un autre va s'unir à cette charmante jeune femme ! Marie, fiancée à un homme qu'elle n'a pas désiré... Un stupide mariage d'intérêt ! Elle vaut tellement mieux ! Diantre !

Encore sous le coup de la nouvelle, il entra au château, traversa un long couloir qui le mena dans les appartements du duc. Ce dernier était assis dans un fauteuil de velours bordeaux devant son secrétaire. Il tenait une missive à la main. Henri salua et attendit tout en observant l'homme aux cheveux couleur cendre. Il paraissait préoccupé, mais, lorsqu'il le vit, son visage s'éclaira et son regard gris de loup se fit plus doux.

— L'affaire est grave..., commença le duc, j'ai reçu quelques nouvelles de Louis le quatorzième. Il semble que notre jeune souverain soit en très mauvaise posture !

Henri sentit son estomac se contracter. Ancien mousquetaire, il aurait donné sa vie pour le roi de France et savoir son successeur en danger le chagrinait terriblement.

— De plus, la Fronde gronde et si cela continue elle sera bientôt aux portes de notre village ! poursuivit-il.

Ce qui dans sa bouche paraissait d'autant plus choquant que le duc avait tenté de relativiser les événements jusqu'ici. Il semblait cette fois en proie à une forte inquiétude.

— J'ignore laquelle de ces deux informations est la plus préoccupante..., ajouta encore le duc.

En disant cela, il feignit de réfléchir à haute voix, car en vérité sa décision était certainement déjà prise.

— Monseigneur, permettez-moi de partir ! Je désirerai

mettre mon bras au service du roi afin d'éviter le pire pour le royaume de France. La situation risque fort en effet de devenir incontrôlable.

— Je me doutais que tel serait votre souhait, admit le duc en caressant sa barbiche. J'y vois cependant deux objections.

— Lesquelles, monseigneur ? questionna Henri, bouillonnant.

— La première est que j'ai besoin de vous ici pour protéger le château.

— Sur ce point, je vous affirme que mon second sera tout à fait capable d'assurer la sécurité des lieux, conformément aux instructions que je lui laisserai. Et puis, ce sera le temps que je revienne.

Le duc parut sceptique, puis poursuivit :

— Quant à la seconde : je ne voudrais pas perdre un homme de votre qualité, dit-il en le scrutant avec intensité.

Il le tenait véritablement en haute estime. Et il est vrai qu'il avait toujours veillé sur lui, de près ou de loin, et ce depuis leur rencontre sur un champ de bataille où Henri s'était fait remarquer. C'était lui encore qui l'avait engagé lorsqu'il avait quitté la compagnie des mousquetaires pour assurer la garde de son domaine.

— Sauf votre respect, monseigneur, je suis un soldat aguerri et je sais me défendre !

Le duc acquiesça. Mais il semblait véritablement devant un choix qui lui posait problème.

Il se leva, fit quelques pas dans la pièce et dit :

— Très bien, mais nous allons agir de manière plus stratégique. Je vous confie la mission de rejoindre le roi. Vous irez prendre ses instructions ainsi que celles de sa mère, mais d'eux seuls et de personne d'autre, m'entendez-vous ? Et surtout pas de ce gredin de Sicile[1] !

Henri acquiesça. Le duc de toute évidence ne portait pas Mazarin dans son cœur.

— Vous lui remettrez également une lettre dans laquelle je lui offre mon soutien s'il le désire, ainsi qu'une cassette. Il sera certainement heureux de disposer d'un peu d'argent, le nerf de la guerre. Je doute en effet qu'il ait pu en emporter beaucoup dans sa fuite.

Henri songea que cette action généreuse pouvait toutefois creuser le déficit du duc, que l'on disait volontiers dépensier.

— Fort bien ! approuva Henri, bien que déçu de ne pouvoir rester auprès du jeune roi pour combattre.

— Il s'agit d'une mission secrète très dangereuse, reprit le duc en pesant ses mots. L'acceptez-vous ?

— Oui, monseigneur ! répondit Henri, ravi de se voir confier une mission d'importance.

Celle-ci lui permettrait peut-être de sortir du marasme dans lequel il s'était enfoncé et de fuir sa douleur.

— Je n'en attendais pas moins de vous. Il va de soi que vous prendrez avec vous autant d'hommes que vous estimerez nécessaire…

— Non point, monseigneur. Je pense qu'il serait plus sage que j'agisse seul.

— Seul ? s'exclama le duc, abasourdi.

— Absolument ! Tout d'abord parce qu'il s'agit d'une mission extrêmement périlleuse et qui peut donc se révéler meurtrière. Et ensuite parce qu'un individu

1. Expression des détracteurs de Mazarin qui lui reprochaient son origine italienne et roturière.

seul pourra passer entre les mailles du filet, là où une troupe entière ne manquerait pas de se faire remarquer.

— En effet ! C'est bien vu. (Le duc réfléchit un moment, puis, d'un air contraint, s'exclama :) Eh bien, soit. Que Dieu vous garde !

— Quand dois-je partir ?

— Le plus tôt sera le mieux.

— Dans ce cas, je m'en irai ce soir, à la faveur de la nuit. Cela tombe bien, la lune est en croissant, ce qui me permettra d'avancer discrètement et de voir sans être vu.

— Fort bien !

Le duc s'en retourna traiter ses papiers, signifiant par là que l'entretien était terminé.

Henri le salua et s'apprêtait à partir lorsqu'il entendit :

— Et, Henri…

Il frémit à l'évocation de son prénom, c'était la première fois que le duc le nommait ainsi. Sans doute avait-il mal entendu ou bien sa langue avait fourché ? Il se retourna vers le duc qui le regardait à présent avec une étrange émotion.

— Revenez-nous vite et bien vivant. Bonne chance !

Henri opina de la tête, salua de nouveau et sortit.

Il songea alors que s'il s'en tirait il aurait en effet de la chance ! C'était une mission suicide, mais le duc se devait d'agir ainsi, car l'affaire était délicate et nécessitait du doigté. Les fausses informations étaient légion et il se devait de récupérer les instructions et la conduite à tenir à la source. Et c'était en lui, Henri de Vibrac, qu'il avait décidé de placer sa confiance. Cela lui fit du bien. Il se sentit valorisé.

Il songea alors à Marie. Cette mission était périlleuse

et il pouvait perdre la vie et ne plus jamais la revoir. Au fond, ce n'était peut-être pas une mauvaise chose. De toute façon, elle serait bientôt mariée et l'oublierait. Tandis que lui était persuadé qu'il n'arriverait jamais à passer au-dessus de ses sentiments pour elle. Alors, quelque part, il n'avait plus rien à perdre.

Chapitre 13

Recettes et Secrets de femmes

Alchimie amoureuse :
Provoquez le manque et une brève séparation

Plusieurs jours s'écoulèrent avant que Marie ne prenne connaissance de l'absence d'Henri de Vibrac et ne s'en inquiète. Elle le croisait toujours à un moment ou un autre, même si elle s'efforçait le plus possible de l'éviter, ou elle l'apercevait au loin donnant ses instructions à la troupe. Mais, depuis quelques jours, un officier semblait avoir pris sa place.

Comme elle ne pouvait pas s'en ouvrir directement auprès des soldats ni de la comtesse, ne souhaitant pas qu'elle se fasse des idées à son sujet, elle chercha une manière détournée d'obtenir des informations.

Sa sœur ne venait plus au château depuis que leur père avait fait part de son aversion pour les militaires. Sans doute ne voulait-elle plus être tentée. En revanche, elle avait fait la connaissance d'un jeune forgeron qui monopolisait toute son attention. Depuis elle se rendait presque tous les jours au village pour faire des courses.

Ce soir-là, n'y tenant plus, Marie alla la trouver dans sa chambre et lui fit part de son inquiétude :

— Pourquoi ne m'accompagnes-tu plus au château ? J'ai cru comprendre que tu manquais à beaucoup de monde là-bas. Et puis, j'appréciais de faire le voyage avec toi…

— Ah, parce que je te manque maintenant ? Quoi qu'il en soit, c'est terminé. Je n'ai que faire des militaires ! Tu as entendu notre père ?

— Je pense qu'il ne parlait pas sérieusement. Il tenait tellement à valoriser son jeune poulain qu'il aurait détruit la réputation de tout rival se présentant contre lui.

— Crois-tu ? questionna sa sœur, en proie au doute, en jouant avec ses boucles blondes.

— J'en suis certaine !

— Dans ce cas… Je dois avouer que Rodolphe me manque un peu. Sans compter ce petit rouquin… Comment s'appelait-il déjà ? Ah, Raphaël… Il était à croquer !

— Eh bien, qu'attends-tu donc pour aller leur rendre visite ?

Catherine dévisagea Marie d'un air suspicieux.

— Pourquoi deviens-tu gentille avec moi tout à coup, que caches-tu ?

— Mais rien, voyons. J'ai toujours été bonne avec toi. Ne t'ai-je point fabriqué quelques crèmes pour le visage ?

— Oui, bien sûr ! Mais un peu sous la contrainte tout de même…

— Te conviennent-elles ?

— À merveille ! La dernière en particulier avec de l'argile a la faculté magique d'assécher mes boutons et de les faire disparaître !

Marie sourit.

— Alors, tu vois !

— Bon. C'est entendu, je viendrai avec toi au château demain.

— Formidable !

Marie allait partir lorsqu'elle entendit sa sœur :

— D'ailleurs comment va ce cher commandant ?

Elle frémit puis baissa les yeux.

— Je l'ignore. En fait, je ne le vois plus. Il semble qu'il ait disparu du château ! Peut-être s'est-il absenté ? suggéra-t-elle d'une voix fébrile.

— Ou peut-être a-t-il appris pour ton mariage ? répondit spontanément Catherine, ce qui fit frissonner sa sœur.

— Oui, oh ! Ce n'est pas pour demain non plus, tempéra la jeune femme. Rien ne presse, et ce, quoi qu'en dise notre père ! Et puis, je ne suis pas certaine que cela affecte le commandant au fond.

En disant cela, elle ressentit un pincement au cœur. Elle n'avait pas vu les choses sous cet angle il est vrai. Se pourrait-il en effet que l'annonce de son mariage soit parvenue jusqu'à lui ? Et qu'il en ait été blessé ou qu'il en ait conçu une forme de ressentiment ?

— De cela, je me permets d'en douter ! Il semblait sincèrement épris de toi…

Marie voulut parler, mais aucun son ne sortit de sa gorge, qu'elle sentait très serrée à présent.

— Allez, sois tranquille, je mènerai mon enquête sur

la mystérieuse disparition du commandant ! la rassura Catherine, conciliante.

— Je te remercie !

— Je savais bien que tu avais quelque chose à me demander, répliqua sa sœur, fine mouche.

Le lendemain, l'arrivée de Catherine au château provoqua une véritable émeute chez les militaires. Le lieutenant de faction eut bien du mal à discipliner ses troupes pour les faire rentrer dans le rang.

Marie attendit la fin de la matinée et prétexta un livre à rendre à la bibliothèque pour aller s'enquérir des nouvelles auprès de sa sœur. Elle brûlait d'impatience d'en savoir plus sur l'absence d'Henri et cela la torturait bien plus qu'elle ne l'aurait voulu. Elle n'arrivait même plus à se concentrer sur ses potions !

Lorsqu'elle retrouva Catherine, celle-ci était en grande conversation avec un jeune officier. Mais elle n'eut pas besoin de lui faire signe car, dès qu'elle l'aperçut, sa sœur la rejoignit prestement. Elle la tira alors par la manche pour l'emmener un peu plus loin, à l'abri des oreilles indiscrètes.

— Tu avais raison, Henri est parti ! s'exclama Catherine, en proie à une grande agitation.

Une vive douleur frappa Marie dans la poitrine.

— Et où est-il allé ? articula-t-elle péniblement.

— En mission !

— Ah, donc c'est temporaire ! répondit Marie, soulagée.

— Oui, sauf qu'il s'agit d'une mission secrète et très dangereuse ! Je ne te raconte pas ce que j'ai dû faire pour obtenir ces informations, ajouta encore Catherine, faisant mine de s'éventer.

— Et je t'en remercie fort ! Mais bon, fais attention à toi quand même ! Je ne te demande pas de te compromettre non plus…

— Mais non, je ne suis pas folle ! répliqua sa sœur, avant de reprendre un ton plus bas : Il se dit qu'Henri est allé rejoindre le jeune roi et que la guerre est partout !

— La guerre ?

— Oui, enfin la Fronde… Mais bon c'est pareil ! Le pouvoir est chahuté et ton beau commandant est parti seul pour traverser les lignes ennemies et tenter de parler au souverain.

— Oh ! mon Dieu ! s'écria Marie, atterrée. Mais pourquoi ?

— Ordre du duc, tu penses bien ! Il se dit aussi qu'il transportait avec lui une cassette remplie d'or. Autant te dire que s'il tombe sur des voleurs, son compte est bon !

Marie sentit une certaine panique l'envahir, avant de s'efforcer à raisonner :

— Mais…, c'est un excellent bretteur, n'est-ce pas ?

— Ça, je te le confirme, Raphaël, le petit rouquin là-bas, en a fait les frais. Il paraît qu'il a failli le transpercer l'autre jour à l'entraînement, mais fort heureusement Raphaël a réussi à le contrer et à renverser l'affrontement en sa faveur. Et même qu'à la fin, Henri a fini par le supplier de le laisser en vie !

Marie observa sa sœur avec une certaine suspicion. Elle doutait fort en effet que les faits se soient déroulés ainsi, le jeune homme avait sans aucun doute voulu se vanter auprès d'elle.

— Le problème, c'est qu'il est seul contre tous…

— Ça, tu l'as dit ! Honnêtement, beaucoup de soldats ici pensent qu'il ne reviendra pas.

Marie manqua de défaillir. Heureusement, sa sœur lui saisit le bras :

— Ça va ? Tu es toute pâle !

— Oui… Je dois retourner travailler.

— Vas-y ! Et ne t'inquiète pas, je te tiendrai informée si j'ai des nouvelles.

Marie lui sourit et s'en fut vers le château, du moins aussi vite que l'y autorisaient ses jambes en coton.

Son cœur battait à tout rompre, elle avait un brouillard devant les yeux. Elle n'aurait jamais cru ressentir une telle douleur en apprenant le départ d'Henri. Il ne s'agissait que d'une mission après tout, comme il avait dû en mener tant dans sa vie ! Mais là c'était une mission très risquée, dont il avait peu de chances de réchapper.

Marie formula une prière pour qu'il revienne sain et sauf. Alors qu'elle risquait de le perdre, elle réalisait plus que jamais l'importance qu'il avait à ses yeux.

Soudain, elle vit la comtesse sortir dans la cour.

— Ah, Marie, je vous cherchais ! La bibliothèque n'est pas par ici… Vous seriez-vous égarée ?

— Pardonnez-moi, je devais dire quelque chose à ma sœur ! se justifia maladroitement Marie.

La comtesse l'observa d'un air suspicieux.

— J'espère que tout va bien, vous êtes toute pâle !

— À vrai dire, je ne me sens pas très bien.

— Mais que ne me l'avez-vous dit plus tôt ! Je vais nous faire préparer une tasse de thé et des petits gâteaux.

— Mais j'ai des potions sur le feu !

— Eh bien elles refroidiront et vous les reprendrez

plus tard ! Allez, venez, à quoi sert l'esprit si le corps nous lâche ? Il faut vous ménager un peu…

Marie devait bien convenir qu'elle avait raison. Et finalement, à quoi servait aussi d'avoir de l'esprit et un corps si le cœur était absent, parti avec l'objet de son affection ?

Le lendemain, puis les jours suivants, Catherine revint au château, toujours dans le but de glaner des nouvelles d'Henri de Vibrac pour Marie. Hélas, aucune information ne leur parvint.

Au matin du cinquième jour, Catherine qui avait sommeil décida de rester à la maison. Elle fut aussitôt pressée par sa sœur de l'accompagner au château.

— Je m'ennuie à force toute la journée là-bas ! rechigna la cadette, encore dans son lit. Et puis j'ai épuisé tous les sujets de conversation avec les militaires. Ils veulent plus à présent !

— Tu peux toujours passer du temps dans la bibliothèque, suggéra sa sœur.

— M'as-tu bien regardée ? protesta Catherine, tout ébouriffée. Ai-je une tête à rester des heures durant dans des livres ?

— Ah, parce qu'il faut une tête pour cela ? Il suffit juste d'avoir un peu d'esprit.

— Alors il faut croire que je n'en ai pas ! rétorqua Catherine, lassée de leurs joutes oratoires, avant de plonger sous son oreiller.

Ce fut finalement la promesse d'une nouvelle crème pour rendre les mains douces qui la convainquit de l'accompagner.

Ce jour-là, l'espionne en jupons devait apprendre de la bouche d'un officier qu'en l'absence de nouvelles, ils avaient tout lieu de penser qu'Henri avait été tué ou fait prisonnier. Ils avaient faible espoir, les jours passant, de le revoir.

En l'apprenant, Marie accusa le coup, mais refusa cependant de céder au découragement. Dans son cœur, Henri de Vibrac était toujours bien vivant. Elle le sentait, elle en avait l'*intuition*, ce qui était pourtant contraire à tous les principes de la femme de science qu'elle était, habituée à raisonner en s'appuyant sur l'expérience acquise et les faits.

Oh ! Henri ! Tu es vivant, je le sais, je le sens ! Je t'en prie, reviens…

Elle aurait donné n'importe quoi pour le revoir.

En y repensant, il ne lui avait rien dit de bien offensant l'autre jour, surtout comparé au discours tenu par son père ensuite. C'était finalement son orgueil qui avait été blessé. Elle avait été bête d'en être autant affectée.

À présent qu'elle risquait de le perdre et de ne plus jamais le revoir, elle comprenait à quel point cet homme lui plaisait, à quel point elle appréciait de l'apercevoir tous les jours, de discuter avec lui. Elle le voyait soudain paré de toutes les qualités. Il était grand, il était beau, fort et charmant, protecteur aussi. C'était un excellent soldat, un formidable cavalier. Il savait aussi se montrer attentionné et prévenant, comme lorsqu'ils avaient dansé tous deux. Elle se repassait inlassablement tous ses souvenirs avec lui, et même les mauvais s'éclairaient d'une lumière positive. Ce soir-là dans son lit, Marie, vaincue, réalisa qu'elle l'aimait terriblement, éperdument ! Que ne s'en était-elle rendu compte avant ! Le manque était cruel, dévastateur dans son cœur, devenu froid comme un glaçon et dans sa tête, soudain creuse et vide. De plus, elle ressentait une douleur aiguë au crâne provoquée par la contrariété sans doute, tandis que son ventre se contractait sous l'effet de ses boyaux qui se tordaient en tous sens. Marie n'aurait jamais cru que des sentiments puissent provoquer de tels ravages sur le corps. Elle en déduisit d'ailleurs, avant de le reporter dans son petit carnet, que pour soigner le corps il convenait de soigner l'esprit et le cœur. Mais comment soigner un chagrin d'amour ? Seule la présence de l'être aimé pouvait combler ce vide béant. Et l'absence mêlée à l'inquiétude était finalement la pire des tortures.

Si Henri en réchappait, elle se fit la promesse qu'elle lui ferait part de ses sentiments, en souhaitant que lui-même éprouve une inclination comparable à la sienne.

Les jours passèrent, plombés par un silence lourd qui s'appesantissait davantage à mesure que se réduisait tout espoir de le revoir vivant.

Au matin du onzième jour de sa disparition, en arrivant au château, Marie vit une agitation étrange. Elle sut aussitôt que cela avait un rapport avec Henri. Son cœur accéléra jusqu'à tambouriner dans sa poitrine, ses tempes bourdonnaient et elle ne cessa de prier pour que de mauvaises nouvelles ne soient pas survenues.

Ce matin-là, en dépit de ses suppliques, elle n'avait pu convaincre sa sœur de l'accompagner. Celle-ci avait visiblement mieux à faire du côté du village. Le séduisant forgeron la faisait tourner en bourrique en feignant de ne plus s'intéresser à elle. Il semblait qu'en matière de cœur il avait compris qu'un dédain affiché pouvait paradoxalement susciter les faveurs des femmes. Sa sœur en tout cas s'y était laissé prendre. Ce matin-là, Marie ne pouvait donc compter que sur elle-même pour obtenir des informations. Elle aurait certes pu demander à la comtesse, mais l'impatience guida ses pas.

Elle avança jusqu'au poste de garde où elle aperçut le jeune homme aux taches de rousseur assorties à ses boucles, Raphaël, selon sa sœur. Il la vit aussitôt et la fixa un instant. Elle lui sourit dans le secret espoir de le faire venir vers elle. Comme il ne bougeait pas, elle insista et finit par improviser. Elle allait prétendre qu'elle avait un message de sa sœur pour lui. Elle lui fit signe, imaginant au même instant un prétendu message de sa sœur à son intention : « Pardonnez-moi, je ne pourrai venir aujourd'hui, mais ne vous oublie pas ! » *Voilà qui devrait faire l'affaire !*

Cette fois, il regarda autour de lui pour voir si l'un de ses collègues l'avait remarquée et, comme personne ne se décidait, il avança à sa rencontre. Marie put constater qu'il flottait quelque peu dans son bel uniforme bleu. C'était encore un gamin, et Marie espéra que sa sœur ne lui briserait pas le cœur.

— J'ai un message de la part de Catherine à votre intention, déclara-t-elle alors, avec un enthousiasme feint.

Il la fixa avec mépris et rétorqua avec une fermeté qu'elle n'aurait pas soupçonnée chez lui :

— Répondez-lui d'arrêter de m'importuner ! Je sais de toute façon qu'elle est amoureuse du commandant. Elle n'a de cesse de m'interroger à son sujet.

Marie balbutia, décontenancée.

— Je crois que vous faites erreur, je vous l'assure !

Et pour cause, dans la famille Marsac, s'il y avait

bien une sœur intéressée par le commandant, c'était elle ! Si elle lui avait posé des questions, c'était pour la renseigner elle ! Elle songea alors que sa sœur avait dû se mettre plusieurs militaires à dos pour la contenter. Une vague de gratitude l'envahit.

— Oh que non ! reprit Raphaël. D'ailleurs Rodolphe pense la même chose !

Voyant la situation lui échapper, Marie posa alors la question qui la taraudait.

— Pardonnez-moi, mais que se passe-t-il ici ? Pourquoi cette agitation ?

— Justement quand on parle du héros ! maugréa la jeune recrue. Il est revenu ce matin, sain et sauf, et tout auréolé de gloire ! Vous pourrez le dire à votre sœur ! Je suis certain qu'on la verra accourir demain ventre à terre…

Le héros ? Parle-t-il d'Henri de Vibrac ? Son Henri ?

— Votre… Votre commandant est là ?

— Si fait ! Tout crotté et couvert de blessures, mais vivant !

— Oh ! mon Dieu ! Merci… Vous êtes… adorable ! souffla-t-elle, débordante de gratitude.

— Mais je vous en prie ! répondit le jeune homme en rosissant légèrement, avant d'ajouter : D'ailleurs si je puis me permettre, vous non plus vous…

Il se rapprocha d'elle, comme pour faire connaissance, au moment où elle partit en courant vers le château, infiniment soulagée et le cœur léger.

Henri avait à peine pris le temps de panser ses blessures, de faire un brin de toilette et de se changer pour revêtir son bel uniforme aux couleurs de la garde avant de rejoindre le duc d'Angoulême dans ses appartements. Ce dernier s'était levé de son siège à son arrivée, visiblement stupéfait et heureux de le revoir. Henri lui avait alors fait le résumé de ses tribulations, vantant le succès de sa stratégie qui avait consisté à évoluer de nuit, et énumérant les quelques obstacles dont il avait dû « se défaire » après être tombé dans un piège notamment. Il avait en effet été fait prisonnier et retenu plusieurs jours avant de réussir à s'enfuir.

Il avait ensuite remis au duc une missive rédigée de la main du jeune roi, lequel lui témoignait sa gratitude pour son offre de soutien et la cassette. À vrai dire, il en avait bien besoin ! Le duc se garda bien de lui communiquer le reste de la lettre, désireux de conserver le secret. Il mentionna cependant que le monarque s'était montré admiratif vis-à-vis de l'exploit d'Henri et qu'il avait signifié qu'il aimerait avoir des hommes de sa trempe dans sa garde rapprochée. Aussi, si Henri de Vibrac voulait bien lui faire l'honneur de mettre son bras à son service, il en serait ravi.

L'offre du roi était claire, et Henri se retrouvait à présent confronté à un dilemme : rejoindre le souverain ou rester auprès de son seigneur et maître à Grosbois.

Le duc, qui s'était laissé aller quelques instants auparavant à manifester sa joie de revoir Henri, demeurait assis, muré dans le silence et la relecture de la lettre du jeune roi pour la troisième fois.

— Cette décision vous appartient désormais, Henri. Quoi que vous choisissiez, je ne m'y opposerai pas, finit-il par dire, tandis que ses yeux gris délavé traduisaient sa tristesse.

— La volonté du souverain est telle qu'on ne la conteste guère en général ! rétorqua Henri, contrit.

— Les choses sont quelque peu différentes aujourd'hui compte tenu de sa position, ce qui vous laisse le luxe de la décision, répliqua le duc, en modérant ses propos.

Henri acquiesça.

— Bien, je vais y réfléchir !

Le duc se leva alors de son fauteuil pour s'approcher de lui, et lui posa une main chaude et amicale sur le bras. Ce qui surprit Henri et lui procura même un certain frisson.

— Allez vous reposer, mon ami, à présent. Vous l'avez bien mérité ! Prenez le temps nécessaire pour vous remettre et revenez-nous en pleine forme… avec votre décision.

Au sortir des appartements du duc, Henri, bien qu'exténué, traversa encore la cour pour rejoindre les écuries où il voulait prodiguer des soins à celui à qui il devait en grande partie d'être indemne. En effet, cette mission il ne l'avait pas réussie seul et c'était bien Orion, son étalon, qui avait foncé à bride abattue dans la nuit, l'entraînant loin du feu ennemi. La bête n'avait jamais rechigné à la tâche, galopant très longtemps pour échapper à leurs poursuivants. Il avait escaladé des obstacles, franchi des barricades et écopé d'une sale blessure à la patte qu'il convenait aussi tout spécifiquement de soigner. Sans compter que, comme son maître, il n'avait pas mangé depuis trois jours. Tandis qu'il avançait, le regard d'Henri se porta vers la partie du château abritant le laboratoire. Son cœur se serra en pensant à Marie.

Ces derniers jours, alors qu'il avait tout fait pour

s'éloigner d'elle, il n'avait songé au contraire qu'à elle. Si au début, il ne désirait qu'échapper à son souvenir et guérir de la maladie de l'amour, bien vite son beau visage, sa bienveillance, son intelligence lumineuse et son magnifique regard bleuté avaient été les forces qui l'avaient guidé dans la nuit et qui lui avaient permis de tenir lorsqu'il était au plus mal et que, fait prisonnier, il savait qu'il serait exécuté. Il avait dès lors trouvé le courage de s'en sortir et de s'enfuir, *pour elle* – pour pouvoir la revoir.

Mais à présent, après la douleur, la tristesse et la séparation de ces derniers jours, il se sentait empli d'une nouvelle sérénité. Il avait compris qu'elle n'avait été qu'une étoile filante dans son ciel ; elle l'avait guidé, mais elle n'était pas réelle. La Marie de son imagination n'existait tout simplement pas.

Il tourna la tête et reprit plus fermement sa marche vers les écuries où il retrouva son bel étalon, donc la robe noire luisante était tachée de sang et de boue séchée. Sa patte, suivant ses instructions, avait été nettoyée et enveloppée d'un bandage. Il lui caressa l'encolure, lui murmura des paroles reconnaissantes. Puis il changea son eau et le contenu de sa mangeoire, laquelle avait déjà été remplie par un palefrenier, mais l'animal était tellement affamé qu'il lui en fallait bien plus pour le contenter ! Il entreprit alors de l'étriller et commença à le brosser délicatement, en insistant bien par endroits.

Son cheval se mit soudain à hennir.

— Tout doux, mon beau !

Mais l'équidé dans son agitation tourna la tête de côté. Henri fit de même, et quelle ne fut pas sa stupeur de voir une silhouette angélique se détacher dans la lumière, à l'entrée de l'écurie. Marie était là, qui se tenait devant lui. Son cœur bondit dans sa poitrine. Il s'arrêta de brosser, et elle avança vers lui.

Ils échangèrent un long regard, intense, profond. Il aurait pu durer des heures. Un trouble puissant l'envahit. Puis Henri réalisa qu'il était en simple chemise, sa veste était trop loin pour pouvoir l'atteindre.

— Je suis si heureuse vous revoir… Indemne, je veux dire ! commença-t-elle d'une voix douce, tandis que son regard pétillant balayait son torse presque nu avec ce qui ressemblait à un mélange d'attirance et de gêne pudique.

— Je crois que j'ai eu beaucoup de chance, répliqua-t-il en souriant, presque timidement.

C'est fou ce que cette frêle créature pouvait l'intimider ! Et ce alors même qu'il venait de combattre et de triompher d'ennemis redoutables.

— Une chance que vous avez largement méritée par vos talents…, ajouta Marie, dont le débit était court et haché, comme si elle avait couru ou était fortement émue.

— C'est mon métier, je suis un soldat, répondit-il avec une modestie maladroite.

Elle l'observa encore avec une infinie bienveillance qui lui fit un bien fou. Puis elle dévia son regard vers l'étalon, désireuse sans doute de détourner la conversation de l'irrésistible attraction sensuelle qui existait entre eux.

— Quel magnifique cheval !

— Il s'appelle Orion.

— Bonjour, Orion ! fit-elle en avançant sa main.

L'animal la renifla un temps, puis la laissa approcher. Elle s'employa alors à le caresser avec bonté et générosité.

Et Henri, flatté, tout comme lui, se plut à imaginer que ses mains se posent sur son corps. Il s'empresserait alors de les saisir pour les embrasser avec ferveur. Il lui semblait que cela faisait une éternité qu'il ne l'avait pas vue. Il se serait bien jeté à son cou, trop heureux qu'il était de la revoir après avoir affronté le pire. Mais, bien vite, il lui revint en mémoire son précédent échec et il se força à rester lucide sur ses attentes.

— Il n'est pas courant de voir une demoiselle dans les écuries ! lança-t-il d'un ton qu'il voulut dégagé.

— J'avoue ne m'y être que très peu aventurée jusqu'ici et je le regrette. Les chevaux me fascinent…

— Vous montez à cheval ?

— Hélas, non ! Je n'ai pas ce talent que vous possédez.

Henri eut très envie de lui proposer de le lui apprendre, mais il s'en abstint pour ne pas paraître déplacé.

— Et que faites-vous donc en ces lieux ?

— Je voulais vous voir…, concéda Marie, en baissant les yeux. J'ai… j'ai eu très peur pour vous ! On vous disait perdu… Et je suis ravie de constater que vous nous êtes revenu, en un seul morceau !

Elle leva alors ses yeux célestes pailletés d'or vers lui, et son cœur tressaillit.

— Il est possible que je reparte bientôt cela dit…, répliqua-t-il d'une voix ferme, presque froide cependant, désireux qu'il était de marquer la distance avec elle pour ne plus souffrir.

— Pour quelle raison ? demanda-t-elle d'un ton inquiet.

Ce qui lui procura un petit tiraillement au cœur.

— Louis le quatorzième m'a proposé d'entrer à son service.

— Le roi ? Cela ne se refuse pas, dit-elle en détournant le regard comme pour masquer sa tristesse.

— Cela dépend…

Elle releva aussitôt les yeux vers lui, semblant pleine d'espoir. Ce qui ne fut pas sans lui procurer une certaine satisfaction.

— De quoi donc ?

Il aurait tant eu envie de lui répondre : *de vous.*

Mais c'eut été trop direct.

— J'ai plusieurs éléments à considérer. (Il hésita, puis se lança.) Disons qu'en d'autres temps j'aurais pu m'attacher à vous. Mais je sais à présent que vous êtes engagée et je le respecte…

— Oh ! les choses ne sont pas encore faites ! balbutia Marie, en rougissant.

Cette hésitation lui donna un peu d'espoir, qu'il balaya aussitôt.

— Puis-je vous parler franchement ? demanda-t-il en se postant devant elle, la dominant ainsi de toute sa hauteur.

— Bien entendu ! répondit la jeune femme un peu surprise, tandis que sa poitrine, comme il ne put s'empêcher de le remarquer, se soulevait de plus en plus rapidement dans son corsage.

— Vous me perturbez, Marie. Vous nuisez à ma concentration, à mon travail de soldat. À cause de vous, je… je deviens fou ! Je veux que cela cesse et que vous ne me tentiez plus !

— Que je ne vous… tente plus ?

— Vous m'avez bien entendu ! répéta Henri, soulagé d'avoir sorti ces mots, avant de les regretter aussitôt en avisant le désarroi de son interlocutrice.

Marie devint soudain très pâle. Son regard s'embruma et toute étincelle disparut.

— Pardonnez-moi…

Elle s'enfuit presque de l'écurie.

— Attendez !

Il se reprocha immédiatement ses propos. *Mais quel idiot !* Qu'est-ce qui lui avait pris de la bousculer de la sorte ? Les idées, contradictoires, s'emmêlaient dans sa tête. Il inspira profondément et s'appliqua voir clair dans ses sentiments.

Il était en fait désireux de comprendre ce qu'elle éprouvait pour lui et, en même temps, meurtri par son prochain mariage. C'est vrai, qu'avait-il au fond à attendre d'elle ?

Et pourtant elle était venue le voir, seule, allant à l'encontre de la bienséance pour lui parler et lui exprimer son soulagement de le revoir indemne. C'était donc bien qu'elle avait des sentiments pour lui ! Et ne voilà-t-il pas qu'il venait de la rejeter de la pire manière ? Même si cela n'avait pas été son intention. Par « Ne me tentez plus ! », il voulait dire qu'il était terriblement attiré par elle, en dépit de ce que la situation leur permettait de vivre. En même temps, et sans s'en rendre compte, il lui avait donné un ordre, en lui intimant de ne plus le revoir. Ce qu'il pouvait être maladroit !

Henri eut envie de retourner combattre pour se défouler. Et peu lui importait de périr sous les coups, ce serait encore une pénitence trop douce. Car finalement, de tous ses ennemis, le pire était indiscutablement lui-même !

Chapitre 14

Recettes et Secrets de femmes

Alchimie amoureuse :
Laissez la douleur infuser jusqu'à la révélation

Une nuit affreuse et une journée s'étaient écoulées depuis les paroles que Marie avait échangées avec Henri dans les écuries. Elle s'était sentie si vulnérable devant lui, littéralement foudroyée par ses mots. Peut-être avait-il agi ainsi sous l'effet de la colère de la savoir fiancée ? Ou sous l'effet d'une douleur longtemps gardée secrète, et qui s'était infectée, à moins qu'il ne s'agisse d'une blessure d'orgueil ? Ne lui avait-il pas dit *qu'elle le perturbait ? Qu'elle nuisait à sa concentration et à son travail de soldat ?*

Ainsi donc il sous-entendait qu'elle était néfaste pour lui et qu'il aurait pu se faire tuer à cause d'elle. Ce qui était une terrible accusation. Elle n'estimait pas être responsable de tels maux ! À vrai dire, elle ne se pensait pas capable d'infliger à autrui une douleur pareille par sa seule présence. Et pourtant…

Ce matin, elle était partie sans déjeuner pour éviter que son père ne la voie dans cet état, les yeux rougis et le teint blafard. Catherine dormait encore, après avoir passé la nuit à cogiter sur son forgeron, comme elle le lui avait confié, en lui faisant jurer de ne jamais s'attacher à un homme. C'était à sa connaissance le premier grand chagrin d'amour de Catherine. Elle subissait à présent ce qu'elle avait toujours infligé à autrui, séduisant d'innocents jeunes gens avant de les ignorer. Désormais, c'était elle qui était blessée, autant par cette épreuve et le dédain affiché de son prétendant, que par la prise de conscience coupable de tous ses méfaits passés.

Marie, quant à elle, n'avait jamais connu l'amour auparavant. Et voilà que cet homme lui faisait l'aveu d'une terrible souffrance qu'elle lui aurait occasionnée : « Vous me rendez fou ! »

À cause d'elle, *il ne pouvait pas, n'arrivait plus à exercer correctement son métier de soldat !* Un comble !

Ce matin-là, en se trompant dans la liste des ingrédients de sa potion, elle réalisa à quel point le manque de concentration pouvait nuire, en effet.

La colère en elle le disputait à une terrible souffrance, car son « Ne me tentez plus » semblait vouloir l'exhorter à ne plus jamais le fréquenter. Alors même qu'en son absence elle avait réalisé la vigueur de ses sentiments pour lui. Quelle cruelle ironie ! Comment elle, une fille qui n'avait jamais usé de ses charmes sur quiconque, pouvait bien posséder un tel empire sur les sens d'Henri de Vibrac ?

Car c'était bien de cela qu'il s'agissait : elle était synonyme de tentation pour lui, comme Ève pour Adam. C'était tellement absurde ! Elle n'avait jamais rien fait pour cela. Et cependant l'idée que cet homme valeureux, terriblement séduisant, ce fier militaire, courageux et incorruptible, du moins par la gent féminine, puisse être tenté par elle… tout cela lui procurait un sentiment étrange. Elle possédait donc un certain pouvoir de séduction, dont elle n'avait jamais pris conscience jusqu'ici.

Elle sourit en songeant à cette aura et l'instant d'après éprouva le plus terrible désespoir à l'idée que le seul homme qui l'ait jamais fait vibrer la repousse ainsi, sans ménagement, sans même prendre le temps d'y mettre les formes. Puis la colère reprit le dessus. *Il est bien dommage que M. de Vibrac me rejette à ce point. Il ne sait pas ce qu'il perd !*

— Eh bien, pensez-vous qu'il y ait assez de sel dans cette mixture ? demanda la comtesse qui semblait l'observer depuis un moment.

Sans doute les expressions de son visage trahissaient-elles la lutte qu'elle se livrait intérieurement. Marie cligna plusieurs fois des yeux, revenant à la réalité, pour constater qu'elle avait versé plusieurs fois la dose de sodium nécessaire à sa préparation.

— Ah, en effet ! Je me suis un peu laissé emporter…, répliqua-t-elle en cherchant à minimiser sa faute.

Mais la comtesse, fine mouche, ne l'entendit pas ainsi.

— Cela fait des jours que je vous observe, je vois bien que quelque chose vous tracasse. Vous d'ordinaire si enthousiaste, si minutieuse, vous semblez comme désincarnée, l'esprit complètement ailleurs… Que vous arrive-t-il ?

Marie sentit sa gorge se serrer et des larmes lui monter aux yeux.

— Ce n'est rien, madame la comtesse. Je vais me reprendre !

La comtesse fit alors signe aux domestiques de quitter le laboratoire. Elle alla elle-même fermer la fenêtre, renforçant l'obscurité de la pièce à laquelle les bougies conféraient sa lumière ambrée. Marie sut qu'elle allait être soumise à la question, mais elle n'eut guère la force de lutter.

La comtesse, femme d'expérience, vint se positionner devant elle, en croisant les bras. Marie pouvait sentir son intense féminité, tout autant qu'une écoute presque maternelle.

— À présent que nous sommes seules, dites-moi tout ! D'où vous vient cette tristesse ? interrogea-t-elle de sa belle voix grave, si douce et impérieuse, à laquelle Marie ne pouvait rien refuser.

La jeune femme secoua la tête, peu disposée à parler. Elle ne s'était jamais ouverte à personne de ses sentiments, et ce n'était pas aujourd'hui que cela allait changer.

— C'est un chagrin d'amour, n'est-ce pas ? ronronna la comtesse, à la fois perspicace et perfide devant un âtre devenu brûlant.

— Non…

— Allons, j'en reconnais bien là les signes ! Vous ne mangez plus, dépérissez à vue d'œil, vous êtes toujours dans vos pensées…

— Cela ne change guère de d'habitude, essaya d'ironiser Marie, en vain.

— … En réalité, vous songez constamment à l'être aimé. Mais lui ne vous aime pas, n'est-ce pas ? Ou peut-être tout simplement qu'il ne vous voit pas, du moins telle que vous êtes… Vous êtes si discrète !

Les mots « ne vous aime pas » se superposèrent aux propos d'Henri : « Ne me tentez plus… » ; Marie sentit un sanglot remonter dans sa gorge. Bientôt des larmes brouillèrent ses yeux.

— Je n'ai pourtant rien fait pour cela…, lâcha-t-elle, avant que la tempête intérieure qu'elle s'efforçait de contenir depuis des jours ne la secoue en des spasmes douloureux.

— Laissez-vous aller… Faites donc sortir ce gros chagrin, cela vous fera du bien !

Ce disant, la comtesse s'approcha et lui étreignit la main. Marie sentit là encore sa chaleur et une tendresse toute maternelle. Son corps se mit à trembler sous les assauts des sanglots et bientôt les larmes la submergèrent.

La comtesse la prit alors doucement dans ses bras.

— Cela va aller…

Marie était gênée vis-à-vis de sa bienfaitrice, mais elle se sentait tellement vulnérable qu'elle se laissa aller contre son épaule, sa joue rencontrant la peau de pêche parfumée de sa protectrice. Et elle trouva auprès d'elle le réconfort d'une mère qui lui manquait tant. Quelques minutes plus tard, ses sanglots s'apaisèrent et une sensation de calme l'envahit.

— Là, voilà qui est mieux ! dit la comtesse en lui tendant un mouchoir brodé que Marie saisit.

— Je vous remercie.

La comtesse la regardait à présent avec un beau sourire, comme un arc-en-ciel après la pluie.

— Ainsi donc, vous êtes humaine ! J'avoue en avoir longtemps douté.

Marie sourit, bien malgré elle.

— L'amour est le plus grand des bienfaits, mais il

peut être aussi terriblement douloureux et destructeur. Heureusement, il finit toujours par se guérir avec le temps, même si sur le moment on ne pense pas que cela soit possible, ajouta la comtesse, philosophe.

Elle attendit encore que Marie se calme, puis demanda avec fermeté :

— Qui est donc l'heureux élu ? Ou plutôt l'infâme goujat qui vous fait tant souffrir ?

La jeune femme secoua la tête, signe qu'elle ne désirait pas le dire.

— Ah, les hommes ! Regardez un peu dans quel état il vous a mise ! Ils ne sont décidément sur cette terre que pour constituer un obstacle aux sublimes clartés. Car enfin, un esprit aussi brillant que le vôtre ne mérite pas de voir son intelligence ruinée par un être qui finalement n'en aurait qu'après vos appâts.

— Je vous assure qu'il n'en est point ainsi ! protesta Marie en songeant qu'Henri appréciait au plus haut point sa conversation, notamment sur l'astronomie.

— Se pourrait-il qu'un homme ait su reconnaître vos talents au-delà de votre jolie figure et vous traite avec la considération que mérite votre esprit ?

Marie ne répondit pas.

— Qui ne dit mot consent ! Mais alors quel est donc cet oiseau extraordinaire ?

Il était hors de question cependant que Marie compromette le commandant de la garde. Lequel avait d'ailleurs été très clair avec elle : il ne voulait pas qu'elle le détourne de son devoir de soldat !

— Cela n'a plus guère d'importance...

— Vit-il à l'extérieur du château ?

Marie secoua la tête avant de s'en vouloir, même si elle n'avait guère soufflé mot.

La comtesse se leva et fit quelques pas dans la pièce.

— Il s'agit d'Henri de Vibrac, n'est-ce pas ?

Marie darda des yeux affolés vers elle.

— Non… Ce n'est pas lui !

— Allons, Marie ! Vous n'êtes pas la seule à placer des espions au château… (La jeune fille rougit, songeant à sa sœur.) Les gens de l'écurie vous y ont vus tous les deux. Et comme il est rare qu'une jeune femme s'y aventure seule, la rumeur est parvenue jusqu'à moi.

— Mais alors le duc aussi va l'apprendre…

— Ne vous inquiétez pas, vous êtes sous ma protection. Je pourrai toujours prétexter vous y avoir envoyée pour une affaire urgente.

— Oh ! madame ! Je vous suis infiniment reconnaissante de vos bontés.

— Tâchez cependant d'agir avec plus de discrétion à l'avenir.

Marie acquiesça, honteuse, tout en notant que Mme de Guiche ne l'avait pas réprimandée de s'être ainsi compromise. À vrai dire, elle ne l'en dissuadait guère.

— Il me faudrait toutefois plus d'éléments pour pouvoir vous aider…, surenchérit la comtesse, habituée aux intrigues de cour et rompue à l'art de jouer les entremetteuses.

— Cela ne mérite guère qu'on s'y intéresse, je vous assure…

Mais la comtesse ne l'entendait pas ainsi. Elle pencha sa tête en arrière avec son chignon qui épousait sa nuque, dévoilant sa charmante gorge. Marie se fit la réflexion que cette belle femme d'expérience, qui avait su se faire aimer d'un comte, était sans doute la plus à même de l'aider dans sa démarche. Mais le pouvait-elle ? Henri devait partir, l'entreprise était vaine.

— Henri de Vibrac est un homme très séduisant, certes. Nombre de femmes se sont employées à le capturer dans leurs filets, mais en vain ! L'art militaire lui a aussi enseigné à cuirasser son cœur. Je vous avais prévenue, ce me semble…

Marie songea alors, non sans fierté, qu'elle avait réussi à le toucher pourtant. Après tout, ne lui avait-il pas avoué qu'elle le *tentait* ? Elle redressa la tête.

— Vous aime-t-il ?

— Je l'ignore, mentit Marie, puis elle pensa qu'il lui avait témoigné par écrit de son admiration, c'est pourquoi elle ajouta, car elle ne pouvait tricher avec la comtesse : Mais cela n'a plus guère d'importance, puisqu'il va s'en aller.

— Il repart en mission ?

— Le jeune roi le veut à son service.

La comtesse sembla accuser le coup en se mordant la lèvre. Elle demeura un temps silencieuse.

— L'obstacle est de taille en effet…

Marie prit une profonde inspiration, elle se sentait mieux d'avoir ainsi confié son désarroi.

— … Mais pas infranchissable ! affirma alors la comtesse, à la grande surprise de Marie, qui sentit soudain l'espoir renaître.

— Comment cela ?

— Disons que j'ai en ma possession une arme redoutable qui pourrait bien le faire changer d'avis.

Marie à la fois intriguée et inquiète la fixa avec intensité pour tenter de percer le mystère entourant ses paroles.

La comtesse poursuivit, comme pour elle :

— Il s'agit d'un terrible secret cependant. Si Henri l'apprenait, il lui serait impossible de quitter Grosbois.

À ces mots, Marie frémit. Elle ne désirait pas lui causer du tort.

— Je ne veux point qu'on lui fasse de mal, je lui en ai déjà assez fait, je crois !

La comtesse plongea ses yeux dans les siens et répondit avec tendresse :

— Oh ! mon enfant ! Ce que vous êtes naïve ! Mais je vous en prie, ne changez rien ! La vie se chargera bien assez tôt de vous tanner le cuir. Quant à moi, je sais ce qu'il me reste à faire…

— N'est-ce pas dangereux pour vous ?

— Je prends des risques il est vrai, car si le duc venait à apprendre ce que je m'apprête à révéler, je pourrais être bannie du château.

— Alors, je vous en prie, n'en faites rien ! s'exclama Marie, affolée. Je ne mérite pas que vous vous exposiez à une telle sanction.

— Allons, ma décision est prise ! Je ne peux pas vous laisser dans cet état-là, vous allez dépérir. Et j'ai trop besoin de vous.

La comtesse sourit et sortit.

Marie songea alors qu'elle était sur le point d'anéantir non pas une, mais deux personnes à présent : Henri et la comtesse. Cette pensée la fit frémir, et elle pleura de plus belle.

— Ainsi donc, la rumeur est vraie, vous nous quittez ! lança Mme de Guiche à Henri, occupé à ranger ses affaires dans son bureau.

Il leva les yeux et la vit entrer d'une démarche féline et chaloupée.

— En effet ! Que me vaut votre visite ? questionna le commandant, d'un ton distrait.

— Je pense que vous faites une grosse erreur en partant.

— De cela, il m'appartient d'en juger, madame ! répondit-il avec politesse mais néanmoins fermeté.

Il avait toujours considéré la comtesse comme une femme du monde, douée d'une beauté et d'une intelligence bien supérieure à la moyenne. Mais c'était aussi une personne rusée ; il avait d'autant plus appris à se méfier de l'aura de sensualité qui l'entourait. Il l'avait cependant prise en sympathie depuis qu'il connaissait Marie, si dévouée à son service.

— Vous allez beaucoup nous manquer…, reprit-elle d'un ton empli de tristesse.

Henri la regarda, hésitant sur le sens de sa phrase. Se pouvait-il qu'elle éprouvât une quelconque affection pour lui ? Il songea cependant qu'elle était mariée, et à un homme d'influence qui plus est. Sa pensée n'était donc pas rationnelle.

— Vous m'oublierez, madame, répondit-il un peu cinglant, bien qu'amusé.

— Je veux dire que le duc vous tient en haute estime, ainsi que mon époux d'ailleurs. Du moins lorsqu'il fréquente ce château, ajouta-t-elle, semblant sous-entendre qu'il n'y était pas suffisamment à son goût.

Henri sur ce point, ne se mettrait jamais en position de satisfaire une femme de sa qualité en manque d'affection, quelques soient ses suppliques. Il était bien trop loyal, même s'il reconnaissait que la comtesse aurait pu le tenter. L'évocation du duc le rendit toutefois plus attentif.

— Et je crois savoir qu'ils ne sont pas les seuls que votre départ affligerait, poursuivit-elle, sur un ton d'insinuation.

Henri s'immobilisa pour de bon. Que voulait-elle dire ? Il songea aussitôt à Marie, en réalisant l'instant d'après qu'il était impossible cependant que son inclination lui soit connue.

— Je vous remercie de vos amabilités, mais je suis un peu pressé. J'aimerais partir avant la nuit.

— Y a-t-il une chose qui pourrait vous faire rester ? questionna-t-elle encore, bien décidée à ne pas le lâcher. De l'argent peut-être ?

— Non, point.

— Je m'en doutais ! Vous n'êtes pas du genre vénal, vous. Vous seriez plutôt incorruptible autant qu'inaccessible.

Ses insinuations commençaient fort à l'agacer.

— En effet, madame. Et il n'y a rien qui justifie de ne point répondre aux attentes d'un roi.

— Sauf s'il s'agit de répondre à celles d'un père, peut-être...

Henri leva les yeux et les plongea abruptement dans les siens. La comtesse eut un mouvement de recul devant leur intensité. Sa poitrine s'agita quelque peu, signe de sa nervosité.

— Que savez-vous à ce sujet ?

Il fulminait. Comment donc pouvait-elle être informée de sa quête concernant sa naissance et ses origines ? Était-elle si puissante que l'information était venue jusqu'à elle ? À moins qu'elle ne fasse partie de ceux dissimulant de précieux renseignements, justement.

— Je dirais que j'en sais suffisamment, répliqua alors la comtesse en relevant la tête pour mieux l'affronter.

— Parlez, madame ! Vous en avez trop dit ou pas assez…

— Si tel est votre souhait, répondit-elle d'une voix grave et chaude, mais avant…

Elle se dirigea vers la porte pour la fermer et revint vers lui de son inimitable démarche de fauve.

Chapitre 15

Recettes et Secrets de femmes

Alchimie amoureuse :
Permettez au sablier du temps de faire son ouvrage

Le lendemain matin, Marie avait l'impression de flotter, après avoir évacué la douleur de son chagrin auprès de la comtesse, même si elle n'en demeurait pas moins affectée. Un sentiment de honte toutefois ne la quittait pas. Elle s'en voulait terriblement d'avoir succombé à ses émotions devant sa protectrice et fait preuve de faiblesse dans son travail. Et ce, alors même que son rôle en tant que dame de compagnie était de soutenir la comtesse, et non l'inverse !

Elle se sentait terriblement mal, éreintée, dévastée. Il lui semblait que son cœur était ravagé et qu'aucun remède ne pouvait le guérir. D'après la comtesse, le temps ferait son ouvrage et viendrait cicatriser cette plaie béante, mais en attendant combien la souffrance était vive !

Marie songea que sa sœur était dans un état similaire

au sien. De fait, les repas de famille s'en trouvaient quelque peu assombris même si son père, préoccupé par ses affaires et son mariage prochain, n'y voyait goutte.

Ce matin, elle n'était guère motivée pour aller au château. Henri devait avoir quitté les lieux, et tout serait différent désormais sans lui, sinistre et morne. Car, même lorsqu'elle ne le croisait pas, elle savait qu'il était là et sa présence la rassurait, voire même lui procurait un certain réconfort. Elle le réalisait plus que jamais à présent, mais il était, hélas, trop tard. Elle décida donc de se jeter dans le travail pour l'oublier et jura qu'on ne l'y reprendrait plus !

La comtesse fort heureusement devait lui faire une proposition qui allait changer la donne.

— Alors, comment vous sentez-vous ce matin ? questionna-t-elle avec un enthousiasme appuyé.

— Je vais bien, madame, je vous remercie de votre sollicitude à mon égard. Je tiens d'ailleurs à m'excuser pour mon attitude déplorable d'hier, se repentit-elle, tête baissée.

— Ah, non ! s'écria la comtesse, pas de cela avec moi !

Marie se figea, étonnée.

— Car enfin c'est moi qui vous ai encouragée à vous épancher et à vider votre cœur. Alors n'allez pas ajouter à votre souffrance de la culpabilité !

Marie ne sut que dire. Elle l'y avait incitée, en effet.

La comtesse replaça quelques mèches échappées de son chignon, puis, retrouvant son calme olympien, déclara :

— J'ai songé qu'une toute nouvelle activité vous ferait le plus grand bien !

Marie releva les yeux pour l'observer. Il est vrai qu'elle ne serait pas contre se plonger dans une fièvre créatrice pour se changer les idées, faute de pouvoir oublier l'objet de son affection.

La comtesse la fit un peu patienter, puis profitant de leur intimité dans le laboratoire, faute de domestiques qu'elle avait envoyés chercher des provisions diverses, elle expliqua :

— Figurez-vous qu'une idée m'est venue lors du bal en discutant avec l'une de mes amies. Vous élaborez des crèmes et des remèdes, ce qui est fort bien. Mais pourquoi ne rendriez-vous pas ce savoir accessible aux femmes ?

Marie écarquilla de grands yeux. La proposition était noble, et elle le désirait même ardemment, mais cela semblait terriblement ambitieux.

— Si tu donnes un poisson à un homme, il mangera un jour. Si tu lui apprends à pêcher…

— Il mangera toujours ! répondit Marie, qui connaissait cette citation du sage chinois Lao Tseu, contemporain de Confucius.

— Je vois avec plaisir que vous connaissez ! répliqua la comtesse en la gratifiant d'un large sourire.

— J'ai lu un de ses ouvrages dans la bibliothèque du château…

— Nous avons décidément les mêmes lectures, à ceci près que je ne m'y entends guère en chimie et en botanique, contrairement à vous, hélas ! Alors, que pensez-vous de mon idée ?

— Ce serait merveilleux ! Il est vrai que les bienfaits pour ces femmes n'en seraient que plus grands ! Mais à qui pourrions-nous transmettre ce savoir ? Et de quelle manière ?

— J'ai pensé qu'un atelier pour les femmes, destiné à

leur apprendre à confectionner elles-mêmes des recettes faciles de crèmes de beauté, serait une bonne idée. Si tant est que vous vous sentiez en mesure de l'animer, bien sûr !

Marie n'eut pas besoin d'y réfléchir longtemps, car la perspective de partager sa passion l'emporta sur ses angoisses de parler en public.

— J'en serais ravie ! Cela a toujours été mon but que d'en faire bénéficier autrui. Et ce serait me faire un grand honneur, d'autant que mon savoir est limité.

— Il est bien plus profond que vous ne le croyez, rectifia la comtesse, en la regardant avec une bienveillance mâtinée d'admiration. Dans un premier temps, j'ai pensé que vous pourriez donner quelques cours à des personnes de la haute société parmi mes amies. Elles pourraient se procurer les ingrédients et ustensiles nécessaires à leur composition, disposeraient du temps pour étudier et cela les amuserait follement !

Marie songea que la comtesse ne serait pas peu fière de le leur proposer également.

— Pardonnez-moi, madame, mais ne serait-ce pas là franchir une limite légale ?

Sa protectrice fronça légèrement les sourcils.

— La pratique de la médecine est en effet interdite, à moins de posséder un diplôme universitaire, et d'autant plus aux femmes ! Mais il est toléré qu'elles soignent avec des remèdes simples aux plantes par exemple, tant qu'elles n'en font pas commerce.

— Ce que nous faisons déjà sous couvert de charité, surenchérit Marie, complice.

— Absolument ! Par conséquent, rien ne nous empêche

de faire partager nos connaissances à nos semblables, tant qu'il n'est point question d'argent !

Marie se laissa aisément convaincre par son argumentation. Cet espoir souleva son cœur. L'idée était bonne et lui plaisait beaucoup ! Elle ressentit cependant une certaine angoisse à l'idée de ne pas être à la hauteur et songea aussi que cela lui demanderait beaucoup de travail.

— Pouvez-vous y réfléchir ? interrogea encore la comtesse.

— Nul besoin, ma réponse est résolument positive ! rétorqua Marie avec un enthousiasme qu'elle n'avait pas éprouvé depuis des jours.

— Fort bien ! Il nous faut considérer les onguents que nous pourrons préparer et je vais commencer à en parler à mes amies, sous le sceau du secret, bien entendu.

— Oh ! oui ! Je vous prie bien d'insister là-dessus.

— Ne vous inquiétez pas !

Au même moment, un valet de la comtesse fit irruption dans le laboratoire.

— Eh bien, Oscar, qu'y a-t-il donc ? lâcha sa maîtresse, agacée.

— Ce que vous aviez prévu semble sur le point de se produire, madame la comtesse ! s'exclama le domestique bouleversé, tout haletant d'avoir couru.

— Je vois, répondit-elle. Vous avez bien fait de me prévenir, vous pouvez disposer.

Le valet salua et sortit. Marie attendit d'obtenir des explications, en vain. Mme de Guiche s'était assombrie et demeurait pensive. Elle se leva, fit quelques pas dans la pièce, paraissant à la fois tourmentée et ennuyée. Enfin, elle arbora un sourire de façade destiné sans doute à tranquilliser sa petite protégée et lui lança :

— Commencez donc à travailler sur notre liste de recettes. Nous verrons cela à mon retour.

— Bien, madame. Est-ce que tout va bien ? osa demander Marie, inquiète à son tour.

La comtesse acquiesça.

— Ne vous alarmez pas. Je retomberai sur mes pieds, comme toujours !

Elle remit son châle sur ses épaules et sortit précipitamment, laissant Marie en proie à de vives interrogations.

Au même moment, Henri de Vibrac avançait d'un pas décidé vers le château. Il avait passé la nuit à cogiter suite à son entretien avec la comtesse et n'avait pu se résoudre à prendre la route la veille. Si elle avait voulu le faire rester, elle n'aurait pas pu mieux s'y prendre ! pesta-t-il.

Cependant, si ce qu'elle lui avait dit était vrai, c'était la réponse à toutes ses questions depuis son enfance. Elle lui aurait donc rendu un fier service. Ce qu'il avait appris était tout bonnement insensé, et il avait encore peine à y croire. Aussi devait-il vérifier cela par lui-même. Il fallait absolument savoir à quoi s'en tenir, quitte à affronter une personne qu'il tenait en haute estime. C'est sans doute ce qui lui causait le plus de tristesse et de réticence.

Il portait ses habits de voyage, prêt à partir s'il n'obtenait pas la confirmation voulue. Dans le cas contraire, il ne savait pas encore quelle serait sa décision, il improviserait en fonction de son interlocuteur.

Son cœur battait à tout rompre, à l'image du sang qui circulait à gros bouillons dans ses veines. Du sang bleu[1], si les dires de la comtesse s'avéraient exacts. Et il n'y avait qu'un moyen de s'en assurer : aller voir la personne qui saurait répondre à ses interrogations, le responsable de ses maux. Dire qu'il l'avait sous les yeux tous les jours et qu'il l'ignorait jusqu'ici !

Il traversa d'un pas vif les couloirs du château jusqu'aux appartements du duc d'Angoulême. Le valet de chambre à l'entrée lui demanda alors l'objet de sa visite.

— Je n'ai pas rendez-vous, mais je dois m'entretenir avec le duc de toute urgence !

Sans attendre de réponse, il l'écarta d'un geste de son passage et ouvrit la porte. Le domestique tenta bien de s'interposer, mais dut céder devant sa détermination.

Il trouva le duc en robe de chambre, sa très jeune épouse sur ses genoux.

— Comment osez-vous ? s'écria ce dernier, furieux de cette intrusion.

En avisant le regard sombre d'Henri et sa mine défaite et résolue, il ajouta un ton plus bas :

— Ah, c'est vous ! Je vous croyais déjà parti.

— Je ne m'en irai pas avant d'avoir obtenu certaines réponses.

— Ne pouvons-nous remettre à plus tard cette discussion ? Vous voyez bien que je ne suis guère en position de vous recevoir convenablement.

— Non, je ne saurais différer plus longtemps cet entretien..., répondit Henri qui bouillonnait d'impatience.

— Vous commencez à m'ennuyer, monsieur de Vibrac. Je ne voudrais pas devoir vous forcer à sortir.

1. La locution « sang bleu » désigne quelqu'un appartenant à la noblesse ou à l'aristocratie, par sa filiation.

— Essayez donc un peu, monseigneur ! Ou devrais-je plutôt vous appeler : père ?

La jeune épousée étouffa un cri de surprise, tandis que le regard gris du duc se figea.

Henri restait droit devant lui. Il tremblait de colère d'avoir été ainsi dupé si longtemps et il était déterminé à savoir s'il était vrai que lui, cet orphelin qui s'était élevé tout seul, était bien le fils de ce triste sire. Un homme qu'il avait tant admiré et en qui à présent il ne voyait plus qu'un lâche fuyant ses responsabilités. Henri avait hâte d'entendre la raison qui l'avait, depuis des années, empêché de lui avouer la vérité, ce qui aurait permis à l'enfant qu'il était de se construire.

Au même moment, le valet de chambre entra dans les appartements du duc avec deux gardes armés. Ils empoignèrent Henri pour l'embarquer. Ce dernier se débattit.

— Laissez-le ! ordonna le duc avec calme.

Les gardes hésitèrent mais, sur l'injonction du duc, sortirent avec le domestique. Puis le vieil homme embrassa les doigts de sa compagne en lui murmurant :

— Je vous rejoindrai plus tard, ma mie.

La jeune femme baissa la tête et se retira, non sans avoir jeté un œil curieux sur Henri.

Les deux hommes demeurèrent alors face à face.

Henri fulminait, mais il attendit avant de dégainer de nouveau ses questions. Son souffle était court, tout impatient qu'il était d'obtenir des réponses.

— Avant tout, il faut que tu saches que je n'ai jamais voulu qu'il en soit ainsi, débuta le duc, en le tutoyant soudainement. J'aurais dû te le dire depuis longtemps, mais j'ai différé. Le temps a passé et ensuite, il était trop tard, tu avais fait ta vie. À quoi bon tout bouleverser ?

Henri voulut parler, mais il ne trouva pas les mots, partagé entre indignation et ahurissement. Ainsi la comtesse avait bien dit la vérité !

— Assieds-toi, conseilla le duc. Désires-tu un verre d'une liqueur ou… ?

— Je n'ai que faire de vos alcools destinés à embrumer mon esprit ! Je veux la vérité, répondit Henri, la mâchoire serrée.

— Soit. Ta colère est légitime et je n'ai aucune excuse, répliqua le duc, le dos soudainement voûté comme s'il portait une charge bien trop lourde pour lui.

— Pour commencer, il faut que tu saches que je suis moi-même le fils d'un roi, Charles IX, et de sa maîtresse, Marie Touchet. Mon père était alors marié et il ne m'a pas reconnu. J'ai eu cependant la chance d'être élevé par mon oncle, le roi Henri III, dont j'étais le favori. Je sais donc ce que c'est d'être un bâtard, et c'est un sort peu enviable ! On passe toujours après les légitimes. À mon sens, il est parfois préférable de ne rien savoir…

— C'est votre opinion ! Mais il me semble que votre sort n'a pas été des plus à plaindre ! lança Henri, en proie à une colère sourde. Quand le mien a été d'être élevé par des paysans et une nourrice tenue au secret, puis de suivre une carrière militaire, et de devoir à mon seul mérite l'obtention de mes galons.

— Et je suis très fier de toi ! confia le duc. C'est bien du sang de militaire qui coule dans tes veines. Tu t'es largement illustré sur les champs de bataille et je reconnais bien là mon fils !

Henri frémit avant de se reprendre :

— Savez-vous ce qu'il en coûte de grandir dans l'ignorance de ses origines ? Sans amour, si ce n'est celui d'étrangers payés pour m'élever… Quelle excuse peut justifier pareille souffrance ? Vous m'avez abandonné, renié !

— Tu y vas fort, Henri ! tempéra le duc en faisant un signe d'apaisement de sa main.

Laquelle tremblait, Henri le voyait bien. C'est donc qu'il n'était pas à l'aise, contrairement à ce que pouvait laisser imaginer le calme de sa voix.

— J'aimerais aussi savoir qui est ma mère ! La femme qui a failli donner sa vie pour mettre au monde votre enfant ! explosa Henri, au bord des larmes.

— J'y viens ! répondit le duc, en lissant sa barbichette. Tout d'abord, il faut que tu saches que c'est précisément par amour que j'ai agi. Je ne voulais pas faire souffrir ma femme en lui confiant que j'avais eu un fils d'une aventure.

— Une « aventure » ? reprit Henri, choqué.

— Je dois aussi te dire que j'ai été entraîné, à cause justement d'une histoire semblable, dans une conspiration qui m'a mené à la Bastille. Catherine d'Entragues, maîtresse du roi, souhaitait en effet faire reconnaître les droits au trône de son fils aîné Gaston-Henri, né avant le Dauphin. J'ai pris son parti et me suis retrouvé emprisonné. J'aurais dû avoir la tête tranchée si le roi Henri IV n'avait commué ma sentence en une peine de prison perpétuelle. J'ai finalement été libéré grâce à la mère de feu Louis XIII.

Henri écouta ses paroles attentivement, essayant de trouver des circonstances atténuantes à son bourreau de père.

— Quel est le rapport avec moi ?

— Disons que toutes ces intrigues ont altéré mon jugement. Et, le temps passant, j'ai perdu le courage de te le dire. Mais toutes ces années, je peux te jurer que j'ai toujours veillé sur toi, à distance.

Henri réfléchit à toute vitesse. Tout faisait sens à présent.

— Est-ce à vous que je dois d'avoir été enrôlé comme mousquetaire, alors même qu'ils ne recrutent que parmi les gentilshommes ayant déjà servi dans les Gardes ?

— En effet ! Je me suis porté garant pour toi, approuva le duc. Suite à quoi tu es devenu officier dans divers régiments. Cela m'a donné l'occasion de me rapprocher de toi, jusqu'à devenir ton protecteur en te demandant de devenir officiellement le commandant de ma garde.

Le duc se leva et fit quelques pas dans la pièce.

— Oui, cela fait un moment que je te suis et, alors que je m'apprête à bientôt quitter cette terre, je m'interroge sur la façon dont je pourrais te dédommager pour le tort que tu as subi.

— Je ne veux pas de votre argent !

— Je parle aussi d'un titre !

— Cela ne suffira pas à me rendre toutes ces années d'errance et de souffrance…

— Tu es en colère, et ta réponse est légitime. Je te demande juste d'y réfléchir. Puis-je connaître le nom de la personne qui t'a révélé le secret de ta naissance ?

Henri, homme d'honneur, se refusa à trahir la comtesse.

— Et moi, puis-je savoir qui est ma mère ? Ou comptez-vous encore vous dérober ?

Le duc croisa les mains derrière le dos, hésita et finit par avouer :

— Après tout, pourquoi te le cacher à présent ? Ta mère était la dame de compagnie de ma première femme. Je suis progressivement tombé amoureux d'elle, avant que mon épouse ne s'en aperçoive et ne la congédie.

— Sa dame de compagnie ? répéta Henri, frappé de l'étrange écho avec sa situation actuelle et une certaine Marie, dont il était lui aussi épris.

— Oui. C'était une très jolie femme ! Tu as d'ailleurs hérité de son physique avenant. Elle était douce et agréable… Un jour que ma femme était partie dans sa famille, j'ai cédé à la tentation et trouvé un certain réconfort dans ses bras. La chose s'est sue, hélas, et… tu connais la suite.

— Sait-on au moins ce qu'elle est devenue ?

— J'ai subvenu à ses besoins et aux tiens pendant un temps. Puis, elle est entrée au service d'une autre comtesse sur ma recommandation. Elle l'a servie jusqu'à son dernier souffle, avant d'être emportée par une mauvaise fièvre.

Henri serra les poings. Il songea à quel point cela avait dû être déchirant pour elle de se séparer de son enfant, faute de pouvoir l'élever. Sans compter son déshonneur et le fait qu'elle n'avait pu ensuite se marier.

— Puis-je savoir quand je suis né ? questionna-t-il encore, la voix étranglée par l'émotion.

— En 1619, il y a trente et un ans. L'année où j'ai hérité de ma tante Diane de France le duché d'Angoulême et son hôtel particulier, et où je suis devenu comte de Ponthieu et seigneur de Cognac.

— Tout cela est cependant sans rapport avec mon nom, Henri de Vibrac…

— J'ai choisi ce patronyme pour ses consonances

proches de Cognac et en référence à la vie qui coulait dans tes veines.

Tout s'éclairait, et Henri commençait à appréhender ce qui s'était tissé autour de sa naissance. Il était passé de la colère et du ressentiment à une forme de compréhension nouvelle et d'apaisement. Quant à pardonner à son géniteur, cela prendrait sans doute du temps.

— Voilà peut-être aussi pourquoi vous ne teniez pas à ce que je parte rejoindre le roi…, ajouta Henri d'une voix pâle.

— Et je ne le souhaite guère plus aujourd'hui. Si tu daignes nous donner une nouvelle chance, je serais ravi de te faire profiter de mes bienfaits.

— De cela, il n'en est point question ! J'aimerais rester tel que je suis, avec ce que j'ai obtenu grâce à mes mérites.

— Eh bien, soit ! Comptes-tu toujours partir ? interrogea le duc avec une certaine inquiétude.

— J'avoue que je n'en ai plus très envie à présent. Il y a tant de choses encore que j'aimerais savoir…

— Tu pourras me demander tout ce que tu veux. Nous avons du temps à rattraper !

Au même moment, une autre personne fit irruption dans la pièce, poursuivie par le valet de chambre du duc.

— Pardon, monseigneur ! Je n'ai pas pu l'arrêter ! s'exclama le domestique.

— Décidément, cela devient une habitude !

La comtesse de Guiche regardait avec intensité le duc et Henri, sentant bien qu'il s'était joué entre eux une scène d'importance. Elle était sans doute désireuse aussi d'en mesurer les conséquences pour elle-même.

— Pouvez-vous m'expliquer ce qui me vaut cette

intrusion, comtesse ? lança le duc, en reprenant une contenance plus aristocratique.

La comtesse interrogea Henri du regard, certainement inquiète de savoir si elle devait plaider sa cause pour justifier sa trahison. Il sentit sa peur d'être découverte et lui fit un signe discret de la tête pour lui signifier qu'il ne l'avait pas dénoncée. Elle parut soulagée.

— Alors, j'attends ! insista le duc. Qu'y a-t-il donc de si urgent ?

— Pardonnez-moi, monseigneur. C'est au sujet de mes pauvres…

— Eh bien, quoi ? Ne sont-ils pas venus se faire soigner au château récemment ?

— Si fait ! répondit la comtesse, qui dut improviser. Mais j'aimerais convier d'autres personnes au château pour leur faire visiter les installations où nous fabriquons les remèdes que nous leur dispensons, dont la pièce avec le fourneau qui a nécessité une autorisation royale. C'est pourquoi je sollicite votre permission à présent.

— Ma foi, je n'y vois pas d'inconvénient ! Mais était-ce donc si urgent que cela ? Vous déraisonnez, ma chère…

— Pardonnez-moi, mes amies se montrent parfois si pressantes ! tenta de se justifier la comtesse.

Le commandant de la garde qu'était Henri comprit qu'il allait bientôt avoir à faire à de nouvelles venues au château. Il se prit à espérer qu'elles se révéleraient plus faciles à encadrer que ses malingreux !

— Ce n'est rien. J'en profite d'ailleurs pour vous féliciter pour votre courage et votre abnégation, madame. Tout le pays chante mes louanges grâce à vos bontés ! s'exclama encore le duc.

La comtesse rougit, tandis qu'Henri songea avec amertume que le duc la tiendrait certainement en moins haute estime s'il savait que c'était elle qui avait trahi son secret.

— Oh ! je ne suis pas la seule qu'il faille remercier ! répondit spontanément la noble femme.

— Ah bon, et qui d'autre peut bénéficier de ma gratitude ?

— Ma dame de compagnie tout d'abord, mademoiselle Marie Marsac…

Le cœur d'Henri tressaillit. Il observa plus attentivement la comtesse, qui feignit de ne pas le remarquer.

— Une jeune fille courageuse et dévouée dont vous me vantez souvent les mérites, déclara le duc. Il faudra la faire venir ici à l'occasion, que je fasse plus ample connaissance avec elle.

Henri lut alors de l'inquiétude dans les yeux de la comtesse, et lui-même ne put s'empêcher d'en éprouver, compte tenu de l'âge de la jeune épouse de son père, qui devait être celui de Marie !

— Sans compter mes domestiques dévoués et… Mais j'abuse de votre temps, pardonnez-moi, je vous laisse entre vous ! ajouta la comtesse en se dirigeant à reculons vers la sortie. J'imagine que vous avez beaucoup à vous dire !

Une parole de trop qui suscita la suspicion du duc :

— Comment cela ? Qu'insinuez-vous donc ?

— Mais vous avez toujours tellement à vous dire, répliqua la noble dame sur un ton d'ingénue. Entre la relève de la garde, l'organisation des troupes, des écuries, et que sais-je encore !

— Ah, en effet ! s'exclama le duc en éclatant de rire.

La comtesse s'empressa alors de les saluer et sortit sans demander son reste.

Le duc considéra un moment la sensualité de ses courbes et sa démarche chaloupée, et ajouta :

— Ah, les femmes !

Chapitre 16

Recettes et Secrets de femmes

Alchimie amoureuse :
Portez les émotions à ébullition et laissez-les agir sur le corps et l'esprit

Pour permettre à Marie de préparer au mieux ses ateliers, la comtesse lui accorda quelques jours de congé. Elle les passa à son écritoire à répertorier des recettes faciles et à s'entraîner à les expliquer à haute voix. Sa sœur, dévastée par son histoire d'amour malheureuse avec son forgeron, ne quittait plus sa chambre, arguant être malade.

Bien qu'accaparée par sa tâche, Marie, inquiète, finit par aller la voir. Elle toqua doucement à sa porte.

— Laissez cela par terre, Justine ! entendit-elle marmonner.

Résolue à lui venir en aide, Marie actionna la poignée. L'instant d'après, elle entrait dans une pièce plongée dans l'obscurité du fait de volets fermés et découvrait

Catherine, allongée sur son lit, qui regardait le plafond sans expression.

— Je vous avais dit de…, commença celle-ci en levant la tête de son oreiller, avant de reconnaître sa sœur. Ah, c'est toi ! Que fais-tu ici ? N'es-tu point allée travailler ?

— Non. Enfin, je travaille à la maison.

— Tiens, voilà qui est original !

Marie sourit. Catherine n'avait donc pas complètement perdu le sens de l'humour.

— Comment te sens-tu ? demanda-t-elle, en essayant de distinguer dans son attitude la part d'exagération et celle de sa douleur réelle.

— Mal… Terriblement mal ! Je voudrais disparaître six pieds sous terre, ainsi il me regretterait peut-être…, s'exclama sa sœur, avant de rouler sur le côté et d'enfouir sa tête sous son oreiller.

— As-tu mal quelque part ? s'enquit Marie, avec douceur.

— Oui, là ! fit Catherine en désignant son cœur.

Marie songea qu'elle comprenait tout à fait ce qu'elle exprimait. La douleur persistait en effet au fond du sien, même si elle s'évertuait à se concentrer sur le projet de l'atelier.

— Laisse-moi t'examiner. Je veux m'assurer que tu n'es pas malade par ailleurs.

— Puisque je te dis que je souffre de la maladie de l'amour ! s'emporta Catherine, dramatisant volontiers sa situation.

Face à cette reine de l'exagération, Marie s'efforça de demeurer cartésienne. Elle passa une main sur le front et sur les lèvres de sa sœur pour en estimer la température, qui lui apparut normale. Puis, elle lui prit le pouls au niveau du poignet. Celui-ci battait avec une régularité de métronome, à un tempo relativement lent. Enfin, elle regarda le fond de ses yeux et de sa gorge en lui faisant tirer la langue.

— Alors ? Vais-je succomber bientôt ?

— Je suis désolée de te l'annoncer, mais au contraire tu te portes très bien !

— Mais ce n'est pas possible ! protesta la prétendue malade, je n'ai plus le goût de rien…

— Tu es sans doute un peu déprimée, mais cela passera.

Marie se leva pour ouvrir les volets, laissant ainsi entrer le soleil de cette fin d'hiver dans la pièce.

Catherine, éblouie à force de demeurer dans le noir, se cacha les yeux.

— Tu devrais descendre prendre le déjeuner avant que notre père ne s'inquiète.

— Puisque je te dis que je n'ai envie de rien. Je veux m'endormir pour ne plus me réveiller…

Marie songea alors qu'il lui faudrait à elle aussi une activité qui lui changerait les idées. Et d'ailleurs…

— C'est dommage alors, car tu vas manquer mon atelier.

— Eh bien, tant pis ! (Catherine ferma les yeux, avant de les rouvrir, intriguée.) De quel atelier parles-tu ?

— De celui que nous organisons au château avec la comtesse. Il s'agit de donner des recettes simples pour que les femmes puissent elles-mêmes confectionner leurs crèmes de beauté. Mais bon, puisque tu n'es pas disponible ! s'exclama Marie sur un soupir. De toute façon, tu n'étais pas invitée…

Elle se dirigea doucement vers la porte en traînant volontairement les pieds.

Catherine se redressa aussitôt sur ses coudes.

— Comment donc ? Tu refuserais à ta sœur d'y participer ?

— Ah, parce que tu es intéressée ? questionna Marie, faussement surprise.

— Et comment ! Pour une fois qu'il se passe quelque chose d'excitant. Et quand cet atelier aura-t-il lieu ?

— Dans deux jours. Mais c'est complet ! Nous devons même décliner du monde. Cette opération a un tel succès ! Jamais je ne l'aurais cru.

— Je veux en être !

— C'est impossible, je regrette.

— Et pourquoi donc ? fit Catherine qui avait retrouvé sa pugnacité.

— Mais parce que tu seras définitivement endormie, tu viens de le dire.

— Tu es bête !

Catherine lui jeta son oreiller. Marie rit, contente de retrouver sa sœur et son caractère de cochon. Elle était d'autant plus ravie que sa présence lors de l'atelier la rassurerait. Mais jamais elle ne le lui avouerait, cela lui ferait trop plaisir !

Deux jours plus tard, Marie se tenait devant cinq femmes de la haute société, plus sa sœur et la comtesse, dans le laboratoire dont l'espace était désormais plus que réduit.

Comme pour les cours de chimie qu'elle avait suivis aux Jardins du Roy, toutes les élèves étaient réunies autour de la table en bois couverte d'un drap, sur laquelle trônait une boîte contenant des poids. Marie avait pris la place du milieu, devant ses notes avec les recettes dont les formules comportaient des symboles de chimie qu'aucune des femmes à part elle n'était capable de comprendre. Un assistant portant un tablier de cuir s'employait à activer le feu, tandis qu'un autre préparait ses fioles et récipients divers. La comtesse virevoltait autour d'eux d'un air affairé, transportée d'enthousiasme. Elle présidait les opérations. De toutes les femmes, en dehors de sa sœur, Marie était sans doute la plus jeune, même si la plus expérimentée de toutes.

— Par quoi commençons-nous ? questionna, impatiente, une élève d'une quarantaine d'années au nez pointu, tout de jaune vêtue, et dont les bouclettes cascadaient jusqu'aux épaules.

— Une teinture pour les cheveux ! réclama une autre, dont les mèches grises venaient rappeler le poids des ans.

— Une crème pour le visage ! s'exclama une autre encore, applaudie par deux de ses consœurs, et notamment par Catherine qui appréciait tout particulièrement les onguents extrêmement efficaces de son aînée, qui avaient quasiment fait disparaître ses boutons.

— Ne vous inquiétez pas, il y aura de quoi satisfaire chacune d'entre vous ! répondit la comtesse en calmant le jeu.

Elle s'approcha alors de Marie et posa une main chaude et rassurante sur son épaule.

— Marie Marsac, ici présente, va vous apprendre à réaliser vous-mêmes des pommades, potions vertueuses et autres lotions cosmétiques contre les rides, pour se teindre les cheveux, ou encore des parfums, comme l'Eau de la Reine de Hongrie.

Toutes l'acclamèrent avec gourmandise, et Marie put lire de la fierté dans les yeux de Catherine. Loin de leur pâleur des derniers jours, les joues de celle-ci avaient d'ailleurs retrouvé leur éclat rosé.

— Je sens que l'on va faire des économies en plus, renchérit une des femmes. C'est mon apothicaire qui ne va pas être content !

Toutes rirent. La comtesse trouvant sans doute ces demoiselles un peu dissipées s'empressa de ramener le calme dans les rangs :

— Mesdames, je vous en prie ! Un peu de concentration et de discipline. L'apprentissage ne se fait pas sans un minimum d'efforts.

Toutes baissèrent les yeux, d'un air contrit.

— Alors par quoi commençons-nous ? demanda la comtesse à Marie.

— Je propose de débuter par une recette toute simple pour friser les cheveux[1].

— Ah, formidable ! applaudit une des disciples aux cheveux raides, tandis que la blonde au nez pointu et aux cheveux déjà frisés faisait quelque peu la moue.

— Pour réaliser cette recette, il vous faudra de la gomme élémi[2].

Toutes les femmes se mirent à noter frénétiquement

1. Cette recette et les suivantes proviennent réellement du livre de Marie Meurdrac, *La Chymie charitable et facile, en faveur des dames.*

2. Cette gomme-résine est en général employée dans la composition de certains vernis.

en plongeant leur plume dans les encriers mis à leur disposition.

Marie prit la résine pour la leur présenter.

— Comme vous pouvez le constater, celle-ci a la consistance du miel. Vous aurez besoin d'environ une once, à tremper dans une livre d'eau de rose.

Ce disant, elle versa le contenu d'une carafe dans une casserole en cuivre.

— Vous faites bouillir un demi-quart d'heure…

Elle retourna un sablier et porta la casserole sur le fourneau, tandis qu'un de ses assistants activait le feu à l'aide d'un soufflet.

Des odeurs étranges et agréables commencèrent à se répandre dans la pièce, ce qui enchanta encore davantage les femmes présentes.

Elles discutèrent de la manière d'écrire « élémi », de leurs problèmes de peau et de cheveux, et les quelques minutes nécessaires à la préparation furent ainsi vite écoulées.

Marie ôta alors la casserole du feu.

— Maintenant, vous laissez refroidir. Observez la couleur et la consistance du liquide.

Toutes les femmes se levèrent de leur chaise pour se presser au-dessus du récipient en manifestant leur étonnement.

— Il vous suffit ensuite d'humecter les cheveux à l'aide de cette mixture… Qui veut en faire la démonstration ?

Mais aucune d'elles ne fut tentée de se proposer.

— Catherine, peut-être ? questionna Marie en regardant sa sœur avec insistance.

Comme elle avait déjà testé ses crèmes, Catherine

accepta de se lancer. Elle humidifia largement ses cheveux tout en émettant une suggestion :

— Il faudrait mettre des papillotes, sous un bonnet.

— Absolument ! approuva Marie, arguant que cela faisait en effet partie de la recette.

Catherine se révéla ainsi l'une des plus douées de ses élèves !

La démonstration achevée avec succès, Marie enchaîna :

— À présent, nous allons passer à la teinture !

— Ah, firent les filles en chœur.

— J'ai toujours rêvé de me voir en brune, dit la blonde au nez pointu.

— Et moi en blonde ! s'exclama une brunette, curieuse.

— Et moi j'aimerais recouvrer ma couleur naturelle et ma jeunesse !

Toutes les femmes se tournèrent en direction de celle qui avait parlé et qui se trouvait posséder aujourd'hui des cheveux cendrés, sous l'effet de l'âge.

— Oh ! firent-elles alors, compatissantes.

L'une d'elles lui frotta même le dos en signe de sympathie.

Marie sourit et croisa le regard pétillant de la comtesse. Celle-ci lui adressa un clin d'œil complice. Elle semblait ravie, et son contentement nourrissait d'autant la fierté de sa protégée.

— Cela vous sera possible désormais et de la manière la plus simple et naturelle qui soit ! Veuillez noter…

Toutes les femmes saisirent leur plume.

— Prenez trois onces de litharge d'or…

Marie vit de gros yeux ronds la fixer avec une certaine incompréhension.

— Il s'agit d'un mélange de deux minéraux, la litharge et le minium, qui possède une couleur rouge…

Toutes reprirent alors leurs annotations, en acquiesçant.

Marie songea que la pédagogie n'était décidément pas chose aisée. Il fallait bien expliquer, lentement si possible, et ne pas hésiter à répéter.

— Prenez également deux écuellées de bonne lessive commune…

Elle saisit un contenant pour le montrer, et toutes les femmes en prirent dûment bonne note, certaines tirant même la langue.

— … Ainsi qu'une écuellée de chaux vive. Faites bouillir avec huit onces d'alun de roche, incorporez le tout ensemble.

Elle mit tous ses ingrédients dans un récipient et le porta sur le feu.

— Les faire cuire enfin jusqu'à ce que le mélange devienne épais comme de la moutarde.

Toutes les femmes, à sa demande, se levèrent alors pour venir observer le mélange en train de mijoter.

Comme il faisait chaud, certaines s'éventèrent, mais plusieurs d'entre elles se bouchèrent le nez.

— Mon Dieu, quelle odeur ! se plaignit l'une d'elles. Je vais défaillir…

— Oscar, ouvrez la porte ! ordonna aussitôt la comtesse.

Le domestique s'exécuta.

— Si vous voulez que cette pâte sente bon, vous pouvez, lors de la cuisson, y ajouter de la poudre d'Iris de Florescence, à discrétion bien entendu.

Toutes approuvèrent avec soulagement.

— Voilà ! C'est prêt. Une fois que vous avez obtenu

cette mixtion, avec un drapeau[1] frottez-en les cheveux, que vous aurez au préalable bien dégraissés avec quelque lessive ou une éponge. Laissez poser le tout une demi-heure. Et, selon l'usage, vos cheveux deviendront blonds, châtains ou noirs !

Une vague de soupirs et de commentaires enthousiastes se fit entendre chez les élèves.

Dès lors, elle sut qu'après l'appréhension du début, l'atelier était désormais un succès. Une impression confirmée par le sourire de la comtesse.

En fin de journée, Henri traversait la cour pour retrouver les sentinelles postées à l'entrée du château, lorsque son attention fut attirée par une nuée de tourterelles s'échappant en babillant du laboratoire. L'endroit sans doute le plus mystérieux à ses yeux, surtout depuis que l'objet de son affection y passait toutes ses journées. Il se souvint alors que la comtesse avait en effet parlé au duc d'invitées qu'elle avait conviées pour visiter certaines installations.

Il s'arrêta pour mieux les observer et parmi ces femmes se mit à chercher Marie. Depuis qu'il avait pris la décision de rester au château, il ne l'avait pas revue.

Les demoiselles s'éparpillaient dans la cour en discutant avec animation, lorsque soudain il l'aperçut. Elle les regardait s'éloigner en les saluant de la main.

Un sourire éclairait son visage d'une lumière bienfaisante. Elle allait bien. Il fut rassuré et quelque part

1. « Drapeau » désignait jadis un morceau de tissu ou un chiffon et au pluriel des langes.

aussi jaloux de ne pas avoir su, comme elle, passer au-dessus des sentiments tourmentés qu'il éprouvait. La douleur était encore vive, lui rappelant qu'il était toujours amoureux d'elle. En voyant la comtesse à ses côtés, il n'eut pas envie de s'attarder. Mais, lorsqu'il vit cette dernière rentrer au château et Marie demeurer quelques instants à prendre l'air dans la cour, il sut qu'il devait agir.

Il avança à grandes enjambées dans sa direction. Lorsque Marie le vit, son sourire s'évanouit. Elle resta comme figée de stupeur. Elle n'avait visiblement pas été informée de sa présence au château.

Le vent balayait la cour et sifflait discrètement à leurs oreilles dans le silence qui les entourait. Henri sentit son cœur tambouriner dans ses tempes. Ses cheveux voletaient, tandis qu'elle demeurait aussi immobile qu'une statue de marbre, intemporelle et immortelle, resplendissante aussi.

Lorsqu'il parvint à son niveau, Henri s'inclina en une profonde révérence. Là encore, elle sembla surprise de cette marque appuyée de sa considération.

— Bonjour, mademoiselle. J'espère que vous vous portez bien.

— Très bien, je vous remercie, lui répondit-elle avec politesse, non sans une certaine froideur toutefois.

Elle se demandait sans doute ce qu'il lui voulait. Troublé, Henri eut toutes les peines du monde à enchaîner.

— Et votre sœur ?

— Bien également. D'ailleurs, la voici !

Catherine sortit au même moment dans la cour, au bras d'une demoiselle un peu plus âgée qu'elle. Les deux nouvelles amies discutaient avec animation de crèmes de beauté. Elles s'interrompirent aussitôt en voyant le commandant. Que pouvait-il bien leur vouloir ? Henri lut de la crainte dans leurs yeux, ce qui l'incita à en savoir davantage sur la nature de leur petite réunion secrète.

— Il semble que vous preniez du bon temps, ici ! commenta-t-il, maladroitement. Que faisiez-vous donc ?

— Pourquoi cette curiosité, monsieur ? répliqua Catherine, un peu sèchement.

Henri se sentit agressé par sa remarque, d'autant plus que sa présence à lui était légitime au château, contrairement à la sienne la plupart du temps. Cela dit, cela faisait un moment qu'il ne l'avait pas vue rôder du côté de ses jeunes recrues.

— Il est de mon devoir de savoir ce qui se passe au château pour en assurer la sécurité au mieux, répondit-il alors placidement. D'où ma question. Elle n'avait rien d'indiscret.

Il se tourna vers Marie, espérant obtenir de sa bouche une réponse simple qui le satisfasse. Mais celle-ci semblait avoir toutes les peines du monde à lui parler.

Sa sœur se porta à son secours :

— Nous avons discuté de beauté, monsieur, d'onguents et de parfums. Autant de sujets dévolus aux femmes, est-ce un crime ?

— Non, point ! Une fois encore ma question n'avait rien d'importun.

— Si vous le dites ! Les hommes…, soupira-t-elle en haussant les épaules et prenant à témoin ses semblables.

Et elle s'en fut bras dessus, bras dessous avec sa nouvelle amie vers la grille d'entrée. Elles n'avaient cependant pas fait quelques pas qu'un jeune homme accourut au-devant d'elles.

— Ah, voilà mon frère ! Il est venu me chercher ! s'écria son amie. Venez que je vous présente ! Monsieur de La Guette, voici Catherine Marsac…

— Je suis enchanté de faire la connaissance d'une aussi jolie demoiselle ! s'exclama le gentilhomme avec enthousiasme.

Il s'inclina pour lui faire un baisemain, et Catherine, très touchée, partit d'un rire coquet. Les deux jeunes gens s'observèrent sans mot dire, et toutes les personnes présentes surent qu'en cet instant quelque chose passait entre eux. Catherine paraissait soudain avoir oublié tous ses anciens galants au profit du nouveau venu, semblant flattée qu'un homme de belle naissance la considère. Peut-être aussi souffrait-elle d'être dans l'ombre d'une sœur comme Marie qui, bien qu'elle évoluât discrètement, était si lumineuse !

Henri tourna les yeux vers celle-ci, et il sut aussitôt qu'elle pensait la même chose que lui concernant l'attraction mutuelle des deux jeunes gens.

— Eh bien, il y a fort à parier que je reverrai votre sœur au château dans les prochains jours ! ironisa-t-il.

— C'est fort probable, en effet ! approuva Marie en souriant, lui faisant l'effet d'un baume sur le cœur.

Le coup de foudre de Catherine leur permit de partager un moment complice, d'épiloguer sur le devenir du couple, et de se rapprocher. L'espoir revint chez Henri.

— Ainsi donc, vous n'êtes point parti ? questionna Marie, mettant des mots sur la surprise qui l'avait saisie en le voyant.

— Disons que j'ai beaucoup mieux à faire ici !

— C'est une bonne chose… pour le château, s'empressa de rectifier Marie, qui s'était laissée aller à exprimer un peu trop librement son opinion et semblait le regretter à présent.

La réticence de la jeune femme rappela à Henri que c'était sa faute. C'était lui qui l'avait vertement renvoyée en lui donnant un ordre, alors qu'elle avait manifesté sa joie et son soulagement de le voir rentrer indemne de mission. Il s'était conduit comme un imbécile, en grande partie par maladresse certes, mais le résultat était le même, et il s'en voulait terriblement…

— Je suis désolé, Marie.

La jeune femme frémit en l'entendant prononcer son prénom.

— Je me suis comporté comme le dernier des goujats. Par orgueil ou peur de souffrir sans doute… Mais ne plus vous voir est la pire des pénitences que je puisse m'infliger.

Elle demeurait devant lui, silencieuse, les cheveux au vent.

— J'aimerais tant que vous me pardonniez, poursuivit-il.

Marie ne répondit pas, elle regardait au loin, comme si plus rien n'existait plus. Elle semblait fière, digne. Elle avait survécu à la souffrance qu'il lui avait causée et ne ressentait plus rien pour lui, c'était une évidence.

— Oh ! Marie ! Je me jette à vos pieds et vous implore de me donner une seconde chance, dit-il alors en posant un genou à terre.

Il lui saisit délicatement la main et se mit à la baiser avec ferveur. Elle était douce, gracieuse et chaude entre ses doigts gourds. Elle ne l'ôta pas et le regarda faire, les lèvres frémissantes légèrement entrouvertes, tandis que lui s'employa à couvrir sa peau nue de tendres baisers.

Le contact était divin, elle sentait terriblement bon, il s'y attarda encore et encore, remontant doucement vers le dos de sa main, puis son poignet. Ses lèvres effleurèrent l'intérieur de son bras. Il la sentit alors frémir et vit ses poils blonds se hérisser légèrement. Il aurait voulu arrêter là, mais il en était incapable. Il ne pouvait s'empêcher de profiter avec gourmandise de cette chair offerte et de lui témoigner toute l'affection dont il était capable, tout autant que le formidable désir qui brûlait en lui, espérant par là même réchauffer ses ardeurs à elle et stimuler son emportement.

En faisant ce geste, il prenait le risque d'être vu et raillé par ses gardes, le duc ou encore la comtesse. Mais peu lui importait. Elle était là, devant lui, et il devait saisir sa chance.

— Qu'attendez-vous de moi ? questionna-t-elle alors, le souffle court et profondément troublée.

— Accordez-moi la grâce d'un nouveau rendez-vous.

Ses yeux le scrutèrent comme pour déceler s'il était sincère.

— Que proposez-vous ? demanda-t-elle.

Elle ouvrait le champ des possibles, et Henri s'enhardit, s'infiltrant avec fougue dans la brèche :

— J'aimerais vous donner une leçon d'équitation.

Il faisait allusion à leur conversation dans l'écurie, lorsqu'elle lui avait avoué ne pas savoir monter.

Marie sourit :

— Voilà qui est tentant, et qui me serait ô combien utile !

Il la trouvait plus forte que jamais, et plus ferme et résolue aussi. À présent, lui le fier soldat, le mousquetaire, le fils de duc, se sentait démuni. Devant elle, il n'était plus qu'un homme éperdument amoureux.

— Acceptez-vous ?

Marie regarda en direction du laboratoire où devait se cacher la comtesse. Elle observait sans doute la scène de derrière ses fenêtres croisées, en femme avide d'intrigues amoureuses qu'elle était !

— Vous devrez consulter votre maîtresse pour vos disponibilités, j'imagine. Aussi, prenez votre temps et faites-moi connaître votre réponse quand il vous plaira, ajouta Henri.

Il lui saisit encore la main pour y déposer un ultime baiser, manifestant ainsi toute l'admiration qu'il éprouvait pour elle, puis se releva, s'inclina pour la saluer et partit.

Il n'avait pas fait trois pas qu'il entendit alors une voix claire derrière lui :

— Ce ne sera pas nécessaire, j'ai pris ma décision…

Chapitre 17

Recettes et Secrets de femmes

Alchimie amoureuse :
Opérez un rapprochement physique, sensuel et brûlant…

Il fut convenu qu'elle l'attendrait à l'extérieur des écuries pour ne pas créer une autre situation embarrassante qui puisse, entre autres, parvenir aux oreilles de la comtesse.

Henri l'y rejoignit avec deux chevaux, Orion, son splendide étalon à la robe noire brillante, et une petite jument blanche tachetée, qui lui était destinée. Il avait pris soin au préalable de leur remettre à chacun un licol[1] et une longe[2], qui lui permettait de mener le cheval.

Il les attacha ensuite tous deux à une borne.

— Accordez-moi un instant, je ne serai pas long !

1. Pièce de harnachement qui se positionne sur la tête du cheval.

2. Longue courroie qui permet de mener le cheval.

Elle hocha la tête et sourit en observant les magnifiques bêtes.

Henri retourna rapidement dans l'écurie pour y prendre divers accessoires, aidé cette fois par un valet.

Lorsqu'il revint, le spectacle qu'il découvrit lui réjouit le cœur : Marie caressait la tête de la jument, laquelle semblait beaucoup apprécier. Il sourit en songeant qu'elle avait déjà réussi à apprivoiser l'animal, ce qui était un excellent début !

— Je vois que vous avez fait connaissance ! dit-il. Faites juste attention à ne pas passer derrière eux, ces chevaux ne sont pas ombrageux, mais mieux vaut éviter de se prendre un coup de sabot !

— C'est entendu, lui répondit-elle, tout en lissant les crins blancs de la crinière de son cheval.

Il posa la selle de cuir qu'il portait et, mains sur les hanches, lui expliqua :

— Je vous présente *Flocon*, votre cheval. Vous connaissez déjà Orion.

— Enchantée de faire votre connaissance ! leur lança-t-elle en esquissant une rapide révérence devant les deux équidés.

— Je vous ai apporté une brosse. Si vous désirez lui faire une petite beauté avant de partir, je pense qu'elle appréciera…

— C'est une attention toute féminine qui devrait en effet lui plaire ! approuva Marie en échangeant avec lui un regard complice qui lui réchauffa le cœur.

Henri songea qu'il avait été très surpris de l'entendre accepter sa proposition trois jours plus tôt. La perspective de leur rendez-vous lui avait procuré depuis un enthousiasme sans pareil. C'était surtout le fait qu'elle lui fasse de nouveau confiance qui l'avait profondément touché. Il avait bien l'intention d'être à la hauteur cette fois. En attendant, il se montrait volontiers empressé et attentif.

— Nous allons les panser et les brosser, ainsi nous nous assurerons qu'ils n'ont pas été blessés depuis leur dernière sortie.

Marie saisit la brosse et ne rechigna pas à la tâche, la passant sur le dos, l'encolure et les flancs de la jument, le tout avec précaution, fermeté et douceur néanmoins, après avoir examiné la manière dont il s'y prenait.

— Vous avez l'air de savoir y faire avec les chevaux ! lui avait-elle lancé après l'avoir observé en silence.

— Oh ! c'est parce qu'ils comptent beaucoup pour moi ! Et Orion est mon plus fidèle compagnon. Nous faisons équipe depuis des années à présent. Lorsque je le chevauche, en réalité nous ne faisons qu'un.

— C'est beau ! constata-t-elle avec de l'admiration dans les yeux. Une bien merveilleuse alchimie…, ajouta-t-elle encore, un ton plus bas, comme pour elle-même.

Henri gratta le museau de son cheval qui hennit de plaisir.

Il mit un tapis sur le dos de son animal, avant de soulever sa selle en cuir et de la positionner à son tour, puis de la sangler de manière à ce qu'elle tienne bien. Il procéda de même avec la jument de Marie, en lui installant une selle différente toutefois, comportant deux arcades en plus du pommeau. Marie le remarqua et demanda :

— Nous n'avons pas la même selle, pourquoi cela ?

— Eh bien, parce que je vais monter à califourchon, tandis que vous le ferez en amazone.

— En amazone ? s'étonna Marie. Qu'est-ce donc que cela ?

— C'est une technique qui vous permet d'avoir les deux jambes du même côté, ce qui est plus seyant pour votre jolie robe !

Marie portait en effet une ravissante robe fleurie de la couleur des blés surmontée d'un manteau bleu canard, ce qui amenait de la lumière et de la couleur par ce temps plutôt sombre. Mais pour Henri il lui semblait que le soleil brillait de tous ses feux, tant il était heureux de cette sortie.

— Cette posture paraît en effet plus respectueuse des convenances, même si sans doute beaucoup moins stable ! répondit Marie d'une voix très inquiète.

— Ne vous en faites pas, je vous guiderai et demeurerai toujours présent à vos côtés.

Elle acquiesça, l'air un peu plus rassurée.

Enfin, Henri s'appliqua à installer la bride des deux chevaux, puis les étriers à hauteur de bras.

Vint enfin le moment où la demoiselle dut prendre place sur son cheval. Marie, perplexe, regardait l'animal, l'air de se demander comment elle pourrait bien grimper là-haut.

Henri l'invita à se rapprocher de sa monture et lui dit :

— Il va falloir que je vous porte pour vous permettre de vous installer sur la selle. Me l'autorisez-vous ?

Marie observa son cheval, puis les bras puissants du jeune homme, et rougit davantage tout en acquiesçant.

Henri s'approcha d'elle doucement, sentant le rythme de sa respiration s'accélérer. Il la saisit alors fermement par sa taille menue et la porta pour qu'elle puisse s'installer sur la selle. Il fut étonné de la légèreté de la jeune femme. Tant et si bien qu'il la souleva un peu trop et dut la redescendre quelque peu, tout contre lui.

En sentant la chaleur de son corps, il se troubla. Le désir brûlant refit surface. Elle se cramponna tout d'abord à ses bras avant d'attraper le pommeau de la selle d'une main et le troussequin[1] à l'arrière de l'autre, et de s'immobiliser.

— Ce que c'est haut ! dit-elle, impressionnée.

Il lui remit alors les rênes.

— Prenez-les ainsi ! (Il lui montra la manière de les tenir en positionnant ses pouces vers le ciel.) Gardez les bras souples, permettez au corps d'accompagner le mouvement du cheval et laissez-vous porter !

— Cela paraît si simple ! s'exclama la jeune femme qui tentait de trouver son équilibre sans trop savoir à quoi s'accrocher.

Enfin, et après avoir étudié la situation sans se départir de son calme, elle parvint à une position qui la satisfasse. Henri était conquis par cette femme capable de s'adapter aussi facilement à une situation épineuse qui aurait paru effrayante à nombre de ses congénères.

Saisissant son pommeau de selle, il mit son pied dans l'étrier et monta par la gauche sur son cheval, comme les chevaliers. Il avait d'ailleurs le sentiment de ressembler à l'un de ces preux gentilshommes au service de sa dame de cœur. Il se montrait en tout cas attentionné et à l'écoute.

Il empoigna les rênes de sa monture et vint se placer à la gauche de Marie.

— Nous allons avancer au pas, mais si votre cheval

1. Arcade arrière relevée de la selle.

entame un petit trot, il vous suffira de l'accompagner là encore, en accentuant davantage les mouvements.

Ce disant, il lui mima un déhanchement souple du bassin, tout en gardant le dos droit. Il eut alors conscience de la sensualité de son geste.

Marie, rougissante, le regarda avec plus d'intensité.

— Vous êtes d'une patience d'ange avec moi. Un très bon professeur en tout cas !

Henri sentit une certaine chaleur et une fierté envahir son cœur.

— Je vous remercie ! Mais je n'ai aucun mérite, je monte depuis tout petit, tempéra-t-il toutefois avec modestie.

— C'est une chose de posséder une connaissance, et une autre de la transmettre !

En disant cela, elle paraissait étonnamment bien savoir de quoi elle parlait. Il en fut intrigué, mais n'osa point la questionner plus avant, se contentant de profiter du moment, sans l'embarrasser d'interrogations qui auraient pu sembler indiscrètes.

Ils quittèrent le domaine et cheminèrent ensuite tous deux à travers champs. Le silence s'était de nouveau invité entre eux, mais Henri n'en fut pas gêné cette fois, car il ne se sentait pas seul, étant donné qu'Orion était de la partie. Ce dernier se montrait tout de même nerveux, et Henri se fit la réflexion que *le cheval est décidément bien le miroir de l'homme !*

— Quand avez-vous appris à monter à cheval ? s'enquit Marie avec curiosité.

— J'ai grandi dans une ferme et nous avions quelques chevaux. C'est à cette époque que j'ai trouvé chez eux des compagnons fidèles, avec lesquels je pouvais m'échapper et vivre des aventures extraordinaires ! confia Henri, se livrant comme jamais il ne l'avait fait auparavant.

Il sentit à son regard velouté posé sur lui qu'elle était à l'écoute et cela l'incita à poursuivre.

— Je leur suis grandement redevable ! Plus d'un m'a sauvé la vie sur les champs de bataille et, plus récemment encore, Orion m'a tiré d'un fort mauvais pas.

Il lui caressa l'encolure en disant cela et le cheval hennit, comme pour conforter ses propos.

En étant lui-même il semblait davantage briller aux yeux de sa dulcinée que s'il se vantait de mille exploits. Elle le couvait du regard, tout en bougeant de manière élégante et fluide sur le dos de sa monture. Elle avait rapidement compris comment se maintenir en équilibre sur sa selle, et Henri en fut admiratif.

— Et où était-elle cette ferme ? questionna Marie, curieuse.

— Oh ! pas très loin de Paris ! Je pourrais vous y emmener un jour, si vous le désirez… Nous pourrions même y aller à cheval.

Il ébauchait ainsi doucement avec elle un projet commun, et Marie ne sembla pas opposée à cette idée.

— Bien volontiers ! Il serait bien toutefois que je sois plus stable sur ma selle, commenta-t-elle en riant.

Henri la contempla, il adorait la voir rire, d'une manière spontanée et joyeuse qui tranchait d'avec son grand sérieux. Elle devenait alors radieuse, et son cœur se gonfla de bonheur à sa vue.

— Et il faudrait que je voie avec la comtesse, j'ai pris beaucoup de liberté ces derniers temps…, ajouta-t-elle, avec un visage plus sombre, ses scrupules revenant justement au galop.

— Vous travaillez trop !

Volontiers protecteur avec elle, il considérait qu'une femme aussi jeune et de sa qualité devait davantage jouir de la vie.

— Et si cela me plaît à moi ? questionna soudain Marie.

Henri sentit qu'ils ne seraient pas d'accord sur le sujet et, désireux de ne point commettre d'impair cette fois, n'insista pas.

Ils contemplèrent en silence les champs qui s'étendaient à perte de vue.

— Je voulais encore vous demander de me pardonner pour mon comportement l'autre jour dans les écuries, finit par articuler Henri, une boule dans la gorge. J'étais fatigué, même si cela n'excuse pas tout, j'en conviens.

— N'en reparlons plus, c'est oublié ! répondit Marie, qui prenait visiblement beaucoup de plaisir à cheminer sur son cheval en sa compagnie et ne désirait pas gâcher ce moment.

— Vous plairait-il d'accélérer un peu l'allure ?

— Pourquoi pas ? répliqua Marie, partante pour l'aventure.

Henri appréciait les femmes possédant suffisamment d'audace et de curiosité. Mais jamais, il n'en n'avait rencontré une comme elle qui faisait preuve d'autant de courage et que rien ne semblait rebuter.

— Continuez de bien accompagner votre cheval avec vos mouvements et regardez loin devant ! Il doit également saisir votre intention.

— C'est entendu !

Henri signifia à Orion par sa posture et d'un mot ce qu'il souhaitait, et son étalon partit au trot.

Restée en arrière, Flocon ne tarda pas à l'imiter, détestant visiblement jouer les seconds rôles.

Marie semblait beaucoup apprécier la vitesse, tandis que ses cheveux virevoltaient dans le vent.

— Ce que c'est grisant ! lui lança-t-elle. Allons plus vite !

— En êtes-vous certaine ?

— Absolument !

Henri hésita, car c'était encore jeune tout cela, mais il était incapable de lui refuser quoi que ce soit. Il intima l'ordre à son cheval et à celui de Marie d'accélérer, et les deux partirent au galop, ravis de pouvoir se défouler.

Henri resta tout de même aux côtés de Marie. Laquelle n'en menait pas large, mais semblait apprécier cette sensation vertigineuse de rapidité.

Il observa cependant que ses chaussures à talon étaient bien profondément ancrées dans ses étriers et qu'en cas de déséquilibre sa chute pourrait être fatale, car alors le cheval serait amené à la traîner derrière lui. Une angoisse le saisit et il demanda aussitôt aux deux montures de ralentir, n'hésitant pas à attraper les rênes de la jument de Marie, effleurant ses mains au passage, pour mieux canaliser l'animal.

Encore exaltée, Marie apprécia toutefois ce répit.

— Vous avez bien fait, je ne maîtrisais plus rien ! s'exclama-t-elle, en riant à gorge déployée.

Henri la trouva d'autant plus désirable quand elle perdait le contrôle. Il aimait observer sa véritable nature au-delà des conventions et de la bienséance. Marie se révélait alors spontanée, enjouée et passionnée. Ah, si seulement il pouvait la prendre dans ses bras, il serait le plus heureux des hommes !

Ils se promenèrent encore un moment dans les environs puis, Marie commençant à avoir des crampes, empruntèrent le chemin du retour.

— Il est probable que cela vous tire un peu dans les muscles demain, il vous faudra boire beaucoup d'eau et faire quelques étirements.

Il lui montra comment procéder sur sa selle.

— Vous êtes tellement à l'aise, vous pourriez faire des acrobaties ! déclara Marie, admirative.

Henri songea qu'il était un peu question de cela lorsqu'il chargeait face à l'ennemi, mais il s'abstint de le lui dire, n'ayant nulle envie de parler de guerre dans un moment pareil.

Ils revinrent aux écuries, et Henri demanda au garçon qui les attendait de leur apporter quelques friandises pour leurs compagnons.

Il profita alors que ce dernier se soit éloigné pour descendre de cheval et aider Marie à faire de même. Elle se pencha en avant, il la saisit par la taille, mais elle se lança avec un peu trop d'entrain et lui tomba dessus. Il la rattrapa fermement dans ses bras. La chaleur de son corps tout contre le sien et sa présence magnétique l'envoûtèrent. Il pouvait sentir sa peau douce et parfumée, ses seins ronds et fermes tout contre lui et les palpitations de son cœur. Henri sentit une vague d'émotions le submerger et le souffle chaud du désir monter en lui.

Il s'écarta à grand-peine et observa le visage de la jeune femme rosi par le grand air. Il plongea alors dans ses yeux bleus pétillants et y décela la même flamme que celle qui le faisait trembler de désir. Alors, n'écoutant que son instinct, il se pencha sur ses lèvres. Marie ne s'y opposa pas. Bien au contraire, ses bras se refermèrent atour de ses épaules et elle le pressa tout contre elle. La douceur de ses lèvres, leur tiédeur, son souffle court, affolèrent ses sens. Un intense frisson parcourut tout son corps et, alimenté par le désir mutuel, il devint plus profond. Bientôt leurs langues se mêlèrent dans un même ballet sensuel. Ils prolongèrent encore davantage ce baiser brûlant, qui le fit vaciller dans un autre monde. Les mains sur sa taille menue, il resserra son étreinte, puis perdit pied tout à fait, tout autant que l'équilibre et il finit par la plaquer tout contre le mur de l'écurie, tout en continuant de dévorer ses lèvres avec gourmandise. Ni lui ni elle ne semblaient désireux de l'interrompre, même s'il était presque à bout de souffle. Et s'il s'écarta d'elle, bien à regret, ce fut parce qu'il entendit le garçon d'écurie approcher avec des carottes et des pommes coupées en quartiers pour les chevaux.

Marie n'osait plus regarder Henri. Lequel, coupé net dans son élan, se sentait terriblement frustrée par l'irruption du domestique, mais il avait pris sur lui pour protéger la réputation de Marie. Il était aussi ivre de bonheur, tous les sens exaltés. Elle avait répondu à son étreinte, à son baiser. Il n'en revenait pas. La jeune femme aussi semblait ailleurs, les cheveux ébouriffés et les yeux brillants.

— Je… je devrais peut-être rentrer Le cocher qui me reconduit chez moi doit m'attendre depuis un moment !

— Je vous raccompagne, offrit Henri, qui n'en n'avait pas oublié pour autant sa galanterie.

Pour son plus grand bonheur elle ne s'y opposa pas, sans doute heureuse de prolonger ce moment. Henri n'avait pas envie d'y mettre un terme, mais la voiture de la comtesse l'attendait et elle ne pouvait s'y soustraire.

— Je vous remercie de m'avoir accordé de votre temps, dit-il poliment, essayant difficilement de reprendre une contenance.

— C'était merveilleux ! Merci à vous, déclara Marie avec un sourire conquis et des yeux scintillant de mille feux.

— Quand vous reverrai-je ?

Les mots lui échappèrent alors qu'ils approchaient de la grille d'entrée du château.

Marie s'apprêtait à répondre lorsqu'un homme, dont la tenue trahissait une certaine noblesse, s'avança vers eux.

— Marie Marsac, je suppose ? interrogea-t-il d'un air qu'Henri trouva présomptueux.

— Elle-même, s'exclama l'intéressée, surprise. À qui ai-je l'honneur ?

— Laurent Moreau, éditeur. Je suis venu tout exprès de Paris pour vous rencontrer. Et c'est la comtesse qui m'a indiqué où je pourrais vous trouver…

Henri tiqua sur le fait qu'elle sache où ils étaient.

La jeune femme se décomposa, paraissant très gênée.

— Je n'en étais pas informée… Laissez-moi un instant, et je suis à vous !

Elle se tourna alors vers Henri, qui la sentit soudain pressée.

— Pardonnez-moi, je dois vous abandonner ! Mais nous reparlerons de tout ceci plus tard, dit-elle en s'empourprant avant d'esquisser une révérence maladroite.

Henri s'inclina à son tour et, lorsqu'il releva la tête, il la vit s'éloigner en compagnie de l'étrange visiteur.

En observant ce jeune homme nanti et bien de sa

personne, le fringant commandant comprit qu'un rival venait d'entrer dans la place. Qui était-il et que pouvait-il bien lui vouloir ?

Les joues encore en feu suite à ce qui venait de se produire avec Henri de Vibrac, Marie entraîna son visiteur un peu plus loin, désireuse en effet que le militaire n'entende rien de leur conversation. Un comble, alors qu'elle venait de lui ouvrir son cœur et ses lèvres !

— Pardonnez-moi, monsieur Moreau, mais vous dites que c'est la comtesse de Guiche qui vous envoie ?

— Oui, mais en réalité, c'est une tout autre personne qui vous a recommandée à moi.

Ils s'immobilisèrent et Marie demanda, suspicieuse :

— Ah bon ? Et qui donc ?

— C'est la comtesse de Briand qui m'a parlé de vous et de vos « activités ».

Marie s'empourpra. Ainsi donc l'une des élèves de son atelier s'en était vantée ! C'était ennuyeux et pouvait même être dangereux pour elle.

— Quoi qu'on vous ait dit, monsieur, il convient de ne pas aller trop vite en besogne ! répondit Marie. Je ne fais rien d'extraordinaire ni d'illégal.

— Non, point ! s'étonna l'éditeur. Mais vous possédez tout de même un talent qui pourrait être fort utile à vos semblables.

Marie scruta l'homme pour déceler la sincérité chez lui. C'était un séducteur, bien de sa personne, éloquent et sans aucun doute motivé par le profit.

— La comtesse de Guiche est-elle informée de votre démarche ?

— Si fait ! C'est même elle qui m'a conseillé de venir vous parler directement pour vous convaincre.

Tout en bavardant avec son visiteur, Marie voyait Henri qui les observait discrètement à distance, soucieux sans doute de la protéger d'un éventuel importun.

— Dans ce cas, monsieur…

— Moreau, Laurent Moreau.

— Je vous propose que nous nous revoyions en compagnie de la comtesse, afin de discuter ensemble de tout cela !

En disant cela, elle se protégeait de possibles manœuvres frauduleuses.

— Fort bien ! Disons, demain ? s'enquit encore l'éditeur, apparemment fort pressé d'obtenir satisfaction.

— Il faudrait voir avec la comtesse, je ne peux répondre de son emploi du temps, mais…

— Dans le cas contraire, nous converserons tous les deux. Je vous le répète, c'est vous qui m'intéressez, et personne d'autre !

Marie fut quelque peu déstabilisée par cette franchise. Décidément, entre l'empressement d'Henri et celui de cet homme, elle paraissait irrésistible en ce moment ! Lequel des ingrédients qu'elle manipulait dans son atelier pouvait bien produire un tel enchantement ?

L'homme prit congé après quelques courbettes, et Marie rejoignit le carrosse qui l'attendait. Sa sœur s'y trouvait déjà et somnolait sur la banquette.

Lorsqu'elle franchit le marchepied, Catherine s'exclama aussitôt :

— Eh bien, quel était cet homme ? Deux pour toi toute seule, je suis jalouse ! Si notre père savait cela, il n'en reviendrait pas ! Lui qui se fait tant de mouron pour toi, persuadé que tu finiras au couvent…

— Ce n'est pas du tout ce que tu crois ! répliqua Marie, désireuse de se justifier.

— Mais oui ! Quand je vois la rougeur de tes joues et l'exaltation dans ton regard, il m'est permis d'en douter !

Marie s'abandonna alors contre la banquette en soupirant.

— Après tout, pourquoi nier ! À toi, je peux bien le dire : j'ai embrassé pour la première fois aujourd'hui !

— Quoi ? ! ? s'écria Catherine en bondissant. Raconte ! Quel effet cela t'a-t-il fait ? C'était avec qui ?

— Monsieur de Vibrac. Et c'était… merveilleux ! s'extasia Marie, transportée de ravissement.

— Tu vois, je te l'avais dit !

— C'est une chose de l'entendre et une autre de la vivre…, concéda Marie en soupirant avant de retourner la question à sa sœur : Et toi, ta journée avec M. de La Guette ?

— Oh ! Marie ! Si tu savais, il est… formidable ! Tellement différent des garçons que j'ai fréquentés jusqu'ici. Il est aimable, attentionné, courtois (Marie songea que c'était tout le portrait d'Henri…), intelligent, riche et respectable…

— À t'écouter, tu sembles amoureuse, ronronna Marie.

— Cela se peut ! Et toi ?

— Quoi, moi ?

— Lequel des deux préfères-tu ? Le gentilhomme ou le militaire ?

— Tu es bête ! Je ne connais même pas cet homme ! Un éditeur à ce qu'il paraît.

— Voyez-vous cela…

Les roues de la voiture franchirent les douves du château et prirent le chemin de la maison des Marsac.

Marie songea que parler de ces choses et toute cette légèreté faisait un bien fou finalement. C'était la première fois qu'elle était pleinement d'accord avec sa sœur !

À peine furent-elles rentrées cependant, que M. Marsac les accueillit un peu fraîchement :

— C'est à cette heure-ci que vous arrivez, mesdemoiselles ? Peut-on savoir ce que la comtesse vous a fait pour vous garder prisonnières tout ce temps ?

— Qu'y a-t-il père ? Ce n'est pas la première fois que nous revenons tard, pourtant…, répondit Marie, étonnée.

— Mais cette fois, c'est différent, ma fille ! Tu seras bientôt mariée, au printemps cela me semble bien, et il serait temps que tu te consacres à tes préparatifs !

— Oh ! mais il n'y a pas d'urgence ! rétorqua Marie, encore ivre de liberté. Nous pouvons tout aussi bien nous marier à l'automne, ou à la Saint-Glinglin…

Catherine, derrière elle, pouffa.

Le vieux notaire ne l'entendait toutefois pas ainsi. Il se mit à gémir et à se plaindre de l'inconstance de ses filles.

— Comme je vous ai mal élevées ! Si votre pauvre mère vous voyait !

Les propos sur leur mère avaient toujours le don d'agacer Marie. Elle s'empressa donc de monter dans sa chambre, à la fois pour échapper à la tempête de reproches paternels, mais aussi parce que après ce qu'elle avait vécu, aujourd'hui, elle avait hâte de consigner une nouvelle recette dans son carnet secret : celle de l'*Alchimie amoureuse* !

Chapitre 18

Recettes et Secrets de femmes

Alchimie amoureuse :

Si une pincée de jalousie peut donner du piquant, méfiez-vous de la possessivité !

Le lendemain, hélas, la comtesse de Guiche fut retenue auprès du duc et Marie dut se rendre seule à l'invitation de l'éditeur. Ce qui la gênait beaucoup, elle aurait préféré que sa protectrice soit présente. Mais, en se soustrayant à cet entretien, peut-être la comtesse voulait-elle qu'elle prenne sa décision par elle-même ?

— J'aimerais que vous m'expliquiez précisément ce que vous attendez de moi, demanda-t-elle à l'homme poudré et perruqué venu tout exprès de Paris pour la voir, tandis qu'ils marchaient dans la cour du château.

Marie préférait en effet rester dans l'enceinte de l'édifice où elle savait Henri à proximité.

— Mais bien volontiers ! répondit son interlocuteur avec onctuosité. Comme je vous le disais hier, j'ai entendu parler de vous par une comtesse de mes amies.

Laquelle m'a vanté votre extraordinaire talent, et j'ai aussitôt perçu dans ses propos l'avantage qu'il y aurait à concevoir un ouvrage destiné à vos sœurs afin de leur faire partager vos connaissances.

L'homme savait manier les paroles flatteuses, habitué sans doute aux belles lettres et à évoluer dans l'aristocratie parisienne et les salons. Marie le sentit suffisamment malin et rusé pour parvenir à ses fins. Il n'avait d'ailleurs pas caché « l'avantage » qu'il tirerait d'une telle entreprise.

— Ainsi donc, vous pensez qu'un ouvrage de vulgarisation scientifique pourrait remporter un certain succès ?

— J'en suis même convaincu ! Une impression confirmée par votre élève d'ailleurs, qui ne se tarissait pas d'éloges à votre sujet !

Marie se remémora cette comtesse vêtue de jaune, blonde au nez pointu ; elle semblait pointilleuse, mais cachait bien son jeu finalement puisqu'elle se répandait en compliments sur l'atelier !

— Je souhaiterais être précurseur, voyez-vous, en publiant le résultat de vos travaux à l'usage des femmes. Cela n'a jamais été fait avant, et cette nouveauté plairait beaucoup aux esprits féminins curieux et avides d'apprendre de notre siècle !

Bien que touchée par ses paroles, Marie était cependant terrifiée qu'il connaisse son secret. Elle était préoccupée par les critiques que l'on pourrait faire à son encontre, émanant notamment de ceux qui considéraient que les femmes ne devaient pas recevoir d'éducation, alors que, selon elle, les esprits n'avaient pas de sexe !

— Je vous avoue avoir commencé un petit Traité, concéda-t-elle, mais pour ma seule satisfaction et pour conserver la mémoire des connaissances que j'ai acquises par un long travail et diverses recherches maintes fois réitérées.

— Parfait ! Et pourquoi ne pas avoir cherché à le publier ?

— J'ai bien été tentée de le faire, mais j'ai de bonnes raisons de ne pas mettre ce travail en lumière. Ce n'est pas la profession d'une femme d'enseigner. Elle se doit de demeurer dans le silence, sans témoigner qu'elle sait. Et je pense encore qu'il est au-dessus d'elle de donner un ouvrage au public, puisque les hommes méprisent et blâment toujours les productions qui émanent de l'esprit d'une femme.

Elle faisait, de manière implicite, référence à son premier entretien avec Henri et à ses préjugés envers les femmes savantes.

— Pour moi, je conçois que si les esprits des femmes étaient cultivés comme ceux des hommes, ils pourraient les égaler ! répondit l'éditeur, abondant ainsi dans son sens, à la grande satisfaction de Marie.

Elle se mit alors à le voir différemment. Cet homme lui plaisait de plus en plus. Lui-même semblait d'ailleurs la regarder avec plus d'insistance. Marie songea cependant qu'il ne cherchait probablement pas d'engagement sérieux auprès d'elle, même s'il pouvait toujours se surprendre à tomber sous son charme. Son objectif était avant tout de récupérer ses travaux, elle ne devait donc se faire aucune illusion sur son compte !

— Alors, qu'en pensez-vous ?

L'offre était intéressante, il est vrai, mais néanmoins trop belle et dangereuse, d'autant qu'elle pouvait compromettre sa position, notamment vis-à-vis d'Henri.

— C'est une décision assez lourde de conséquences, et qui peut avoir des répercussions néfastes sur ma vie, répliqua Marie, soucieuse.

Pour vaincre ses résistances, l'éditeur changea alors de discours et se mit ouvertement à lui faire la cour :

— Allons bon, une belle jeune femme comme vous ne peut s'attirer des ennemis ! Vous alliez une physionomie agréable à un esprit brillant. Quel homme censé ne succomberait pas à vos charmes ?

Une fois encore Marie se sentit troublée, mais sans éprouver cependant le vertige qu'elle ressentait en présence d'Henri. Jusqu'ici, elle n'avait jamais été sensible à ce type de comportement, mais, depuis leur baiser, elle pouvait discerner l'aura du désir quand il se présentait.

— Certains méprisent les femmes cultivées, ou les trouvent pédantes ou ennuyeuses.

— Ce sont des sots ! s'exclama l'éditeur, tranchant. Laissez-moi faire de vous une personnalité reconnue, et ces idiots s'en mordront les doigts ! renchérit Laurent Moreau, ce qui eut pour effet de faire partir Marie d'un rire nerveux.

Reprenant son sérieux, elle demanda :

— Qu'attendez-vous exactement de cet ouvrage ? Comment le voyez-vous ?

— Comme un livre de remèdes simples à reproduire soi-même, écrit par une femme à l'usage des femmes ! Mais j'attends aussi vos propositions. Comment le verriez-vous de votre côté ?

Marie réfléchit à haute voix.

— Il faudrait un recueil utile, qui contienne quantité de remèdes infaillibles pour la guérison et même quelques secrets destinés aux femmes !

— Fort bien ! Quoi d'autre ? l'encouragea son interlocuteur.

— On pourrait donner quelques techniques utilisées en chimie comme la distillation, la dessiccation ou la fermentation (Marie vit l'éditeur froncer les sourcils, sans doute était-ce trop compliqué ? Mais qu'importe, elle saurait le rendre simple, elle en était persuadée !), des prescriptions et remèdes à base de plantes pour guérir la mélancolie ou les sciatiques, des recettes de beauté comprenant des pommades, des crèmes ou des eaux précieuses…

— Formidable tout cela ! Il faudra toutefois veiller à la clarté des instructions pour que tout le monde puisse comprendre et reproduire ces préparations, insista l'éditeur.

— Bien entendu ! Je pourrais commencer par présenter les instruments nécessaires à leur fabrication, expliquer les symboles des plantes et des métaux, et dévoiler les autres noms de matières dissimulés par des scientifiques désireux de ne pas divulguer leurs recettes ! s'exclama encore Marie, en proie à une vive excitation.

Une fois lancée, on ne l'arrêtait plus !

— Voilà qui serait parfait ! Alors, ne serait-ce pas une erreur de ne pas en faire profiter tout le monde ? questionna l'éditeur en la fixant de ses yeux turquoise.

— Si fait…, concéda Marie, oscillant toutefois encore entre la peur et l'enthousiasme de se lancer.

— Je vous propose que l'on se revoie demain, à la même heure ! Préparez-moi d'ici là un projet de table des matières…

— C'est entendu !

— Je vous rends à vos obligations, mais cela a été un véritable plaisir de discuter avec vous.

Il s'inclina pour lui baiser la main. Marie se surprit à constater que ce geste ne l'avait guère émue, contrairement à celui d'Henri, dont le souvenir était encore vivace et frémissant dans son esprit.

— Nous ferons de grandes choses ensemble, vous verrez ! conclut-il, en lui décochant un sourire charmeur.

Henri de Vibrac n'avait rien manqué de la scène et il lui fut extrêmement pénible de voir ce malotru baiser les doigts de l'objet de son affection. Son sang ne fit qu'un tour. Aussitôt son rival eut-il disparu à bord d'un carrosse qu'il courut retrouver Marie.

Lorsqu'elle l'aperçut, elle lui adressa un charmant sourire qui lui retourna le cœur et apaisa quelque peu son courroux.

— Qui était donc cet homme ? s'enquit-il, contrarié. Il se comporte avec vous de manière bien cavalière !

— Vous trouvez ? répondit-elle avec naïveté.

— Oh ! que oui ! C'est un goujat de la pire espèce, un de ces emplumés qui passent leur temps à prendre la poussière dans les salons parisiens où ils se vautrent, plutôt qu'à travailler.

— Monsieur Moreau est éditeur…

— Voyez-vous cela ! se gaussa Henri qui avait cependant déjà noté cette information lorsque l'importun était venu la veille l'aborder abruptement à la fin de leur rendez-vous. Et peut-on savoir ce qu'il vous veut ?

— Disons… qu'il se propose de publier mes mémoires ! répliqua Marie, évasive.

Henri partit d'un rire rauque quelque peu forcé.

— Pourquoi donc riez-vous ? Cela ne se peut-il ?

— Voyons, c'est impossible ! Pourquoi viendrait-il, ici, récolter les mémoires d'une dame de compagnie ? Cela n'a pas de sens. Non, il aura remarqué votre beauté, lors du bal peut-être, et vous fait une cour éhontée ! C'est évident !

Marie fronça les sourcils, visiblement contrariée.

— Il se pourrait que je possède des informations qui l'intéressent...

— Allons donc ! Et quand bien même vous trahiriez tous les secrets d'alcôve de la comtesse et d'autres personnes, ce serait lui qui s'attribuerait tous vos mérites. Vous ne pourriez de toute façon pas être publiée sous votre nom !

— Qu'en savez-vous ? répliqua Marie de plus en plus contrariée.

Henri continua sur sa lancée, aveuglé par sa jalousie et sans mesurer l'impact de ses paroles.

— Mais parce qu'on ne publie guère les femmes sous leur nom, plutôt sous celui de leur époux ou sous pseudonyme ! Il vous ment éhontément, vous dis-je !

Marie déglutit. Henri eut l'impression qu'il avait touché juste.

— En êtes-vous sûr ?

— Oh ! que oui ! Je connais ce genre d'oiseau.

— Et pourquoi me dites-vous cela ?

— Parce que je veux vous protéger et que je désire par-dessus tout votre bien, Marie, répondit-il d'une voix plus douce.

— En me rappelant mon insignifiance de n'être qu'une femme ? De n'être non mariée, ce qui m'empêche d'avoir un nom publiable ? En me rappelant enfin que je ne suis qu'une dame de compagnie à laquelle on ne peut guère s'intéresser ? questionna Marie animée d'une colère sourde.

— Non, bien sûr ! balbutia Henri, déstabilisé.

Une alerte s'alluma dans sa tête et il comprit qu'il était allé trop loin, mais c'était trop tard !

— Vous êtes arrogant et méprisant. Il n'est décidément aucune insulte que vous ne m'ayez épargnée, monsieur !

— Tel n'était pas l'objet de ma démarche ! Il se peut que je me sois laissé aveugler et emporter par mes sentiments… avoua-t-il alors, même s'il lui en coûtait de se mettre ainsi à nu devant elle.

— Vos sentiments ? Mais ils ne sont que mépris ! s'exclama Marie en s'écartant de son chemin pour poursuivre sa route en direction du château. Adieu, monsieur ! Et ne m'importunez plus !

— Marie ! Je vous en prie ! Quand vous reverrai-je ?

— Ni maintenant ni jamais…

Et elle s'éloigna d'un pas vif, à l'image de son irritation.

Henri prit très mal qu'elle l'éconduise ainsi, surtout après ce qu'ils avaient partagé la veille. Car, au-delà de mettre un terme à ses espoirs, c'est son orgueil et sa fierté qui étaient blessés. Et cela lui était insupportable !

Le soir venu, Marie put enfin se laisser aller à repenser aux événements de la journée et en particulier à son altercation avec Henri.

Le regard perdu par la fenêtre du carrosse qui les ramenait chez elle, tandis que sa sœur tour à tour jacassait, jasait et fabulait sur sa relation avec M. de La Guette, Marie songeait au contraste saisissant de sa journée. Tout d'abord, cette incroyable proposition de l'éditeur avec le cortège d'excitation qui l'avait saisie, puis la volée de bois vert reçue lors de sa conversation houleuse avec Henri.

Ma parole, il est jaloux ! Terriblement, jaloux. C'est même plus que cela, c'est de la possessivité, ce qui est détestable ! pensa-t-elle, tandis que Catherine détaillait par le menu la liste des compliments déployée par son nouveau prétendant. (Ce qu'elle faisait à chaque nouvelle conquête d'ailleurs, d'où l'absence d'intérêt de Marie…)

Il n'avait pas à me parler ainsi !

L'instant d'après elle regrettait cependant de s'être emportée et de l'avoir éconduit comme elle l'avait fait. Il lui en coûterait beaucoup de ne plus jamais le revoir !

D'un autre côté, elle devait aussi prendre ses distances avec lui pour protéger son secret et celui de la comtesse, et cela plus que jamais ! L'ouvrage paru, il lui faudrait d'ailleurs, sans doute, se cacher pour un temps et laisser passer les critiques. Leur relation n'y survivrait pas, alors à quoi bon l'entretenir ?

La flamme dans son cœur demeurait cependant ardente. Elle ne cessait de repenser à Henri et au baiser échangé avec lui, et quel baiser ! Marie en était encore toute retournée. Elle se remémora la chaleur de son compagnon, son intensité, sa force et sa douceur à la fois. Elle en éprouva des frissons dans tout le corps ! L'instant d'après toutefois, elle songeait que la possessivité d'Henri ne cadrait tout simplement pas avec son esprit indépendant. Bref, elle était contrariée et perdue dans ses sentiments.

À leur arrivée, Marie, fourbue, s'empressa de se diriger vers l'escalier menant à l'étage lorsque son père s'interposa.

— Pas si vite, mademoiselle ! Il y a là au salon un soupirant transi qui désire vous parler, Marie.

— Qui cela donc ? demanda la jeune femme, l'esprit ailleurs.

— Comment cela ? Y en a-t-il plusieurs ? s'offusqua le vieil homme.

Il ignorait en effet que la liste des conquêtes de Marie s'était considérablement allongée ces derniers temps…

— Ah, oui… M. Brisset ! soupira Marie de déception.

— C'est un comble que je doive moi-même organiser des entrevues dans la perspective de votre mariage. Ne pouvez-vous vous en occuper vous-mêmes comme deux prétendants normaux ?

Marie hésitait sur la manière de lui répondre, lorsque Catherine vola à son secours :

— C'est qu'il y a du nouveau, père ! Figurez-vous que Marie a fait la connaissance au château d'un gentilhomme fort riche et qui vient de Paris ! Et le moins que l'on puisse dire c'est qu'elle ne le laisse pas indifférent…

Si Marie fut tentée au début de la faire taire, sa sœur lui fit comprendre par un jeu de regards de la laisser parler, qu'il y allait de son intérêt.

Maligne, Catherine parait en effet le jeune homme des qualités les plus susceptibles d'intéresser leur père !

— Il a du bien, dis-tu ? questionna le notaire, intéressé.

Catherine hocha frénétiquement la tête.

— Et il s'intéresse à elle ?

— Oh ! que oui ! Il la courtise même avec assiduité.

Marie écoutait la conversation sans broncher, tout en se réchauffant aux flammes du feu de cheminée.

— Et quel est donc cet oiseau providentiel ?

— Un éditeur !

— Voilà qui n'est pas commun. (Il réfléchit.) Mais alors cela change tout…

— Peut-être devriez-vous garder cette information secrète pour le moment, afin de ne pas faire fuir votre invité, suggéra Catherine, tout en escomptant sans doute l'effet inverse.

— Mais au contraire ! Je vais de ce pas congédier ce jeune freluquet qui abuse de notre hospitalité, de notre vin et qui ne cesse de me demander de traficoter le testament de son père à son avantage !

Ce dernier élément avait l'air de peser en effet beaucoup sur la bonne conscience du notaire.

— Quel ignoble personnage ! approuva Catherine.

— Vous, là, filez dans votre chambre ! ordonna-t-il à Marie toute ragaillardie. Je m'occupe de lui !

— Cela risque sûrement de le peiner ! Mais puisqu'il en est ainsi, concéda Catherine en soupirant.

— En matière de mariage, il ne faut jamais courir deux lièvres à la fois, car autrement on prend le risque de n'en attraper aucun ! répondit le vieux renard, pétri de bon sens. Je vais de ce pas le renvoyer dans ses foyers et revenir au testament de feu son père, tel qu'il était !

— N'oubliez pas de lui dire que Marie n'est pas intéressée ! surenchérit Catherine, perfide.

— Absolument ! Ah, il va bien voir, ce chenapan, qui est encore le maître chez lui !

— Bravo, papa !

Les deux filles échangèrent un sourire complice avant de disparaître à l'étage. Une fois dans le couloir menant à leurs chambres, Marie exulta :

— Je ne sais comment te remercier de m'avoir

débarrassée de cette sangsue ! De toute façon, il n'en avait qu'après le bien de notre père.

— Cela dit, ce n'est pas une raison pour tomber dans les bras du premier venu.

— Que veux-tu dire ? questionna Marie, suspicieuse.

— En des termes clairs, méfie-toi de ton éditeur ! Il est trop beau pour être honnête, te fait des propositions mirifiques d'après ce que tu m'as raconté dans la voiture. Il compte probablement te séduire pour arriver à ses fins…

— Et pourquoi ne pourrait-il pas être sincère et s'intéresser à moi et à ce que je fais ?

Catherine éclata de rire :

— Certains êtres ne voient dans les femmes savantes que des êtres crédules, que l'on peut aisément berner en flattant leurs connaissances. Un peu comme les hommes le font avec la beauté pour duper une femme possédant quelques appâts…

— Eh bien, je te remercie du conseil !

— Je t'en prie ! J'estime ton commandant plus sincère pour le coup !

Sur ce, Catherine alla s'enfermer dans sa chambre, laissant Marie désemparée.

Une fois à l'abri dans sa chambre, Marie commença à se défaire elle-même tout en pensant à l'ironie de la situation. Car, finalement, et tandis que certains la disaient magicienne avec ses mixtures aux effets miraculeux (alors même qu'elle était devenue botaniste et chimiste un peu par hasard), elle avait bien du mal à lire dans le cœur des hommes. Entre autres potions vertueuses, ne pourrait-elle concevoir un philtre d'amour ou un sérum de vérité pour y voir plus clair ?

Qui de l'éditeur ou d'Henri de Vibrac méritait sa confiance ?

Et, alors que les femmes se pressaient en se dissimulant dans son laboratoire où elle dispensait des cours pratiques, qu'adviendrait-il si le fringant militaire apprenait son secret ? Lui, l'incorruptible, qui déployait tant d'efforts pour la conquérir.

Quant à ce charmant éditeur qui lui promettait la reconnaissance de ses talents, pouvait-elle raisonnablement céder à sa demande, alors même que les autrices n'étaient en effet jamais reconnues, voire citées dans leurs ouvrages ?

Il n'y avait cependant qu'un moyen de le savoir…

Aussi, et en dépit de la fatigue, elle s'assit devant son secrétaire, saisit une plume et de l'encre et se plongea corps et âme dans la rédaction d'un mystérieux document.

Chapitre 19

Recettes et Secrets de femmes

Alchimie amoureuse :
N'éventez pas les secrets, au risque d'ouvrir la boîte de Pandore…

Le lendemain, Marie retrouva comme convenu l'éditeur dans la cour du château. La comtesse s'entretenait avec lui et, lorsque la jeune femme arriva, elle prétexta une affaire urgente pour les laisser seuls. Bien qu'étonnée, Marie songea toutefois que sa protectrice avait dû s'assurer du bien-fondé de sa démarche, ce qui la tranquillisa en partie.

Laurent Moreau avait tout particulièrement soigné son extérieur ; il était vêtu d'un habit de la noblesse en velours châtaigne, coordonné à la perruque ondulée qui cascadait sur ses épaules et à la fine moustache sur ses lèvres. Ses revers de manches étaient en hermine, agrémentés d'une dentelle assortie à sa lavallière. Il portait, en outre, un immense chapeau surmonté d'un ruban bleu et des hauts-de-chausse sur ses souliers à boucle. Autant dire qu'il avait déployé tout un arsenal pour faire la roue et impressionner celle qu'il voulait tant séduire.

Marie cligna plusieurs fois des yeux en l'apercevant.

— Mademoiselle Marsac, avez-vous bien dormi ?

— Très bien, je vous remercie ! Même si fort peu, j'ai en effet passé du temps sur notre projet.

— Eh bien, voyons cela ! Mais allons nous installer où nous serons plus à l'aise.

Il lui offrit son bras, et ils firent quelques pas en direction des superbes jardins du château que lui avait sans doute indiqués la comtesse. Marie remarqua que Catherine et M. de La Guette s'y trouvaient déjà. Ce dernier se dévouait d'ailleurs à chaque fois pour emmener sa sœur aux ateliers de Marie et avoir ainsi le plaisir de revoir Catherine.

Marie aperçut également Henri, qui les regardait passer au loin d'un air sombre, et elle en fut étrangement affectée.

Ils s'assirent sur un banc de pierre, et Marie saisit le précieux carnet dans lequel elle avait consigné ses notes.

— Alors, j'ai pensé que nous pourrions découper l'ouvrage en six parties.

— Six ? Cela semble bien. Lesquelles, je vous prie ?

— Dans une première, nous pourrions donner les principes de base de la chimie, les instruments et techniques qui vont servir pour les préparations. J'évoquerai notamment les chaudrons bains-marie dans lesquels on peut faire plusieurs distillations à la fois et les symboles graphiques utilisés en chimie.

— C'est, ma foi, judicieux ! Je recommande juste

de simplifier les choses au maximum pour que vous soyez comprise de tous.

— Bien entendu ! approuva Marie, en le notant. Dans une deuxième partie, nous pourrions parler des plantes et des procédés qui permettent d'en tirer des essences, huiles, eaux, teintures, résines, etc. On y traitera, entre autres, de fleurs, d'aromates, de la vigne et de plantes médicinales…

Laurent Moreau réfléchit, puis l'encouragea à poursuivre :

— Fort bien ! Continuez !

— La troisième partie serait consacrée aux animaux et aux remèdes, aux maux qu'ils ont causés, à l'instar du venin de serpent, mais pas que…

Elle expliqua alors brièvement les différentes médications élaborées, et l'éditeur les écouta attentivement, bien qu'il semblât un peu dubitatif par moments.

— Et tout ceci fonctionne ? Je veux dire, certains ont l'air quelque peu fantaisistes de prime abord… Comme l'huile des os d'homme ou cette eau de chapon… Sans compter cette pommade contre les brûlures « à base de jaunes d'œufs, de saindoux et de fiente d'un cheval fraîchement faite à fricasser dans une poêle » qui pourrait quelque peu rebuter votre lectorat…

— Là encore, je me base sur mes observations et les expériences que j'ai effectuées moi-même.

— Dans ce cas ! concéda l'éditeur, amusé.

— La quatrième partie sera consacrée aux minéraux, reprit Marie. Esprit de nitrite, de soufre, huile des philosophes, ambre, vitriol de Mars, de Vénus, teinture et sel de corail, etc. Ici également, je ne me contente pas de reproduire les méthodes en usage à notre époque et dont l'utilité laisse parfois à désirer...

Laurent Moreau sourit, avec un regard pétillant qui trahissait son admiration pour la jeune femme.

— Je note votre indépendance d'esprit. Et je dois dire que je l'apprécie au plus haut point !

Marie poursuivit sans s'appesantir sur ces compliments, même s'ils lui faisaient beaucoup de bien :

— Dans la cinquième partie, nous pourrions proposer des préparations pour la santé, comme des tisanes élaborées à partir de plantes familières, des baumes, des eaux composées, des emplâtres... dont j'ai personnellement vérifié les effets.

— Pardonnez-moi, mademoiselle, mais il manque une partie sur la beauté qui intéressera sans doute tout spécialement les femmes.

— J'y viens ! Ce serait en effet l'objet de ma sixième partie avec des eaux, pommades et huiles pour l'embellissement du visage, pour traiter le teint et les rides, blanchir les dents, pour l'adoucissement de la peau, ou les teintures pour les poils ou les lotions pour faire croître les cheveux... J'ai ajouté cette partie pour garantir les femmes d'un nombre infini d'accidents qui arrivent lorsque l'on se met des choses dont on ne sait point la composition sur le visage.

— Voilà qui est noble et sera certainement bienvenu ! s'exclama l'éditeur en se frottant les mains. N'hésitez pas à la nourrir et à l'agrémenter de multiples recettes !

— C'est bien mon intention, approuva Marie, enthousiaste.

L'éditeur lissa sa moustache et regarda au loin avant de déclarer :

— Cela me semble très prometteur ! J'avoue toutefois être un peu plus réservé sur la partie consacrée aux animaux, mais j'attends de voir ce que vous proposez ! Il conviendrait aussi de réfléchir au titre de l'ouvrage.

— J'ai pensé à : *La chimie en faveur des dames*, répliqua Marie.

L'éditeur cogita et rétorqua :

— C'est bien, mais il faudrait faire apparaître que vous ne vous substituez pas aux médecins ou aux apothicaires, cela pourrait les froisser ! Inutile de s'en faire des ennemis. Il serait nécessaire également de mentionner que vous partagez vos connaissances de manière désintéressée.

— *Chimie charitable* dans ce cas ?

— Très bien ! Toutefois je crains que le mot « Chimie » ne rebute quelque peu les dames, pinailla l'éditeur.

— Que dites-vous de *Chimie facile* dans ce cas ?

— Oui, c'est beaucoup mieux ! Ce qui nous donnerait : *La chimie*[1] *charitable et facile en faveur des dames.*

— Parfait ! répondit Marie, ravie.

— Nous sommes d'accord ! Eh bien, je vais faire rédiger un contrat à votre intention…

À cette évocation, Marie éprouva un frisson et un grand sentiment de satisfaction. C'était une chose de l'avoir rêvé et une autre que de passer à sa réalisation. Enfin elle pourrait rendre service aux personnes de son sexe et prouver ainsi qu'une femme était tout à fait capable d'élaborer pareil ouvrage. Elle se sentait terriblement fière et emplie de gratitude.

— C'est entendu ! Je vous en remercie.

1. Orthographié à l'époque : « Chymie ».

— C'est moi qui vous suis reconnaissant et je me réjouis à l'avance de notre fructueuse collaboration !

Il saisit ses mains et s'employa à les baiser, avec encore plus de ferveur qu'il ne l'avait fait la veille.

Marie, gênée, et craignant qu'Henri ne les aperçoive, les retira alors avec politesse :

— Il faut que je vous laisse à présent, je dois rejoindre mon atelier.

La comtesse venait en effet de lui faire signe, toutes ses élèves, impatientes, étaient arrivées.

Après avoir souffert de les avoir vus se rapprocher ces deux derniers jours, Henri décida d'aller trouver l'éditeur qui se comportait d'une manière un peu trop pressante avec Marie.

Il était désireux en effet de connaître le fond de sa pensée. Et, comme il ne pouvait directement interroger la jeune femme suite à leur échange houleux de la veille, il entreprit d'aller discuter avec ce dernier, qui attendait sa voiture dans la cour.

— Bonjour, monsieur ! fit-il en le saluant.

— Lieutenant…, répondit l'homme du monde en s'inclinant légèrement, sans doute surpris qu'un militaire vienne ainsi lui parler.

— Commandant, le reprit Henri, peu enclin à se faire rabaisser par cet emplumé.

— Pardonnez-moi ! Je n'ai que peu d'instruction en matière de galons. Pour ma défense, je ne fréquente guère la société des militaires, ajouta-t-il, non sans afficher un certain dédain.

— L'avantage avec les galons, c'est qu'on peut connaître

grâce à eux le mérite d'un homme, contrairement aux rubans, qui sont purement décoratifs.

— La métaphore est intéressante ! Et je pourrais presque me sentir visé par vos propos, répliqua l'éditeur d'un ton un peu piqué.

— C'est une généralité, monsieur ! Une blague de soldats, si vous préférez…

— Ah ! soupira ce dernier. Vous avez une manière bien tranchante de dire les choses.

— Elle est à l'image des épées que nous mettons au service de ceux que nous servons, ou pour protéger d'innocentes créatures de personnes mal intentionnées…

— Voilà qui est noble ! Mais que fait donc mon cocher ? s'impatienta l'éditeur, que la présence d'Henri semblait de plus en plus incommoder.

— D'ailleurs, à ce sujet, reprit Henri, la main jouant avec le pommeau de son épée. Je vous ai vu discuter avec cette jeune femme là-bas…

— Ah, Marie Marsac ! Oui, nous sommes en affaires.

— Une bien jolie personne en vérité…

— En effet ! approuva l'éditeur, ce qui piqua d'autant plus la jalousie d'Henri.

— Et très appétissante…

— Ses charmes n'ont d'égal que son esprit, répondit son interlocuteur, ce qui tempéra un peu le ressentiment qu'Henri nourrissait à son encontre.

— Oui, c'est vraiment une femme exceptionnelle. Quel homme ne rêverait pas de la posséder ?

Henri cherchait à faire avouer à ce visiteur, sur le ton de la confidence d'une conversation entre hommes, le fond de sa pensée et les espoirs de conquête qu'il entretenait à l'égard de Marie. Mais il fut bien surpris lorsque celui-ci répliqua :

— À dire vrai, ce sont surtout ses travaux scientifiques qui m'intéressent. Ils valent de l'or !

Ses travaux scientifiques ? Comment cela ? songea Henri, abasourdi.

Au même moment, le bruit des roues d'un carrosse roulant sur le pavé de la cour résonna sur les murs autour d'eux.

— Ma voiture est arrivée ! Je dois vous laisser à regret. Bonne journée, commandant ! dit-il en insistant bien sur ce terme.

Henri s'inclina et le regarda partir, non sans éprouver un certain soulagement. Il aurait bien aimé en apprendre davantage cependant. L'éditeur en avait trop dit, ou pas assez, il devait en avoir le cœur net ! Après tout, il était de son devoir de savoir ce qui se tramait au château et de tout connaître sur tout le monde. C'était d'ailleurs une exigence du duc à l'égard des hommes de sa garde ; ils devaient « être à la fois ses yeux et ses oreilles », des défenseurs et des espions. Ce qui permettait aussi d'anticiper d'éventuels problèmes.

Et il est vrai qu'il soupçonnait depuis un moment que des activités illicites se tenaient au château. Une impression confortée par le fait que les dames invitées par la comtesse et Marie semblaient venir dans le plus grand secret. Sans compter qu'elles demeuraient alors enfermées des heures durant dans le laboratoire, tandis que le fourneau fonctionnait à plein régime.

Il patienta jusqu'au soir et, une fois les femmes envolées, il se dirigea vers l'aile du château incriminée. Parvenu devant la porte du laboratoire, il mit la main sur la poignée, déterminé à ouvrir la boîte de Pandore, lorsque soudain le visage de Marie lui apparut.

Que dirait-elle s'il apprenait ce qu'il s'apprêtait à faire ? Elle n'apprécierait certainement pas qu'il trahisse sa confiance, même s'il est vrai qu'ils ne se parlaient plus. Il espérait toutefois que cette situation n'était que transitoire. Il hésita, puis retira sa main, le cœur battu par l'amour.

Il allait repartir lorsque soudain la porte s'ouvrit pour laisser passer un domestique chargé de matériel. Ce dernier, surpris par sa présence, en fut déstabilisé et la cagette en bois pleine de fioles qu'il portait vacilla. Deux récipients en verre tombèrent, se brisant sur le sol, tandis que les liquides qu'ils contenaient se répandaient sur les pierres.

— Pardonnez-moi ! Je cherchais Marie…, se justifia maladroitement Henri.

— Elle est partie depuis longtemps, répliqua le valet, en se baissant pour ramasser tant bien que mal les bouts de verre épars.

— Laissez, je vais vous aider !

— N'en faites rien, je vous en prie ! répondit le domestique, pressé et comme craintif à l'idée qu'il voie ce qu'il transportait.

Des fioles contenant des produits illicites, voire peut-être même des poisons, à n'en point douter !

Henri saisit deux gros morceaux qui comportaient des étiquettes sur lesquelles étaient inscrits le nom de Marie accompagné de formules de chimie. Il fut stupéfait, tant et si bien qu'il se coupa au contact du verre. Il se redressa en fronçant les sourcils devant le serviteur affolé. Il n'ajouta rien de plus et quitta les lieux avec un objectif clair : aller trouver la comtesse pour s'enquérir de ce qui se trafiquait là. Et, dans le cas où elle ne serait pas en mesure de lui fournir une explication convenable, il irait s'en ouvrir au duc, car tel était son devoir.

Tandis qu'il se dirigeait d'un pas vif vers la partie centrale du château, il se retrouva une nouvelle fois à tergiverser, déchiré entre son devoir et son amour pour Marie, dont il allait peut-être trahir la confiance. C'était pourquoi il escomptait beaucoup des éclaircissements de la comtesse.

Il la trouva dans la bibliothèque où elle compulsait des ouvrages d'astronomie avant de les fourrer dans un sac. Henri songea aussitôt qu'il s'agissait là de la passion de Marie. Peut-être ces livres lui étaient-ils destinés ? Si tel était le cas, la comtesse s'employait décidément fort à satisfaire sa dame de compagnie.

— Bonsoir, comtesse, fit Henri.

Celle-ci sursauta. Elle se retourna et lui sourit alors complaisamment, en femme du monde, tout en remettant son châle sur ses épaules.

— Vous m'avez fait peur, commandant ! Je ne vous avais pas entendu arriver. Que désirez-vous ? Si c'est au sujet de notre dernière conversation, je n'ai plus rien à ajouter, prévint-elle aussitôt pour ne pas s'embarquer de nouveau dans un terrain scabreux, sans doute.

— Non, point ! Il ne s'agit pas du secret de ma naissance, cette fois, mais de celui concernant votre dame de compagnie, Marie Marsac.

La comtesse perdit son sourire.

— Quel secret ? Vous divaguez… Cette fille est claire comme de l'eau de roche.

— Ah, oui ? Dans ce cas, comment qualifiez-vous les activités illicites auxquelles elle se livre dans le laboratoire, préparant des poisons avec ou pour vos invitées ?

Henri était très remonté. La comtesse le scruta un instant. Puis, elle sourit avant de répondre avec calme :

— Alors, déjà, il ne s'agit pas de poisons, mais de lotions pour le visage.

Henri se sentit soudain penaud.

— Ensuite, les occupations auxquelles elle s'adonne sont tout à fait légales, dans la mesure où elles sont prodiguées dans le cadre de la charité.

— Les comtesses de vos amies n'ont donc pas les moyens de se payer un apothicaire ? questionna Henri, désireux de tirer toute cette histoire au clair.

— Marie possède ce talent de pouvoir composer des produits naturels à base de plantes qui n'altèrent pas la peau. Est-ce un mal ?

Henri se rappela qu'il avait entendu la comtesse faire part au duc de l'aide qu'elle recevait pour soigner les souffreteux, ce dont son seigneur était ravi, car cela contribuait à entretenir sa réputation auprès de la population locale. Il fit aussitôt le lien avec Marie. Et il lui apparut comme une évidence qu'elle ne concevait pas que des crèmes pour le visage.

— Vous mentez ! fit Henri. Elle se livre à des travaux scientifiques et elle connaît la médecine, un art qui n'est guère dévolu aux femmes…

— Ce qui est une grande injustice d'ailleurs ! Car enfin, elles sont tout autant capables sur ce point que les hommes, répliqua la comtesse, agacée.

Cette affirmation constituait un aveu. Henri fut choqué et blessé d'avoir été tenu éloigné de ce secret.

Marie ne lui apparaissait plus comme une innocente jeune fille, mais comme une magicienne, possédant un pouvoir qui, mal canalisé, pouvait se révéler dangereux. Et la comtesse, cette manipulatrice, l'avait encouragée dans ce sens, à des fins qu'il lui appartenait de découvrir.

— Vous n'aviez pas le droit de l'autoriser à faire cela ! C'est interdit par la loi !

— Mais non, mon ami ! Puisque je vous dis que…

— Le duc est-il informé de ce qui se trame dans son château ?

La comtesse manifesta une certaine hésitation, et il sut qu'il avait touché juste.

— Il sait qu'elle m'aide, et, pour le reste, j'en assume l'entière responsabilité, répondit-elle avec fermeté.

— Vous l'avez pervertie ! Vous l'entraînez sur des chemins, qui, s'ils venaient à être connus, seraient dangereux pour elle !

— Vous déraisonnez, mon ami ! Vos sens sont altérés, et vous êtes aveuglé par vos sentiments !

La comtesse avait vu clair en lui. *Ainsi donc, elle savait…*

— Ne changez pas de sujet…

— Vous l'aimez et vous devenez fou à l'idée qu'elle puisse vous échapper. C'est cela, n'est-ce pas ? Alors, je vais vous donner un bon conseil : ne l'étouffez pas !

— Là n'est point la question ! Le duc doit être informé de tout ce qui se passe chez lui…

Ne voulant pas épiloguer davantage, il partit d'un pas décidé en direction de ses appartements, la comtesse sur ses talons.

— Ne faites rien que vous pourriez regretter ! cria-t-elle encore, Marie ne vous le pardonnerait pas.

Il frémit. Elle avait raison, et il était au supplice, partagé entre son devoir et ses sentiments. Mais la chose était grave ; Marie était, selon lui, manipulée par la comtesse, et celle-ci devait en répondre devant un juge impartial.

Quelques minutes plus tard, ils se trouvaient tous deux dans le grand salon en présence du duc, lequel recevait à souper quelques personnes avec lesquelles il irait chasser lors de la saison prochaine.

En apercevant Henri, il vint aussitôt au-devant de lui, un verre à la main, sans s'encombrer de cérémonie.

— Allons, mon garçon ! Que vous arrive-t-il, vous paraissez tout ennuyé ? Le château est-il attaqué ?

— Non point, monseigneur.

Le duc eut l'air gêné qu'il le nommât ainsi, mais en présence de la comtesse et de ses invités il s'en accommoda.

— Alors, de quoi s'agit-il ?

— La comtesse, ici présente, se livre à des activités illicites dans le laboratoire du château et elle entraîne avec elle sa jeune dame de compagnie ! J'ai cru de mon devoir de vous en informer, sire, répliqua Henri, droit dans ses bottes.

— Des activités illicites ? De quel ordre ?

— De la chimie, monsieur. Elle fabrique des potions !

Ce à quoi la comtesse ajouta d'un air las :

— Elle élabore des crèmes aux plantes pour le visage.

Le duc fronça les sourcils, avant d'éclater de rire.

— Est-ce là tout ?

— Mais enfin, ce sont des occupations qui ne sont guère dévolues aux femmes…, reprit Henri.

— Et pourquoi ne le seraient-elles pas ? Comment

se nomme votre dame de compagnie ? demanda le duc à la comtesse.

— Marie Marsac, répondit-elle, mielleuse.

— Ah oui, la fille du notaire !

— C'est cela, mon seigneur.

— Une bien jolie demoiselle, et courageuse avec cela ! Elle œuvre à vos côtés pour les malheureux, si je ne m'abuse.

— Oui, elle m'aide beaucoup ! Le médecin pourra vous confirmer aussi qu'elle l'assiste parfois dans la composition de ses remèdes, à son petit niveau, bien entendu.

— Cela va de soi ! acquiesça le duc. Vous m'avez fait peur, Henri, je pensais qu'il y avait une bombe au château !

— C'est-à-dire que…, balbutia Henri, consterné, tandis que la comtesse triomphait.

— Allons, reposez-vous un peu, mon garçon ! Je vous sens sur les nerfs, poursuivit le duc, affable. Quant à votre dame de compagnie, comtesse, veillez bien à ce qu'elle ne confonde pas le sulfure de plomb avec le sucre dans ses recettes de gâteau !

Il éclata encore de rire et partit rejoindre ses invités.

— Eh bien, je crois que vous avez votre réponse, Henri. Vos sentiments pour Marie vous ont aveuglé ! Et ainsi que l'a suggéré le duc, vous devriez aller vous coucher ! fit la comtesse d'un ton perfide avant de s'éloigner de sa démarche féline.

Resté seul, Henri maugréait. Ce fut à ce moment-là que l'un des convives, un jeune homme aux boucles blondes, vint le trouver.

— Pardonnez-moi, j'ai par hasard entendu quelques

bribes de votre conversation. Il était question de Marie Marsac…

Henri releva les yeux sur l'inconnu, suspicieux.

— Vous disiez qu'elle s'adonnait à la médecine ? C'est fou ça, je suis persuadé que son père l'ignore !

— Excusez-moi, à qui ai-je l'honneur ?

— Brisset, Guillaume Brisset.

— Ah, fit Henri, qui, reconnaissant aussitôt le nom du fiancé de Marie, le considéra avec dédain. Il ne manquait plus que vous pour parachever cette journée !

— Pardon ? répondit son interlocuteur, surpris.

— Je disais que vous ne devriez pas vous mêler des conversations des autres…

— Ah, mais au contraire ! J'ai entendu que vous nourrissiez quelques sentiments pour Marie, alors permettez-moi de vous donner un bon conseil : oubliez-la ! Son père s'est entiché d'un éditeur à qui il désire la marier. Vous n'avez aucune chance. Sur ce, santé, monsieur !

Il leva son verre de vin qu'il but d'un trait et s'en fut rejoindre l'entourage du duc pour discuter de la prochaine chasse à courre, laissant Henri hébété.

Ce dernier s'en fut aussitôt dans la cour, afin de prendre l'air, car la tête lui tournait.

C'est alors qu'un officier vint le quérir.

— Ah, commandant ! Nous vous cherchions !

Ce n'était vraiment pas le moment, car Henri aurait souhaité rester un peu tranquille.

— Quoi encore ? questionna-t-il de manière un peu brusque.

— Des bandits de grand chemin ont été repérés aux alentours du château.

Henri songea aussitôt à la Fronde. *Des déserteurs, peut-être ?* Son esprit allait d'une information à une autre à la vitesse de l'éclair. Son sang ne fit qu'un tour.

Il se rendit au poste de garde, désigna deux hommes et leur ordonna de l'accompagner.

Le trio gagna alors les écuries, où le souvenir de sa leçon d'équitation avec Marie procura à Henri une vive douleur. Ils prirent des chevaux et s'enfoncèrent dans la nuit. Lui, d'ordinaire si prudent, en oublia les plus élémentaires précautions, désireux qu'il était d'aller en découdre.

— Nous allons les surprendre ! vociféra Henri, pour justifier son impatience et sa rage.

Ses soldats échangèrent des regards inquiets mais obtempérèrent.

En fait de surprise, ce furent eux qui se retrouvèrent pris en embuscade. Une sentinelle planquée dans un arbre, les ayant vus arriver, donna l'alerte. L'instant d'après, ils furent pris en tenaille. L'un des soldats de la garde fut abattu de plusieurs balles, tandis qu'Henri écopa lui aussi d'une violente décharge et un projectile brûlant vint se loger dans son épaule. Il vacilla sur son cheval. Orion soutint toutefois le poids de son maître, et, semblant comprendre la situation, galopa aussitôt en direction du domaine, suivi par le second soldat, le jeune homme roux répondant au prénom de Raphaël. Parvenu au château, ce dernier avertit le lieutenant de garde au sujet de l'embuscade, lequel réunit toute une troupe pour aller les affronter, puis Raphaël fit porter Henri à l'infirmerie.

À moitié inconscient, Henri songea que s'il s'en sortait il ferait décorer ce jeune soldat pour son courage et la pertinence de ses ordres. Il l'avait bien mal jugé lors de son duel à l'épée !

La douleur irradiait dans son épaule, la souffrance était plus qu'il n'en pouvait supporter, et tandis que du sang chaud coulait de sa blessure, il sentit ses forces l'abandonner. Il voyait de plus en plus flou. Parvenu à l'infirmerie, il discerna une nuée de religieuses venues l'entourer pour évaluer les dégâts :

— Il est salement touché ! La balle est restée à l'intérieur, on dirait. Sans compter que ses plaies peuvent s'infecter.

— Il faut aller quérir le médecin ! cria une jeune femme.

— C'est impossible ! Il a été appelé au village pour aider une femme en couches ! répondit une autre.

Henri s'enfonçait progressivement dans le noir et l'inconscience.

— Il faut lui faire un garrot, vite ! s'exclama encore une femme. Il perd beaucoup de sang.

— Allez prévenir la comtesse ! hurla une voix féminine plus âgée.

Henri songea qu'elle préférerait peut-être le laisser en l'état après son acte d'éclat de ce soir…

Tandis qu'il se sentait partir, ses dernières paroles furent pour elle.

— Marie… Marie…

— Que dit-il ? demandait-on autour de lui.

— On dirait qu'il prie…

Puis il sombra dans les ténèbres.

Chapitre 20

Recettes et Secrets de femmes

Alchimie amoureuse :
Réparez les chairs et pansez les blessures du cœur

Marie était profondément endormie lorsqu'elle fut réveillée par les cris du vieux Marsac en bonnet de nuit, une bougie à la main.

— Levez-vous, Marie !

— Il est trop tôt, père ! marmonna la jeune femme en se redressant. Quelle heure est-il ?

— Il y a un soldat en bas venu tout exprès du château. Apparemment, un militaire a été tué. Je n'ai pas trop saisi… Il dit que c'est urgent et que la comtesse vous réclame à son chevet.

Marie ne comprit pas très bien le charabia de son père, mais elle s'alarma en songeant à Henri et pria pour qu'il ne lui soit rien arrivé. Puis elle se demanda bien pourquoi la comtesse la voulait à son chevet, était-elle malade ou blessée ?

— Ah, j'oubliais ! Il m'a donné ce mot pour toi.

Marie attrapa le message qu'elle déplia en toute hâte. Vincent Marsac tenta bien de lire par-dessus son épaule, mais en vain.

Chère Marie,

Accourez vite ! Le médecin est absent et nous avons besoin de votre aide.

Prenez votre trousse et tous vos instruments.

Il s'agit d'Henri…

La comtesse de Guiche

— Oh ! mon Dieu ! s'exclama la jeune femme.

Elle se leva d'un bond, une terrible crainte au creux du ventre, puis s'empressa de raccompagner son père à la porte de sa chambre, en lui signifiant de répondre au coursier qu'elle arrivait. Elle retira alors sa chemise avant d'enfiler une robe, un manteau par-dessus, et d'attraper sa besace qu'elle chargea de tous les instruments éparpillés dans son secrétaire et ses armoires. Le tout en quelques secondes à peine.

Une fois dehors, elle vit qu'il n'y avait point de carrosse qui l'attendait, mais un homme à cheval. Elle comprit aussitôt qu'elle devrait chevaucher avec lui pour aller plus vite.

— Ne faites pas ça, Marie ! J'y suis formellement opposé ! s'égosillait son père depuis le seuil de sa maison. C'est dangereux et vous ne savez même pas monter à cheval !

Mais il se trompait, car elle en était capable à présent ! Elle songea à Henri et à la leçon qu'il lui avait donnée, et sans l'ombre d'une hésitation tendit aussitôt la main au soldat qui la hissa devant lui sur la selle, en la faisant asseoir de côté sur une épaisse couverture. Elle se cala tout contre lui en serrant ses affaires contre elle, et le cavalier lança sa monture au galop.

Parvenus au château sans encombre, et presque par miracle, le coursier la déposa devant l'aile de l'infirmerie. Un homme en uniforme de la garde l'attendait avec un flambeau. Il l'escorta jusqu'au dispensaire. Son cœur se serra en entrant.

Parmi quelques blessés et malades allongés sur des lits de fortune, elle reconnut la silhouette familière d'un homme étendu sur une table. Il était vêtu d'une chemise blanche tachée de sang, le visage livide. Autour de lui se pressaient des religieuses, tandis qu'une ombre que Marie identifia aussitôt comme étant la comtesse veillait sur lui. À son entrée, d'instinct cette dernière se retourna. Elle tenta bien de sourire, mais sa figure était pâle et ses traits creusés.

— Ah, enfin, vous êtes là ! lâcha-t-elle, soulagée. Merci d'être venue !

— Que s'est-il passé ? s'enquit Marie tout en se rapprochant du corps inerte d'Henri, tandis que son cœur tambourinait dans sa poitrine.

Elle serra les poings, essayant de contenir le sentiment de panique qui l'envahissait.

— Apparemment, le commandant de Vibrac serait tombé dans une embuscade. Mais en vérité, et d'après ce que j'ai pu apprendre, il aurait fait preuve d'un manque évident de la plus nécessaire prudence ! ajouta la comtesse, qui semblait partagée entre colère et compassion pour le blessé.

— Cela ne lui ressemble guère pourtant, marmonna Marie, dont les tempes bourdonnaient. L'a-t-on examiné ?

La plus âgée des religieuses, surprise d'être ainsi questionnée par cette toute jeune demoiselle, répondit :

— Si fait ! La blessure est sévère et… je crains qu'il ne soit trop tard, hélas.

— Le médecin est retenu au village, auprès d'une femme en couches. On l'a fait quérir, mais il semble qu'il en ait pour la nuit, ajouta la comtesse.

— Il est important qu'il reste auprès de cette mère, approuva Marie. En donnant la vie, elle aussi a de fortes chances d'y rester…

Marie se rembrunit en songeant à sa mère. Cette pensée lui donna cependant de la force et l'aida à se ressaisir. Elle releva alors ses manches.

— Bon, voyons cela ! Apportez-moi de l'alcool et des linges propres, ordonna-t-elle avec fermeté, tout en mettant un tablier sur ses jupes.

Elle scruta alors davantage Henri. Même blessé et inconscient, il la troublait toujours autant avec sa haute stature et sa musculature élancée. Sa nuque était posée sur un linge plié, et ses cheveux foncés et ondulés étaient épars tout autour, comme un soleil. Son beau visage affichait une expression qu'elle ne lui connaissait pas. Les traits détendus, il semblait ailleurs, presque serein.

— Je vous en prie ! Ne partez pas… Accrochez-vous à la vie, je vous en supplie ! lui chuchota-t-elle, espérant ainsi lui insuffler de son énergie, si du moins il pouvait l'entendre. (Elle ajouta alors plus bas :) J'ai besoin de vous !

Elle observa sa blessure, sur laquelle on avait effectué un bandage de fortune pour la comprimer et empêcher ainsi le sang de couler.

— Vous avez bien fait de faire ce garrot, c'est sans

doute ce qui lui permet d'être encore en vie ! dit Marie en s'adressant à la cantonade, tandis qu'une des bonnes sœurs rosit en recevant le compliment.

Marie la repéra aussitôt :

— Pouvez-vous m'assister ? lui demanda-t-elle.

La jeune femme ne paraissait en effet pas indisposée à la vue du sang et ses talents semblaient prometteurs. La religieuse s'empressa d'accepter.

Entre-temps, on lui avait apporté une bouteille d'alcool, avec laquelle Marie se désinfecta les mains, avant d'humecter un linge pour en faire une compresse, puis de nettoyer ses instruments.

Elle s'affaira alors à constater l'étendue des dégâts, écartant doucement la chemise, en partie brûlée par la balle, de la chair meurtrie du blessé. Elle la scruta, puis procéda à un examen de la blessure.

— Il semble que le projectile soit entré, mais ne soit pas ressorti. Il conviendrait d'ôter la balle de la blessure, avant de panser la plaie et de la recoudre, annonça-t-elle, en s'efforçant de rester rationnelle et d'oublier qu'il s'agissait d'Henri.

Derrière elle, en entendant ses mots, il y eut un bruit de chute, une des religieuses venait de faire un malaise.

— Emmenez-la ! s'exclama la plus âgée, et s'il y a d'autres chiffes molles parmi vous, je les prierais de sortir ! On a déjà bien assez de malades et d'estropiés sur les bras !

Marie expliqua alors les différents gestes à son assistante, qui consistaient notamment à lui avancer certains instruments et compresses suivant ses directives. Elle prépara également un flacon d'une mixture aux plantes de sa composition destinée à endormir Henri si celui-ci venait à se réveiller, car la douleur serait alors insupportable.

Puis elle prit une profonde inspiration et s'employa à l'opérer, usant de précision, de délicatesse, de finesse et d'infinies précautions. Toute l'assistance, qui s'était reculée pour la laisser travailler, retenait son souffle. Seule la comtesse donnait des ordres discrets à un domestique pour qu'il continue d'alimenter le feu afin de réchauffer la pièce.

Marie s'efforçait de demeurer concentrée, luttant contre des pensées qui ne cessaient de l'assaillir, menaçant de la faire trembler, comme le trouble qu'elle avait ressenti en apercevant l'épaule nue et une partie du torse musclé d'Henri. Ou encore cette souffrance de le voir mutilé et peut-être sur le point de succomber. Les premiers contacts avec sa peau, qui restait chaude et douce malgré le fait qu'il ait le cuir tanné par la vie, lui furent également une véritable torture.

Elle sentit son front s'humecter et fit un geste à son assistante, qui comprit aussitôt qu'elle devait le lui éponger pour éviter que tout corps étranger, comme une goutte de sueur, ne tombe dans la plaie. Luttant contre la fatigue et l'obscurité, Marie demanda à ce qu'on éclaire davantage ce qu'elle faisait, pour ne pas commettre d'impairs. Deux sœurs tendirent des chandelles au-dessus d'elle et d'Henri.

Marie connaissait l'anatomie pour l'avoir étudiée, mais hormis quelques membres qu'elle avait pu recoudre, c'était la première opération d'importance qu'elle menait, et l'ironie du sort était qu'elle avait lieu sur l'homme pour lequel elle éprouvait les sentiments les plus doux. Elle s'en voulait tellement de l'avoir éconduit quelques jours plus tôt, suite à son excès de jalousie. Elle aurait souhaité que cela ne se soit jamais produit. Il n'aurait pas alors eu l'esprit perturbé et n'aurait pas commis d'imprudence, comme le suggérait la comtesse.

Ce n'était pas cependant le moment de se laisser emporter par les regrets et la culpabilité. Tout se décidait maintenant, une vie était en jeu ! Il serait toujours temps de se flageller ensuite.

Pendant plus d'une heure, Marie s'employa de son mieux à opérer Henri, à soigner sa plaie, recoudre les chairs et enfin appliquer quelques cataplasmes aux plantes dont elle avait le secret pour aider la cicatrisation.

Lorsque tout fut terminé, elle couvrit le blessé pour qu'il ne prenne pas froid et demanda à ce qu'on alimente davantage le feu. Elle passa alors un linge humide sur son visage et sur ses lèvres, et il lui sembla qu'elles bougèrent comme pour s'en imprégner. Il devait avoir très soif, même si le moment n'était pas venu de boire !

Elle donna encore quelques instructions autour d'elle pour qu'on surveillât sa fièvre, son pouls et sa cicatrice. Il ne fallait pas en effet qu'elle s'infecte, ce qui était l'autre danger d'une telle opération. Toutefois, sa décision était prise, elle comptait rester à l'infirmerie pour veiller personnellement sur lui durant les heures suivantes. Pour cela, il lui fallait obtenir l'approbation de la comtesse.

Celle-ci lui fit servir une tisane destinée à lui redonner de l'énergie, conformément à la recette qu'elle avait elle-même élaborée, et l'éloigna du théâtre des opérations, pour discuter de manière plus confidentielle. Marie ôta son tablier taché de sang et fit face au regard insistant de son interlocutrice.

— Alors, qu'en pensez-vous ?

— J'ai fait tout ce que j'ai pu..., répondit Marie, en repoussant des mèches de cheveux de son front mouillé.

— Je n'en doute pas. Et que de progrès avez-vous faits depuis vos débuts ! répliqua la comtesse, admirative.

— J'espère que ce sera suffisant. J'ai appliqué ce que j'ai lu dans des livres, sans l'avoir expérimenté moi-même, et je n'aime pas ça ! s'énerva Marie.

— Allons, ne soyez pas si dure avec vous-même ! Henri vous en sera certainement très reconnaissant !

— S'il survit...

— Quelles sont ses chances ?

— C'est difficile à dire ! affirma Marie. Il a perdu beaucoup de sang, et la plaie était profonde.

— Une meurtrissure chez lui l'était cependant encore plus ! rétorqua la comtesse, évasive.

— À quoi pensez-vous ? questionna Marie, inquiète.

— Oh ! à une blessure d'orgueil qui l'a probablement mené là où il se trouve à présent ! Sans compter une autre d'amour... sans laquelle il n'aurait pas délibérément cherché à s'ôter la vie !

À ces mots, Marie ressentit un violent vertige. Elle vacilla.

— Apportez-nous une chaise ! s'écria la comtesse, en maintenant Marie tout contre elle.

Ce fut fait, et Marie se reprit alors :

— Pardonnez-moi, un malaise passager. La fatigue, sans doute. Que vouliez-vous insinuer ?

La comtesse se refusa à commenter, mais Marie insista. Elle en avait trop dit ou pas assez !

— Très bien. Il s'est produit quelque chose hier soir.

Sa protectrice lui raconta la découverte d'Henri au laboratoire et le fait qu'il ait couru prévenir le duc.

Ainsi donc, il savait tout à présent ! Ou tout au moins en avait-il deviné une partie. Cette pensée la mit fort mal à l'aise. Il ne la regarderait plus jamais de la même manière, il la considérait certainement comme une magicienne, ou une impie ! Il ne l'aimerait plus, c'était certain après une telle révélation !

Et, d'un autre côté, elle éprouvait de la colère à l'idée qu'il n'avait pas hésité à la trahir en révélant son secret auprès du duc. Même s'il avait certainement agi par sens du devoir…

Elle regarda le corps étendu d'Henri qui dormait au loin, luttant pour sa vie, et elle songea au dilemme terrible qu'il avait dû vivre entre ses sentiments et son sens du devoir, au point d'en perdre toute notion de prudence.

Elle pouvait d'autant moins se résoudre à le haïr qu'elle-même n'était pas exempte de défauts puisqu'elle lui avait menti, l'avait induit en erreur sur ses réelles activités et sur qui elle était vraiment. Elle était par conséquent la cause de son dilemme vis-à-vis de son seigneur et maître. La comtesse avait beau parler des torts d'Henri (sans doute pour préserver Marie de la culpabilité), elle ne pouvait s'empêcher de s'incriminer.

La tête de Marie, à présent, était vide. Elle avait tout fait pour le sauver et elle donnerait ce qu'elle avait de plus cher pour qu'il survive, même si, désormais, plus rien ne serait plus jamais comme avant entre eux.

— Je suis désolée, ajouta la comtesse en se tordant les doigts.

— Oh que non ! Vous avez tant fait pour moi,

s'exclama Marie. Vous avez sauvegardé mon honneur et ma réputation auprès du duc, et je ne sais comment vous remercier.

— Voyons, Marie ! Vous venez de vous battre pour sauver la vie d'un homme ! C'est sans commune mesure.

Marie, épuisée, finit par s'endormir au petit matin, après avoir constaté que le blessé n'émettait plus un râle, mais un souffle régulier dans son sommeil. Quant à son teint, bien que pâle, il reprenait une couleur plus acceptable.

Ce furent les paroles du médecin qui la réveillèrent. Il était arrivé et venait d'inspecter la blessure du patient.

— C'est de la bien belle ouvrage ! Qui a fait cela ? Et qu'est-ce donc que cette mixture verte sur sa plaie ?

Marie se leva alors d'un bond pour lui expliquer l'opération qu'elle avait menée, et qu'il s'agissait d'un cataplasme de sa composition pour aider à la cicatrisation.

— Marie ! J'aurais dû m'en douter. On reconnaît bien là votre touche féminine, experte qui plus est !

Marie sourit, même si elle se demanda si elle en appréciait vraiment le sens.

— Il conviendra de s'assurer que la cicatrice ne suppure pas. Autrement, vous lui administrerez ce remède que je vais vous prescrire.

Il le nota sur une feuille et dut même s'y reprendre à deux fois tant il était fatigué.

— Et vous-même, comment cela s'est-il passé ?

— Très bien ! La mère et l'enfant se portent bien, répondit le médecin, sans s'étendre davantage, du fait du secret qu'exigeait sa profession.

Marie souffla, soulagée, en songeant une fois encore à sa propre mère.

— Eh bien, je crois que vous n'avez plus besoin de moi. Quant à lui, dit-il en désignant Henri du menton, son sort est entre les mains de Dieu à présent ! Vous avez fait du bon travail, Marie ! Je vous prendrais bien volontiers à mes côtés, si je le pouvais…

— Je sais, concéda Marie non sans tristesse, et vous en remercie ! Mais peut-être mon destin est-il ailleurs ?

— Assurément ! L'homme que vous épouserez sera comblé, comme vos enfants d'ailleurs !

Marie sourit, ne pouvant s'empêcher de regarder dans la direction d'Henri.

Marie demeura au dispensaire pendant trois jours et trois nuits, durant lesquels elle ne cessa de veiller sur Henri. Il y eut une nuit où il se mit à délirer sous l'effet de la fièvre, et la jeune femme lui confectionna aussitôt un autre cataplasme pour arrêter le mal et juguler l'infection éventuelle. Elle s'assura également qu'il ne soit pas trop couvert.

En parallèle, elle pria de toutes ses forces pour qu'il survive. Tout en épongeant son visage qui transpirait, elle se surprit à lui caresser la joue. Elle estima encore sa fièvre en touchant ses lèvres brûlantes de ses doigts, tout en songeant avec nostalgie à la sensation si agréable de les sentir contre les siennes lorsqu'il l'avait embrassée. Enfin, elle lui prit la main et il s'apaisa. Elle eut même la surprise de voir ses doigts se refermer sur les siens, par réflexe sans doute.

Elle se sentait bien auprès de lui, et il n'y avait nul autre endroit où elle désirait être.

Si la comtesse lui avait volontiers accordé son congé,

son père fut un peu plus difficile à convaincre. Elle échangea plusieurs missives avec lui, dont la réponse incendiaire à la dernière lui parvint. Il estimait en effet qu'il était inconcevable que la comtesse la retienne ainsi à son chevet nuit et jour, et il était persuadé qu'elle lui mentait. Il imaginait qu'elle avait fait une fugue amoureuse, et il se voyait déjà couvert d'opprobre, et déshonoré.

Qu'allaient donc penser ses clients ? Quel crédit lui accorderait-on désormais ? se plaignit le pauvre notaire. Sans compter que l'éditeur refuserait certainement de l'épouser à présent ! Catherine se retrouvait consignée à la maison, et elle écrivit à Marie en la suppliant de rentrer pour que son père la laisse enfin sortir.

Au soir du troisième jour, Marie, exténuée, ne tenait plus debout, alors qu'Henri semblait à présent dans un état stable, la fièvre étant tombée. En le constatant, la comtesse fit aussitôt ramener Marie chez elle.

Elle dut encore subir les assauts de son père effaré de la voir rentrer dans cet état, portant les habits qu'elle avait trois jours plus tôt, sans compter les reproches de sa sœur, dévastée et désespérée de « ne plus jamais revoir M. de La Guette à cause d'elle ! », avant de pouvoir accéder à son lit tant mérité où elle succomba de fatigue.

Elle dormit une journée complète sans s'arrêter.

Lorsqu'elle se réveilla, un vent de panique la saisit en constatant le temps écoulé. Elle désira aussitôt retourner auprès d'Henri. Hélas, elle se heurta à un problème bien plus grand encore : son père s'opposa fermement à ce qu'elle se rende au château, arguant que si la « prétendue » comtesse avait besoin d'elle, il faudrait qu'elle vienne la chercher elle-même ! Il était en effet persuadé que tout cela n'était qu'invention de sa part, qu'elle n'était plus à son service et qu'à la place elle courait le fripon et s'encanaillait dans les tripots.

La jeune femme devait à tout prix trouver un moyen de prévenir sa bienfaitrice, tout d'abord pour qu'elle ne s'inquiète pas de son absence, et ensuite parce qu'elle désirait obtenir des nouvelles d'Henri. Comme son père refusait de dépêcher un coursier, Marie alla trouver la seule personne qu'elle pouvait charger de cette tâche.

— Si je me fais attraper, votre papa ne sera pas content ! Et c'est moi qui vais trinquer…, lui répondit Justine, peu désireuse d'en subir les conséquences.

Mais, fine mouche, Marie trouva aussitôt une parade.

— Oh ! mais n'est-ce point des crevasses sur vos mains que je vois là ! s'exclama-t-elle, en les pointant du doigt.

— Si, hélas ! Ça me prend à chaque fois que j'épluche les légumes ou lave les plats.

Marie s'en fut quérir une crème de sa composition.

— Mettez cela deux fois par jour.

Justine l'observa, perplexe.

— Et qu'y a-t-il là-dedans ? questionna-t-elle, suspicieuse.

— De la carotte, des plantes et de la pommade qui soigne.

La servante sentit l'onguent, le trouva agréable et s'en mit sur les mains, ce qui lui procura un bien-être immédiat.

— Je vous l'offre, si vous me rendez ce service, répliqua Marie, inflexible.

— Donnez-moi votre lettre, j'irai au village et la

ferai passer à Lucien, qui travaille dans les cuisines du château.

— Merci infiniment, Justine !

— Pas de quoi ! Qui c'est qui vous a donné ce remède ?

Marie hésita avant de confier à voix basse :

— La comtesse.

— Oh ! mais alors elle doit valoir une fortune ! répondit la petite souris grise, dont les yeux brillaient d'envie.

— Elle a beaucoup de valeur, en effet ! Prenez-la et filez !

La servante ne se fit pas prier, attrapa le pot et disparut aussitôt.

Marie soupira en refermant la porte de sa chambre et, s'adossant tout contre, tandis que ses pensées se bousculaient, songea :

Il faut à tout prix que je sorte d'ici pour aller retrouver Henri ! En espérant qu'il soit toujours en vie…

Chapitre 21

Recettes et Secrets de femmes

Alchimie amoureuse :
Procédez aux aveux et annihilez tous les obstacles

Sentant que l'ange qui veillait sur lui était parti, Henri ouvrit les yeux. Le souvenir agréable du visage de Marie s'estompa peu à peu et il lui fallut plusieurs minutes avant de réaliser où il se trouvait. Des bribes de souvenirs confus de ce qui s'était produit avant qu'il ne perde connaissance lui revinrent alors à l'esprit. Il se remémora la colère qui l'animait lorsqu'il était allé traquer les brigands dans les bois, leurs silhouettes dissimulées dans les feuillages et la balle qui l'avait violemment atteint. En tentant de bouger son bras, une douleur fulgurante le saisit. Et, cependant, il était encore là, bien vivant. Un bandage entourait son épaule, et une épaisse couverture moelleuse l'enveloppait. Une immense soif, enfin, le tenaillait. Sa bouche était sèche, son ventre vide.

Il voulut appeler pour qu'on lui apportât de quoi se

désaltérer. Des bonnes sœurs s'affairaient autour des blessés, mais aucune d'elles n'était à sa portée.

Henri se demanda ce qu'étaient devenus les deux hommes qu'il avait embarqués avec lui lors de son expédition punitive. Il se souvint alors que l'un des deux était tombé de cheval. Il réalisa qu'il en était pleinement responsable et une intense culpabilité l'envahit. Au fond, il aurait sans doute mieux valu qu'il y passe lui aussi !

Il tenta de se soulever, mais ses forces l'avaient abandonné. Il essaya d'appeler, mais aucun son ne sortit de sa bouche. Son corps le lâchait, et il ne lui restait que son esprit pour ressasser ses méfaits et leurs conséquences. C'était peut-être là sa pénitence. Alors, il ferma les yeux et attendit que le temps fasse son œuvre. Une larme jaillit de l'une de ses paupières. Toutes ses émotions refoulées jusqu'ici semblaient vouloir s'exprimer.

— Oh ! regardez ! s'écria soudain une jeune femme.

Des pas se rapprochèrent, et il ouvrit les yeux pour constater que deux religieuses se dirigeaient vers lui.

— Il est réveillé ! C'est un miracle, hurla l'une d'entre elles.

Ah, enfin ! Si seulement elle pouvait crier moins fort !

Le lendemain, Henri allait mieux. Il était à présent en position semi-allongée, le dos appuyé contre plusieurs coussins, ce qui lui avait permis de boire de l'eau. Le contact du liquide dans sa gorge sèche n'avait pas été évident de prime abord, mais, avec de la patience et de la persévérance, il avait pu étancher sa soif.

Les choses avaient été délicates ensuite, lorsqu'il lui avait fallu utiliser le bassin qu'on lui tendait pour éliminer une envie pressante. Il n'était pas en position d'agir autrement, hélas ! Il se dit alors que les rois devaient ainsi se soulager devant leurs sujets et cela le déculpabilisa quelque peu, même s'il trouvait la chose extrêmement désagréable.

Ce qu'on est bien aise lorsque l'on dispose de toutes ses facultés et d'un corps sain ! On ne devrait jamais être malheureux.

Dans le courant de la matinée, où il avait surtout songé à Marie, un rayon de soleil bienvenu dans sa situation, il eut la surprise de voir arriver la comtesse, venue prendre de ses nouvelles.

— J'ai appris que vous aviez repris connaissance. J'en suis vraiment très heureuse. Vous êtes une véritable force de la nature, monsieur de Vibrac ! s'exclama-t-elle.

— J'ai eu de la chance, je crois. Beaucoup de chance !

— Vous avez été bien soigné aussi, cela aide !

— En effet ! approuva-t-il, reconnaissant. Où est donc le médecin ?

— Il passera vous voir en fin de journée, après ses visites. C'est ce qu'il fait en général.

— Quel brave homme ! Je saurai bien lui manifester ma gratitude.

La comtesse sembla vouloir ajouter quelque chose, mais elle se mordit les lèvres et garda le silence.

Ce fut Henri qui le brisa quelques minutes plus tard :

— Je vous prie de pardonner mon attitude déplorable, l'autre soir. Je me suis extrêmement mal comporté avec vous.

— Oh ! C'est oublié, ne vous inquiétez pas ! répondit la comtesse, balayant ses excuses d'un revers de la main.

— J'insiste ! Je me suis conduit comme le dernier des imbéciles. Sans compter tout le mal que j'aurais pu faire à Marie, votre dame de compagnie. Je ne sais vraiment pas ce qui m'a pris ! concéda Henri. Cette jeune fille est un ange…

Il éprouvait un terrible remords à son sujet. Elle, dont la figure lumineuse n'avait cessé de peupler ses songes ces derniers jours, comme si elle était restée présente à ses côtés pour lui insuffler la force de se battre tandis qu'il luttait pour sa vie.

— Sur ce point, je pense que vous auriez pu causer bien des dégâts en effet, approuva la comtesse, dont le visage semblait très contrarié.

Henri soupira et pencha la tête en arrière. Il se sentit dévasté par son attitude irresponsable. De mauvaises émotions l'avaient guidé, et aucune d'entre elles ne justifiait qu'il ait pu ainsi la mettre en danger.

— Je suis impardonnable ! Tout le temps où je luttais pour ma vie, je n'ai pensé qu'à elle…

La comtesse sourit.

— J'ai pour elle les sentiments les plus doux, ajouta-t-il encore. À vous, je peux bien le dire à présent !

— Vous avez une drôle de manière de le montrer ! répliqua son interlocutrice, sur un ton de reproche.

Elle avait bien raison de l'en blâmer.

— Je n'ai jamais su aimer, voyez-vous ! Alors que j'ai appris à me battre. J'ai passé mon existence à me protéger des sentiments comme de la peste.

Henri se sentait tellement reconnaissant que la vie lui accorde une seconde chance qu'il était déterminé à ne pas la laisser passer. Il avait trop mal agi la première fois, il devait tirer leçon de ses erreurs.

— Aimer ne s'apprend pas, monsieur de Vibrac. C'est l'œuvre la moins intéressée et la plus généreuse qui soit. Elle consiste à donner, sans attendre en retour. Mais si vous cherchez à vous protéger ou avancez masqué, vous n'enverrez pas de message clair à l'autre, qui ne comprendra pas vos intentions. Et ce, même si elles sont sincères.

Henri réfléchit un temps aux paroles de la comtesse. Voilà à présent qu'elle devenait sa confidente ! Un comble ! Mais désormais il ne pouvait s'en remettre qu'à elle pour se rapprocher de Marie.

— J'aimerais tant la revoir et me jeter à ses pieds pour implorer son pardon !

— Je doute, hélas, que cela soit possible avant un moment ! répondit la comtesse d'un air ennuyé.

— Pourquoi donc ? questionna Henri, inquiet.

La comtesse brandit alors une lettre de sous son châle.

— Je viens de recevoir une missive qu'elle m'a adressée. Marie est retenue prisonnière chez son père, qui s'oppose catégoriquement à ce qu'elle revienne au château.

— Mais pourquoi cela ?

— Apparemment, il remet en cause le bien-fondé de sa présence entre ces murs. Il estime qu'elle lui ment et qu'elle fréquente un homme.

— Est-ce le cas ? balbutia Henri, paniqué.

— Non, voyons ! Il fabule…, répondit la comtesse, songeuse.

Henri réfléchit à son tour à ce qui avait pu induire ce raisonnement chez un individu aussi sensé que son notaire de père. Il eut soudain une révélation.

— Mais bien sûr, c'est à cause de ce Guillaume Brisset !

— Comment cela ?

— Son ancien fiancé a entendu notre conversation

l'autre soir, notamment le fait que Marie s'adonnait à la chimie…

Il omit cependant de dire que le prétendant éconduit avait également entendu qu'Henri nourrissait des sentiments à son égard.

— Peut-être s'en est-il ouvert à M. Marsac ? suggéra Henri, inquiet.

— Tout cela est très fâcheux… Il va falloir agir, et vite ! déclara la comtesse, inquiète.

Par réflexe, Henri tenta de se lever, mais la douleur de sa blessure le lui interdit.

— Je crains d'être contraint de demeurer ici pour l'instant ! Tous mes vœux vous accompagnent, comtesse ! Tenez-moi informé, je vous en supplie…

Henri se rallongea. Ses paupières se firent très lourdes, cette conversation l'avait épuisé. Il ferma les yeux et sentit soudain une main féminine sur son poignet.

— Ne vous inquiétez pas, je vous la ramènerai !

Marie regardait par la fenêtre de sa chambre, bouillonnant de ne pouvoir aller retrouver Henri, lorsqu'elle vit un carrosse doré, tiré par quatre chevaux, s'arrêter devant le seuil de la maison. Deux domestiques en livrée bondirent aussitôt de la voiture pour déplier le marchepied et ouvrir la portière. M. Marsac qui terminait son dîner et avait encore la serviette autour du cou sortit de la maison pour s'enquérir de ce prestigieux visiteur venu chez lui.

Ce fut une femme entre deux âges et d'une grande beauté, soulignée par l'élégance de sa tenue, qui en descendit.

Marie n'en croyait pas ses yeux de la voir là.

— La comtesse ! s'exclama-t-elle, en souriant.

Elle sentit que la chance revenait dans son camp et courut s'apprêter pour le cas où son père lui demanderait de paraître.

Une fois sa mise ajustée, elle dévala l'escalier pour tenter de saisir leur conversation. La porte donnant sur le séjour étant entrebâillée, elle put même entrevoir la scène.

Son père gigotait en tous sens pour ordonner à ses domestiques de lui apporter un rafraîchissement et des gâteaux, il s'inclina à plusieurs reprises pour la saluer, sa serviette de table toujours autour du cou, ce qui fit sourire Marie. Quand il s'en aperçut enfin, il la saisit pour essuyer le fauteuil sur lequel il proposa à la comtesse de Guiche de prendre place.

Celle-ci observa l'intérieur de leur logis, dans lequel elle n'était jamais venue, et s'attarda sur l'unique portrait de sa mère qui trônait sur le buffet. Marie éprouva un pincement au cœur.

— Que me vaut l'honneur de votre visite, chère comtesse ? Pardonnez-moi, tout est en désordre ! Je terminai mon déjeuner et m'apprêtai à aller travailler.

— Je ne vous dérange pas, j'espère ? Je ne voudrais pas m'imposer, répliqua la visiteuse, tandis que Marie songeait avec humour que par sa seule présence, elle en imposait justement.

— Non point ! Vous êtes la bienvenue dans mon humble demeure et c'est même un grand privilège que vous me faites ! Même si j'en ignore encore la raison…

— Si je suis venue jusqu'à vous, c'est pour obtenir

des nouvelles de Marie tout d'abord. J'ai été surprise de ne pas la voir se présenter à mon service.

— Ah, parce qu'elle travaille toujours pour vous ? s'étonna M. Marsac.

Ah, père ! Vous ne m'avez pas crue, vous voilà bien aise à présent ! songea Marie.

— Mais bien entendu ! En doutez-vous ?

— Non point ! se défendit le vieil homme, avant d'ajouter : La pauvre est très malade ! Elle se terre dans sa chambre…

Quel toupet ! Marie hésita à les rejoindre pour le confronter à son mensonge, mais elle ne désirait pas mettre son père en porte à faux.

— La pauvre ! compatit la comtesse, qui ne semblait pas en croire un traître mot.

Regardant en direction de la porte, elle perçut sa présence. Marie lui fit signe discrètement, ce à quoi la comtesse répondit par un imperceptible hochement de tête. Marie s'en sentit soulagée. À partir de ce moment-là, il fut clair que la comtesse tenait un double discours, lequel lui était en partie destiné.

— Votre fille, monsieur Marsac, dispose d'innombrables qualités.

— C'est de famille ! ironisa son père, onctueux et complaisant.

— C'est une jeune femme agréable, intelligente et qui possède de multiples atouts. Elle répand d'ailleurs ses nombreux bienfaits au château. Tenez, ces derniers jours, elle a soigné un blessé dans un état très grave, qui est revenu à la vie grâce à ses bons soins !

Ainsi donc Henri allait mieux, et il était sorti d'affaire. Quelle joie immense ! Marie se sentit pousser des ailes.

Elle aurait volontiers sauté au cou de la comtesse pour la remercier de cette excellente nouvelle.

— Elle est en effet très dévouée. Je lui dis souvent qu'elle ferait une bonne épouse. Mais allez savoir pourquoi, elle traîne la patte pour trouver un mari…

— Sans doute n'est-elle pas pressée et veut-elle tout d'abord parfaire son enseignement, avança doucement la visiteuse.

— Comment cela ? Qu'a-t-elle donc à faire comme études ? Tout ce qu'on attend d'elle, c'est de savoir cuisiner, coudre et former aux bonnes mœurs ses enfants. Ah, et aussi régler la dépense avec économie ! Voilà quelles doivent être ses priorités, ajouta Marsac avec aplomb.

— Je vois…, dit la comtesse. Ainsi donc, vous entendriez priver votre fille des aptitudes plus élevées ?

— En termes de hauteur, pourvu qu'elle sache atteindre l'étagère avec le linge propre, c'est tout ce qu'on lui demande !

Marie mordit ses lèvres, à la fois honteuse que son père puisse tenir un tel discours devant la comtesse et soulagée que sa protectrice constate de ses yeux les préjugés contre lesquels elle s'efforçait de lutter au quotidien.

— Eh bien, il se trouve, cher monsieur, que votre fille possède des connaissances et un talent rare.

— Allons bon, et lequel est-ce donc ?

Marie croisa les doigts en fermant les yeux.

Pourvu que la comtesse ne dise rien ou je vais avoir des ennuis ! Mais sa bienfaitrice semblait décidée, aussi bien dans son attitude que dans son discours. Quelque chose qu'elle méconnaissait sans doute devait la motiver.

— Ainsi donc vous l'ignorez ? questionna la comtesse,

faussement surprise. Dans un sens, tant mieux ! Je préfère vous l'annoncer moi-même, avant que des rumeurs et propos malveillants ne vous parviennent.

— Vous m'inquiétez, madame. De quoi s'agit-il ?

— De philosophie naturelle, monsieur, et de chimie.

Marie soupira, soulagée finalement. En avouant son secret à son père, la comtesse mettait fin à un mensonge qui durait depuis des années.

— Que voulez-vous dire ? balbutia le notaire, dépassé par les événements.

— Votre fille verse dans les sciences. Elle est tout aussi capable qu'un apothicaire d'élaborer des remèdes qui soignent les gens. Elle nous est d'ailleurs d'une grande aide pour guérir les souffreteux au château.

Le père de Marie accusa le coup, se tenant le côté comme si son cœur était sur le point de défaillir. Il se contorsionna exagérément, se frotta la tête, les cheveux, puis, revenant à la raison finit par dire :

— J'avais bien vu qu'elle chapardait des livres de science dans ma bibliothèque, mais je pensais qu'elle les utilisait pour aplatir des fleurs dans ses petits carnets…

— Pour sans doute mieux étudier ces végétaux…, reprit la comtesse, avant d'ajouter très sérieusement : Votre fille a un grand avenir devant elle, ne l'en privez pas.

Le père se ressaisit alors.

— Pardon, madame. Mais de cela, il m'appartient d'en juger !

La comtesse tressaillit devant son sursaut d'autorité.

— Je déplore, monsieur, que vous ne vouliez pas entendre raison.

— J'ai certaines valeurs, moi. Et le devoir d'une jeune fille à mes yeux est avant tout d'être une bonne mère et une bonne épouse ! Sans compter ce que vont dire les gens…, ajouta-t-il en murmurant presque, peu désireux en effet d'être entendu de Justine.

La comtesse secoua la tête, comprenant sans doute qu'elle ne pouvait lui faire entendre raison.

— Fiez-vous plutôt aux louanges de ceux que votre fille honore de ses bienfaits.

— Combien d'entre eux peuvent témoigner ? Et combien d'autres vont élaborer des théories fumeuses à son sujet ? Je ne voudrais pas qu'on lui fasse le moindre mal, comprenez-vous ?

Marie fut touchée par les paroles de son père. Ainsi donc, il voulait la protéger, même si cela avait plutôt pour effet de l'étouffer.

— Telle est aussi mon intention, monsieur Marsac ! Je fais tout mon possible pour veiller sur elle.

— Je regrette, madame la comtesse, mais vous n'êtes pas sa mère, répondit-il sèchement. Et je doute fort que vous puissiez prendre sa place.

La comtesse s'apprêtait à réagir, mais s'en abstint.

— Quoi qu'il en soit, j'ai besoin de ma dame de compagnie au château. Aussi, je vous demanderai de me l'envoyer, dès que possible. Je dépêcherai mon carrosse pour venir la chercher.

— Pour le moment, cela me paraît difficile, comtesse. Elle est vraiment très malade.

Il mima par une série de grimaces hideuses à quel point sa fille était atteinte. La comtesse l'observa sans sourciller et n'insista pas davantage, comprenant visiblement qu'elle se heurtait à un mur. Elle se leva et lissa sa robe.

— Hélas, il me faut vous laisser, cher monsieur. J'ai à faire !

— Oh ! si vite ? questionna le notaire, en se levant à son tour, obséquieux.

La comtesse avait cependant déjà gagné la porte de sa démarche féline, semblant peu désireuse d'attendre qu'il la raccompagne.

Oh ! non ! Ne partez pas…, songea Marie, effondrée derrière la porte.

La comtesse se retourna alors.

— Dites bien à Marie que je suis de tout cœur avec elle.

— C'est entendu ! répondit Marsac, qui n'en ferait assurément rien.

Marie remonta prestement dans sa chambre, sentant que l'orage n'allait sans doute pas tarder à éclater, tandis qu'elle entendait au loin les roues du carrosse s'éloigner sur les pavés.

Pourquoi la comtesse avait-elle ainsi révélé son secret ? Elle avait mentionné des propos malveillants qui auraient pu la concerner… Il avait dû se passer quelque chose au château.

Mais ces considérations furent balayées par ce qu'elle avait appris d'Henri, à savoir qu'il allait mieux. Le savoir rétabli illuminait son existence. Elle l'imagina de nouveau sur pied, beau et vigoureux, et se sentit ivre de joie et de gratitude.

Elle s'assit alors à son secrétaire et prit son petit carnet pour ajouter avec empressement des commentaires positifs au chapitre de l'opération d'Henri. Elle s'attendait à ce que son père arrive, mais en fait elle l'entendit appeler Catherine au salon.

Il va s'en prendre à elle ! Elle lâcha aussitôt ses notes pour se précipiter dans l'escalier.

Elle entendit alors le vieil homme questionner sa sœur sur son compte.

— Étais-tu au courant que ta sœur se livrait à des activités indignes d'une femme ?

— Ah, non ! répondit Catherine. Lesquelles ? Ne me dites pas qu'elle a enfin un prétendant ?

— Non, je parlais de la chimie, de la philosophie naturelle et de ces autres disciplines réservées aux hommes…

— Ah, ça ! Mais pourquoi ces choses seraient-elles exclusivement dévolues à la gent masculine ? demanda-t-elle innocemment.

Le ton du vieux Marsac vira alors à la colère.

— Il suffit ! J'ai l'impression que tout le monde est au courant, à part moi ! Ah, vous vous êtes bien moquées de votre pauvre père, toutes les deux !

— Qu'ai-je donc à faire là-dedans ? protesta Catherine.

— Oh ! je vais bien finir par apprendre que tu t'adonnes à la médecine toi aussi ou à quelque autre science occulte !

— Que nenni ! Cela ne m'intéresse pas le moins du monde. Et pour tout dire, l'étude m'ennuie profondément ! Je lui préfère grandement la mode, voyez-vous, ou la poésie à la rigueur…

Son père était sur le point d'exploser.

— Il suffit, Catherine ! Retourne te coucher.

— Mais, père, je viens de me lever !

— Eh bien, retournes-y ! Mais qu'ai-je donc fait pour mériter cela ? geignit le vieil homme en s'effondrant dans son fauteuil.

— Reste, Catherine, ordonna Marie qui entrait dans la pièce. Si vous devez vous en prendre à quelqu'un, père, c'est à moi et à personne d'autre !

Vincent Marsac leva les yeux sur son aînée.

— Te voilà, traîtresse ! marmonna-t-il, entre ses dents. N'as-tu pas honte de ce que tu fais subir à ton père ?

— Votre réaction est curieuse. Les gens autour de moi semblent au contraire plutôt fiers de ce que je sais faire, répondit Marie, avec aplomb.

— C'est parce qu'ils n'ont pas une fille comme toi ! Va-t'en, et laisse-moi. Pour ma part, je ne te connais plus, finit-il par dire, ce qui était encore plus dur pour Marie.

La jeune fille serra les poings. Elle songea alors au courage dont avait fait preuve la comtesse pour venir lui parler et cela la motiva à exprimer ce qu'elle avait sur le cœur.

— Si j'ai appris la philosophie naturelle, c'est parce que je voulais soigner les gens comme maman que les médecins n'ont pas été capables de guérir ! lâcha-t-elle d'un trait, les larmes aux yeux.

Son père s'immobilisa.

— Leurs remèdes ne sont pas toujours bons et parfois ils sont même pires que le mal qu'ils sont censés soigner ! poursuivit-elle. Je crois aux vertus de la nature qui permettent de guérir. L'univers est bien fait, à condition de savoir comment il fonctionne ! Cela s'apprend, et il faut expérimenter, encore et toujours, pour mettre au point des remèdes efficaces. Cela demande du temps, du travail, de la patience et de la passion. Je leur consacrerai ma vie, s'il le faut ! Et si vous souhaitez m'enlever cette passion, alors il faudra m'arracher le cœur avec !

Contre toute attente, son père se leva et lui ouvrit ses bras.

— Allons, viens !

Marie courut s'y réfugier et elle se mit à pleurer, libérant par là même tout ce qu'elle gardait au fond d'elle depuis si longtemps.

— Ta mère aurait été fière de toi, finit-il par dire. Mais que vais-je faire de toi ?

Lorsque le flot de larmes se fut tari, Marie demanda en hoquetant à son père :

— Je peux retourner au château, alors ?

— Ah, ça par contre il n'en n'est pas question !

— Mais pourquoi ? interrogea Marie, en proie au désarroi.

— C'est une question de réputation, et je suis très à cheval là-dessus ! Et tu mettras ce temps à profit pour méditer sur les conséquences de tes actes.

Chapitre 22

Recettes et Secrets de femmes

Alchimie amoureuse :
Placez les prétendants sur des charbons ardents et accélérez les choses

Mandres-les-Roses, avril 1650

Après des semaines de réflexion pendant lesquelles Marie dépérit à vue d'œil, M. Marsac finit par prendre une décision radicale. Afin de lui faire recouvrer la santé tout en évitant le scandale, il jugea préférable d'envoyer Marie dans de la famille à la campagne.

Comme elle rechignait, peu désireuse de s'éloigner de sa sœur, du château où elle escomptait bien retourner une fois l'orage passé, et surtout d'Henri, le notaire la somma de préparer ses affaires. Ce que Marie s'employa à faire de mauvaise grâce, tout en relisant le courrier que lui avait fait parvenir la comtesse par l'intermédiaire de

Justine. Laquelle était ravie d'avoir retrouvé des mains douces et sans crevasses grâce aux onguents de Marie.

Ma très chère Marie,

Je suis dévastée d'apprendre que votre père a décidé de vous envoyer loin de chez vous, afin d'éviter tout scandale. Il se trompe lourdement sur votre compte ! Et j'en viens à regretter amèrement de l'avoir informé de vos compétences.

Mais Marie ne le regrettait pas, elle était finalement soulagée de ne plus vivre dans le mensonge. C'était un poids bien trop lourd à porter au quotidien.

J'espère de tout cœur que cette sentence n'est que provisoire et que vous me reviendrez bientôt ! Nous avons trop besoin de vous au château. Moi, en particulier.

Cet aveu de la comtesse lui serra le cœur et ajoutait encore au sentiment d'injustice qu'elle ressentait après la décision arbitraire de son père. Toutefois, cela faisait des années qu'elle l'avait anticipée, ce n'était donc pas vraiment une surprise.

Je m'occuperai des diverses formalités de votre départ et vous ferai parvenir le solde de ce que je vous dois. Sachez toutefois que ma porte vous reste grande ouverte si par bonheur vous deviez revenir bientôt.

Concernant votre projet en cours, je me chargerai d'annoncer à votre éditeur que vous devez vous absenter pour quelque temps, mais que votre accord reste valable. N'hésitez pas à m'envoyer les feuillets de votre ouvrage pour que je les lui transmette.

Marie en était très reconnaissante à sa protectrice. Elle consacrait d'ailleurs tout son temps à la rédaction de son livre. Sa retraite forcée offrait au moins cet avantage ! Ce qui était quelque peu ironique, car c'était finalement la situation imposée par son père qui lui permettait d'avancer dans son projet éditorial !

Écrire lui permettait également de s'occuper la tête, même s'il lui était difficile de ne pas penser continuellement à Henri et au fait qu'elle aimerait tellement le revoir. Il lui manquait terriblement. Elle était si heureuse de le savoir sorti d'affaire. C'était au fond sa plus belle réussite. Par ses modestes connaissances, elle avait contribué à préserver la vie de l'être qu'elle aimait.

Enfin, je m'efforcerai de calmer l'impatience de vos admiratrices venues tout exprès de Paris, où votre réputation ne cesse de grandir, pour suivre vos ateliers. Je les ai d'ailleurs toutes conviées dans sept jours pour leur expliquer la situation.

Marie compta dans sa tête que sept jours signifiait donc qu'elles devaient se réunir cet après-midi même. Elle ressentit un fort pincement au cœur.

Je terminerai en vous exprimant ma profonde reconnaissance pour votre aide et tous les bienfaits que vous avez dispensés au château.

Comme je vous le disais plus haut, vous allez beaucoup me manquer et ma vie va redevenir aussi ennuyeuse qu'elle ne l'était avant de vous connaître.

Toutes les découvertes scientifiques que vous avez faites ont été les plus exaltantes qui soient ! Et que dire de vos ateliers qui ont rendu le sourire à nombre de femmes, en leur donnant le pouvoir de se soigner elles-mêmes. J'ose, une fois encore, me persuader que votre absence ne sera que provisoire !

Merci encore pour tout, Marie. Prenez soin de vous !

Votre amie.

La comtesse de Guiche n'avait volontairement pas signé la lettre de son nom au cas où le courrier tomberait entre de mauvaises mains. Marie se fit la promesse qu'elle dédierait son ouvrage à cette femme d'illustre naissance et dont la vertu le disputait à sa beauté. Elle la traitait presque comme son égale, et ses nombreux mérites avaient inspiré Marie. Sans toutes les bontés de sa bienfaitrice, elle n'aurait jamais pu rédiger cet ouvrage, motivé par son intention respectueuse et non sa présomption.

La jeune femme se consolait en songeant que l'humble fruit de ses veilles contribuerait à la conservation de la santé de la comtesse elle-même, puisqu'il lui fournirait quantité de remèdes. Marie resterait pour toujours sa très humble et très obéissante servante. Même si, dans l'immédiat, elle devait se résigner à partir.

Résignée, cela dit, Marie ne l'avait jamais été ! Ni devant le mal ni devant l'effort. Ce n'était pas dans son caractère. Et, cette fois encore, elle ne céderait pas sans un dernier sursaut. Elle avait pris sa décision et allait mettre sa sœur dans la confidence de ce qu'elle s'apprêtait à faire.

Lorsqu'elle entra dans sa chambre, Marie trouva Catherine recroquevillée sur son lit. Elle se porta aussitôt à son chevet.

— Que se passe-t-il ? Tu n'es pas bien ? l'interrogea-t-elle, très inquiète.

— J'ai très mal au ventre, et j'ai l'impression qu'il gonfle à vue d'œil ! En plus j'ai continuellement la nausée.

Marie eut un étrange pressentiment.

— Veux-tu que j'appelle le médecin ?

— Oh ! non ! Surtout pas !

Devant son insistance et son alarme, Marie sentit son intuition se confirmer.

— Puis-je au moins t'ausculter ?

— Fais donc ! Je t'en prie.

Elle s'employa à vérifier sa fièvre, mais elle n'en avait pas. Puis, elle inspecta sa langue, sa gorge et tâta son ventre en différents endroits, avant de positionner son oreille sur sa peau au-dessus de son nombril. En entendant ce qui ressemblait à deux pulsations distinctes, elle comprit.

— Depuis combien de temps n'as-tu pas eu tes menstruations ?

— Cela fait quelques semaines, avoua Catherine en baissant les yeux.

— Cela confirme bien ce que je pense, hélas.

— Qu'est-ce donc alors ? questionna Catherine, en proie à une vive inquiétude.

— Tu es grosse, voilà ce qu'il en est !

Catherine se saisit le front entre les mains.

— Oh ! non !

— Oh ! Catherine ! Qu'as-tu fait ? Tu m'avais promis de ne pas te donner avant le mariage…

— Eh bien, j'ai succombé à la tentation ! Cela peut arriver, non ? Et si tu savais le bien que cela fait ! s'extasia Catherine, ce qui ne fut pas sans procurer quelques frissons à Marie.

— Tant que cela ? questionna-t-elle, surprise.

— Oh ! que oui ! Quand il se meut à l'intérieur de toi et que tu sens ces vagues de plaisir t'emporter, c'est… merveilleux !

Marie ne put s'empêcher d'être émoustillée en entendant les propos de sa sœur, tout en imaginant vivre la même chose avec Henri. Repensant à ce qui s'était passé dans les écuries, elle le vit alors ôter sa chemise en dévoilant son torse musclé. Il l'attraperait ensuite par la taille pour l'allonger dans le foin. Puis il l'embrasserait à l'en faire perdre la tête avant que de commencer à la déshabiller… Marie ressentit à cet instant une étrange excitation dans son bas-ventre qui la fit se trémousser sur place. Voyant la tête de côté de sa sœur, qui l'observait d'un air étrange, elle secoua la tête pour se remettre les idées en place.

— Mais enfin, Catherine, c'est de la folie ! As-tu songé à notre père ?

— Tu es bien mal placée pour me faire ce genre de reproche, lui renvoya aussitôt Catherine.

Marie dut convenir qu'elle avait raison.

— Sans compter qu'un accouchement est extrêmement dangereux ! Souviens-toi de notre mère.

— Parle pour toi, encore une fois ! Pour moi, tout s'était très bien passé !

Marie serra les dents ; elle portait en effet cette culpabilité depuis bien trop longtemps.

— Le père de l'enfant est-il au courant ?

— Non, puisque je ne peux plus sortir d'ici, par ta faute !

Catherine éclata en sanglots et entoura la taille de son aînée de ses bras.

— Oh ! Marie ! Que vais-je faire sans toi ? Qui pourra m'aider à accoucher en secret ?

— Je suis tellement désolée, Catherine ! murmura Marie en lui caressant les cheveux. Si je le pouvais, je resterais…

— C'est moi qui suis consternée, j'ai été une méchante sœur ! J'ai toujours été jalouse de toi, alors que tu œuvrais pour le bien des gens !

— Pourquoi étais-tu jalouse ? questionna Marie, quelque peu ahurie par sa déclaration. Car enfin, tu as beaucoup plus d'atouts que moi ! Tu es extrêmement jolie. Tu as une foule de prétendants qui se bousculent à tes pieds et même un homme très épris de toi… J'échangerais volontiers mon existence avec la tienne.

En disant cela, Marie songea avec regret à Henri qu'elle ne reverrait plus.

— Mais toi au moins, tu as une passion dans la vie ! Alors que la mienne est vide de sens.

— Ne dis pas cela, tu as trouvé l'amour, ce qui est essentiel !

— Que vais-je faire, Marie ? pleurnicha la fautive.

— Aimes-tu M. de La Guette ?

— Je lui trouve beaucoup de charme et il y a un avantage certain à fréquenter un homme bien né, d'une condition bien supérieure à la nôtre, et possédant du bien. C'est réconfortant !

— Mais l'aimes-tu ?

— Bien entendu ! Mais ses autres qualités ne gâtent

rien ! Il faut du bien pour élever un enfant pour lequel je désire le meilleur. Est-ce un mal ?

— Non, bien sûr ! Mais il est rare de te voir aussi raisonnable !

— J'ai réfléchi, voilà tout !

— Tu devrais lui demander de t'épouser dans ce cas.

Catherine rougit.

— Oui, ce serait le mieux !

— Surtout dans la configuration actuelle, tu n'as guère le choix !

— Mais comment le prévenir ?

— Écris-lui une lettre, et je t'indiquerai comment la lui faire parvenir.

Marie songea qu'il lui restait en effet un pot de crème, que Justine serait certainement ravie d'obtenir !

— D'ailleurs, en parlant d'écriture, reprit-elle. J'ai vu que tu te livrais parfois à la rédaction de poèmes. Pourquoi ne les proposerais-tu pas à un éditeur ?

— Oh ! tu penses ?

— Oui, pourquoi pas ! Mais il te faudrait un peu travailler pour cela. Et je pourrais te mettre en relation avec mon éditeur.

— Oh ! Marie ! Tu ferais cela pour moi ?

Elle l'enserra de nouveau avec ferveur. Marie s'écarta alors doucement.

— Il va falloir que je te laisse. Je dois régler une chose urgente avant de partir. Je vais te la révéler, mais je compte sur ta discrétion, cette fois !

Catherine hocha aussitôt la tête avec frénésie.

— Officiellement, je vais me rendre au village pour faire quelques courses pour mon voyage, mais en réalité...

Et Marie lui exposa son plan.

Au même moment, au château de Grosbois, Henri était enfin sur pied et heureux de l'être. Sa blessure demeurait cependant très douloureuse, et il n'avait pas encore repris ses fonctions de commandant de la garde. S'il pouvait bretter de la main droite, il lui était toutefois impossible de soulever la gauche pour se tenir en garde sans en éprouver une forte douleur.

L'autre souffrance très vive et persistante qui le poursuivait était l'absence et le manque de Marie. Il ne parvenait ni à l'oublier ni à passer outre la culpabilité qu'il ressentait à son égard. Ce fut en songeant à elle, tout en regardant en direction du laboratoire, qu'il se dirigea vers l'infirmerie. Le médecin était déjà là, occupé à ausculter les différents malades, à ordonner une saignée ou à prescrire un remède. Lorsqu'il vit Henri, il s'exclama :

— Votre état me sidère ! Je n'ai jamais vu quelqu'un se remettre aussi vite d'une telle blessure ! Montrez-moi comment évolue votre cicatrice.

Henri s'assit, et le médecin défit une partie de son bandage.

— Impeccable ! La couture est parfaite ! Nous enlèverons bientôt les fils. Et en plus, vous aurez une belle cicatrice. Que demander de plus ?

— Justement, docteur, à ce sujet ! Je ne sais comment vous remercier pour vos bons soins et ce que vous avez fait pour moi.

— Oh ! mais je n'y suis pour rien, moi ! répliqua l'homme de science, surpris.

— Allons, ne soyez pas modeste ! Vous m'avez sauvé la vie !

— Mais puisque je vous dis que je n'y suis pour rien !

C'est Marie qui a fait tout le travail. Elle vous a opéré et soigné en veillant à ce qu'il n'y ait pas de complications. Ses onguents aux plantes sont véritablement magiques. Il faudrait que je lui demande la recette d'ailleurs…, ajouta-t-il, songeur.

— Pardon ? interrogea Henri, abasourdi. Vous dites que c'est Marie qui m'a opéré et soigné ?

— Bien sûr ! Vous ne le saviez pas ? fit le médecin, en achevant de lui changer son bandage. Elle vous a même veillé pendant des jours et des nuits. Une brave fille, très consciencieuse…

Mais Henri ne l'écoutait plus. En lui se bousculaient trop d'idées. Ainsi donc, c'était elle l'ange qu'il avait senti à ses côtés et qui l'avait veillé jusqu'à son réveil ? Il lui devait la vie ! Et c'était peut-être même à cause de lui qu'elle était retenue prisonnière chez son père à présent ! Il devait à tout prix aller la trouver pour la remercier et implorer son pardon. Dire qu'il avait voulu l'incriminer devant le duc le soir de son accident alors qu'elle s'était dévouée pour le soigner les jours suivants !

Il attrapa sa veste d'une main et sortit pour courir la retrouver, en espérant qu'il ne soit pas trop tard.

Henri sella son cheval et s'en fut du mieux qu'il put. Il ne pouvait tenir la bride avec fermeté que de la main droite, mais heureusement il pouvait compter sur Orion pour comprendre toutes ses intentions et le mener sans encombre à destination.

Il avait revêtu son plus bel habit bleu foncé pour se présenter devant Marie. Durant le trajet, il avait établi qu'il lui demanderait pardon pour son attitude, la remercierait pour ce qu'elle avait fait pour lui et solliciterait le bonheur de la revoir. Dans le cas où elle ne le souhaiterait pas, il respecterait son choix et mettrait ainsi un terme à ses espoirs. D'un côté il préférait ne pas envisager cette option, mais de l'autre il savait que songer sans cesse à Marie lui embrumait l'esprit. Ce qui pouvait se révéler dangereux lorsqu'il était en mission, le mettant en péril lui ainsi que ses hommes.

Lorsqu'il arriva au domicile des Marsac, il croisa un individu aux cheveux gris, vêtu d'un costume noir bordé d'un col blanc qui descendait sur sa poitrine, de hauts-de-chausse sur des souliers à boucle, et coiffé d'un grand chapeau ; il tenait à la main une grosse mallette contenant tous ses dossiers. Un notaire à n'en point douter ! Il sortait de sa maison en se tenant voûté, semblant plier sous le poids de la charge. Ce devait être M. Marsac !

Le vieil homme leva sur lui des yeux gris délavés surmontés de sourcils broussailleux, paraissant s'interroger sur les raisons de la venue de ce fringant officier chez lui.

— Henri de Vibrac, commandant de la garde du château de Grosbois, se présenta ce dernier en s'inclinant, après être descendu avec difficulté de son cheval.

— Eh bien, vous avez pris là un sacré coup ! s'exclama le notaire en désignant son épaule meurtrie.

— À qui le dites-vous ! Mais ce sont les risques du métier, répliqua Henri sur un ton qu'il voulait badin.

— Que puis-je pour vous ?

— Je voudrais parler à votre fille.

— Ah, Catherine et ses militaires ! maugréa le vieil homme. Voilà qu'ils débarquent chez moi, à présent. Je vais vous la chercher, monsieur, et par l'oreille encore ! s'énerva le notaire.

— Je parlais de Marie, s'empressa de rectifier Henri.

Le vieux Marsac le dévisagea avec des yeux ronds.

— Ah, mais alors... J'avais raison ! La gourgandine...

Il rentra furieux dans la maison, invitant Henri à le suivre :

— Entrez donc un instant ! Il faut que je dise deux mots à ma fille.

Henri l'entendit appeler Catherine dans l'escalier, derrière une porte restée entrouverte. Décidément, il était dur de la feuille, puisque Henri souhaitait parler à Marie ! Catherine le connaissait cependant et pourrait bien aller elle-même chercher sa sœur. Entre-temps, il observa la maison, dont l'intérieur était plutôt cossu et bourgeois, même si meublé avec sobriété et économie. Dire que Marie avait grandi dans cette demeure ! Il en huma les odeurs, tentant de reconnaître la sienne parmi tant d'autres.

— Il y a là un soldat qui demande à voir ta sœur ! entendit-il marmonner derrière la porte.

— Qui cela donc ? répondit une voix féminine qu'il connaissait.

— Henri de Vilbrequin ou quelque chose dans le genre.

— De Vibrac ?

— Ah, parce que tu le connais en plus ! Eh bien bravo ! Je suis toujours en retard sur tout. Ainsi donc, j'avais raison ! Ta sœur s'est compromise avec un officier et a fait une fugue amoureuse avec lui ! Et dire que la comtesse est venue ici me débiter des sornettes. C'est qu'elle doit lui être sacrément utile, notre petite Marie !

— Vous vous trompez, père ! Marie n'a jamais

fauté. Elle était bien au château pendant les trois jours où elle a découché.

— Tu mens ! Et je vais lui dire ma façon de penser à ce malotru. S'il s'imagine qu'il va trousser ma fille comme toutes ces filles faciles qui font la gloire des soldats, il se met le doigt dans l'œil ! s'écria-t-il.

— Chut, père ! Il pourrait vous entendre…

— Eh bien, qu'il m'entende ! Attends un peu que ta sœur rentre, je vais lui sonner les cloches à celle-ci !

Henri se sentit mal à l'aise. Peut-être ne devrait-il pas s'imposer, il pouvait faire plus de mal à Marie qu'autre chose.

— Et ce prétendu mariage avec son éditeur, c'était une faribole également ? questionna le vieux père, au bord du malaise.

Cette fois, Henri sut que sa présence n'était pas souhaitable. Il avait commis une terrible erreur en venant ici.

Déçu, il sortit de la maison, en refermant la porte derrière lui. Il retrouva Orion qu'il avait attaché à une borne, dénoua sa bride et s'apprêtait à l'enfourcher, quand une voix féminine cria derrière lui. Il se retourna et reconnut Catherine.

Il retira son pied de l'étrier et attendit qu'elle le rejoigne.

— Ne faites pas attention à mon père, il ne sait pas ce qu'il dit !

— Peut-être a-t-il aussi des raisons de se méfier des mensonges de sa fille…

— Ce n'est pas sa faute si Marie doit toujours agir dans l'ombre pour répandre la lumière ! s'exclama Catherine.

Cette réplique fit mouche, car c'était exactement ce qu'Henri pensait d'elle et il ne put que l'approuver.

— C'est juste !

— Alors, à quoi songiez-vous donc, monsieur ? s'enquit Catherine en fronçant les sourcils.

Elle paraissait sincèrement surprise qu'il puisse remettre en cause l'intégrité de sa sœur. De fait, il se troubla et lui répondit en hésitant quelque peu :

— Je faisais allusion à son mariage avec l'éditeur. Il semble que l'affaire soit entendue !

— Elle l'est en effet ! Puisqu'ils ont signé un contrat. Mais cela n'a aucun rapport avec le mariage…

Henri se sentit soulagé, même s'il restait curieux.

— Et de quelle nature est ce contrat ?

Catherine tergiversa.

— J'avais promis de ne rien dire, mais à vous, c'est différent, je ne peux rien vous cacher. Marie a signé pour la publication d'un ouvrage, révéla la bavarde.

Henri songea sans réelle surprise qu'elle était décidément bien la dernière à qui l'on pouvait confier un secret.

— J'ai entendu que Marie était sortie ?

— Oui, officiellement elle est allée au village faire des courses, mais officieusement…

Henri écarquilla de grands yeux. Y avait-il un espoir de pouvoir la voir ou de l'intercepter avant qu'elle ne rentre ?

— Dites-moi où la trouver, je vous en prie ! s'exclama-t-il, impatient.

— Pas si vite ! Peut-on savoir ce que vous lui voulez ? questionna Catherine, suspicieuse. Je ne permettrai à quiconque de la faire souffrir.

— C'est personnel ! répondit Henri, bottant en touche, autant par pudeur que par précaution.

— Alors tant pis ! Bonne journée, monsieur, répliqua Catherine en faisant mine de partir.

— Attendez... Je l'aime, éperdument. Voilà ce que je m'apprête à lui avouer.

Catherine se retourna vers lui, le regard pétillant et un sourire triomphant sur le visage :

— Je le savais !

Henri se sentit terriblement embarrassé.

— Approchez ! Je vais vous dire où elle se trouve.

Surpris, Henri pencha la tête et elle lui murmura quelques mots à l'oreille.

Henri se crispa en apprenant où elle était, mais il était bien déterminé à aller de l'avant cette fois, même s'il devait pour cela lutter contre ses préjugés.

Il la remercia d'un regard, grimpa sur son cheval et entendit M. Marsac hurler depuis le seuil de la maison :

— Catherine ! Que fais-tu donc, laisse ce militaire et viens ici ! Mais qu'ai-je fait pour mériter des filles pareilles !

Puis, il partit à bride abattue.

Chapitre 23

Recettes et Secrets de femmes

Alchimie amoureuse :
Mettez-les à nu, puis dévoilez leurs sentiments et faites une grande déclaration

Conformément à son plan, Marie alla au village pour y retrouver Lucien, l'ami de Justine, qui fournissait les cuisines du château en fruits et légumes. Comme convenu, il accepta de l'emmener avec lui sur sa charrette, même s'il trouva quelque peu étrange que la fille du notaire ne puisse faire elle-même la course.

— C'est parce que j'ai l'intention de faire une surprise à la comtesse. Elle ne m'attend pas ce jour et, si j'avais pris un carrosse, le secret aurait aussitôt été éventé ! lui expliqua Marie, tandis qu'ils cheminaient.

Elle ne mentait pas en disant cela. De fait, sa sincérité toucha l'homme, qui ne la questionna plus sur le sujet.

Le trajet fut long jusqu'au château, car l'unique cheval de la carriole était trapu. C'était plus un animal de labour en vérité qu'un cheval de selle, et, de plus, il devait tirer une charge bien lourde avec toutes ces caisses de fruits et légumes !

Marie prit son mal en patience en priant pour qu'ils arrivent à temps. Pendant ce temps, elle observait les champs et les pâturages qui se couvraient de pâquerettes et de fleurs diverses, avec l'arrivée du printemps. Les oiseaux chantaient dans les arbres. Marie n'avait cependant pas le cœur à la fête. Elle songeait qu'elle devait partir et s'éloigner d'Henri. Avait-il repris ses activités ? Était-il totalement guéri à présent ? Elle se dit qu'une fois au château elle s'aventurerait peut-être à aller le voir, si du moins elle trouvait le courage de le faire.

Ils rejoignirent leur destination en début d'après-midi. La réunion de la comtesse avait assurément commencé.

Sitôt la charrette entrée dans l'enceinte du château, Marie remercia le conducteur et prit congé de lui, puis elle courut en direction du laboratoire. Au même moment, elle aperçut les soldats au loin qui la regardaient avec curiosité. Leur uniforme bleu l'émut, mais elle ne vit point Henri.

Parvenue devant la porte, hors d'haleine, elle prit un instant pour retrouver un souffle normal et replaça les mèches échappées de son chignon derrière ses oreilles. Elle pensa à la surprise qu'elle allait provoquer et à la joie, du moins l'espérait-elle, de la comtesse. La main sur la poignée, elle entendit des éclats de voix féminines : elles étaient bien là !

Alors, elle prit une profonde inspiration et entra.

— Encore une retardataire ! fit la comtesse en apercevant la silhouette qui se faufilait dans la pièce. Ce n'est pas très sérieux, mademoiselle…

Il lui fallut quelques secondes pour distinguer dans pénombre celle qui venait d'entrer.

— Marie ! s'exclama-t-elle, n'en croyant pas ses yeux.

— Pardonnez-moi, je suis en retard ! répondit la jeune femme dans un souffle, du fait de son émoi.

Aussitôt, la dizaine de femmes présentes à l'atelier se retourna vers elle. Si Marie en connaissait certaines, de nouveaux visages étaient venus grossir les rangs. Des femmes très richement vêtues à ce qu'elle pouvait voir, même !

— Mais comment…, questionna la comtesse, sans réussir à finir sa phrase.

— Lorsque l'on veut vraiment quelque chose, rien n'est impossible ! N'est-ce point là aussi votre philosophie ?

— Absolument ! Je suis ravie que vous ayez pu vous joindre à nous, répliqua la comtesse enchantée, en reprenant une contenance qui convenait mieux à son rang. J'étais justement en train d'expliquer à ces dames que vous aviez dû vous absenter.

— Je pars demain, en effet ! acquiesça Marie en rejoignant la comtesse au centre de l'assemblée. J'étais affairée dans mes préparatifs, mais je n'aurais voulu manquer cette réunion pour rien au monde !

— Oh ! firent alors toutes les femmes.

Ce qui ne manqua pas de faire frémir Marie.

— J'avais l'intention de leur donner quelques recettes qu'elles pourraient reproduire elles-mêmes en attendant, expliqua la comtesse en brandissant un paquet de notes de leurs précédents ateliers.

— À la bonne heure ! Et, puisque je suis ici, je vais également vous apprendre deux ou trois choses nouvelles, répondit Marie, soulevant une acclamation dans les rangs.

Elle ajouta alors à l'intention de la comtesse :

— Je voulais vraiment honorer ce dernier engagement. Il me paraissait inconcevable de partir comme cela !

— Cette attitude et votre conscience professionnelle vous honorent ! déclara la comtesse. J'ignore comment vous êtes venue, mais je mettrai ma voiture à votre disposition pour vous raccompagner.

— Merci, madame ! Je ne sais comment vous remercier.

— Allons bon, ne dites pas de bêtises, c'est moi qui vous suis redevable !

Marie se tourna alors vers l'assemblée pour demander :

— Alors, mesdames, par quoi commençons-nous ?

Une heure plus tard, les abeilles besogneuses de l'atelier s'activaient avec ferveur, faisant leur miel des enseignements de Marie, lorsque la porte s'ouvrit de nouveau, faisant place à une silhouette de haute stature.

La comtesse leva les yeux et, lorsqu'elle reconnut le visiteur, elle serra le poignet de Marie. Celle-ci redressa alors la tête pour s'apercevoir qu'un homme se tenait silencieux et droit devant elles et qu'il n'était autre qu'Henri de Vibrac.

Après avoir ressenti un vif émoi de le voir remis sur pied, et bien vivant, Marie perdit son sourire. Le militaire était en effet un représentant de l'ordre. D'après ce que lui avait dit la comtesse, il s'était déjà aventuré près du laboratoire et avait découvert son secret. Comptait-il les interrompre et leur interdire d'officier au nom du duc ? Marie en éprouva une vive inquiétude. Elle scruta le visage d'Henri en quête de réponse. Ses yeux couleur obsidienne brûlaient avec intensité, d'autant que les flammes du fourneau s'y reflétaient. Il était pâle, vêtu en habit de ville et ses cheveux ébouriffés donnaient l'impression qu'il descendait à peine de cheval.

La comtesse fronça les sourcils.

Devant la gravité de leur tête à toutes deux, les autres femmes se retournèrent sur leur étrange visiteur. Il y eut quelques murmures admiratifs, parce qu'il s'agissait d'un très bel homme.

— Monsieur de Vibrac ! Que nous vaut l'honneur de votre visite ? Êtes-vous venu participer à cet atelier organisé dans la *charité*, et destiné à apprendre à fabriquer des *cosmétiques* ? demanda la comtesse avec prévenance et néanmoins une ironie mâtinée de nervosité.

Quelques rires parcoururent l'assemblée, bien vite étouffés dans le silence qui régnait à présent.

— Je suis venu voir Marie, en vérité, avoua-t-il d'une voix quelque peu étranglée.

— Vous voyez bien qu'elle est occupée ! répondit la comtesse, désireuse de ne pas se faire voler sa protégée. Ne bougez pas ! glissa-t-elle à sa dame de compagnie.

Marie opina de la tête, même si elle serait bien sortie discuter avec Henri, trop heureuse qu'elle était de le revoir en vie.

— Si vous désirez lui parler, monsieur, faites-le donc ici et en présence de témoins, qui pourront la défendre le cas échéant.

Des voix chuchotèrent alors :

— Que se passe-t-il ? Qui est cet homme ?

— C'est le commandant de la garde du duc !

Henri, en effet, n'était pas vêtu de son uniforme militaire, ce qui générait une certaine confusion.

Il sembla profondément ennuyé, regardant tour à tour

Marie, puis la comtesse, et enfin les dames présentes. Son front était plissé, ses sourcils bas.

— C'est que j'aurais voulu m'entretenir avec mademoiselle Marsac en tête à tête !

— C'est hors de question, monsieur ! Non seulement c'est très inconvenant, et, de plus, je m'y oppose formellement ! Dois-je vous rappeler que cette jeune femme est sous ma protection ?

Tous les yeux allaient du visage de la comtesse, ferme et déterminé, à celui d'Henri, fier et contrarié.

Enfin, l'un des deux finit par céder, et ce fut Henri.

— Très bien, puisque vous m'y obligez, je m'exécute ! Je n'aurais peut-être pas d'autre occasion de le faire.

Il fixa son regard sur Marie et reprit d'une voix qui semblait nouée par l'émotion :

— J'ai entendu dire, mademoiselle, que vous étiez sur le point de nous quitter.

Marie approuva tristement en pinçant les lèvres.

— Alors voilà, puisque le destin m'y force, je me résous à vous faire cet aveu, que j'ai maintes fois différé, par pudeur, orgueil, ou que sais-je encore…

À ces paroles, la comtesse frémit, semblant comprendre que l'intention d'Henri était tout autre que celle qu'elle avait envisagée. Elle alla pour parler, mais finalement s'en abstint, sans doute curieuse de savoir ce qu'il allait dire et d'y assister.

— Au fond, aucun embarras ne peut être plus grand que celui que je m'impose moi-même depuis que je vous connais.

Marie le scrutait, sans deviner où il voulait en venir.

— Tout d'abord, il vous faut savoir que j'ai été informé de ce que vous avez fait pour moi à la suite de mon stupide accident. J'ignorais jusque-là que c'est vous qui m'aviez opéré et soigné. Et je vous en suis infiniment redevable, mademoiselle. Vous m'avez sauvé la vie !

Toutes les dames manifestèrent leur surprise et leur admiration envers Marie.

La jeune femme, par modestie, secoua la tête, voulant protester qu'elle en aurait fait autant pour n'importe qui d'autre. Avant de réaliser qu'en fait non, elle avait tout donné pour *lui* et avait beaucoup prié pour sa guérison.

— C'est encore vous qui m'avez veillé pendant des jours et des nuits, alors que je luttais pour survivre. Ce qui vous a valu le courroux de votre père, ainsi que j'ai pu l'apprendre. Il est persuadé que vous avez fait une fugue amoureuse… Et croyez bien que j'en suis profondément désolé !

Marie rougit, gênée qu'il le sache. Elle avait presque honte de cela, même si elle n'en voulait guère à son père qui s'efforçait, certes d'une manière un peu trop extrême, de la protéger.

— L'étendue de vos talents est immense ! Et je vous sais à présent bien trop douée pour vous cantonner aux normes de la société et vous contenter de concevoir des cosmétiques !

La comtesse ne put s'empêcher de sourire, tandis que toutes les femmes regardaient Marie avec admiration.

— Tout ceci, je le tiens d'un disciple d'Hippocrate, lequel accepterait même volontiers la recette de vos préparations aux plantes. C'est dire !

Toutes les femmes approuvèrent avec ferveur.

— Mais surtout, je tenais à m'excuser pour mon attitude inqualifiable. Je me suis montré jaloux, orgueilleux, possessif (la comtesse hocha la tête) et pourtant tout ce temps j'éprouvais pour vous les sentiments les plus doux.

Il y eut soudain des ronronnements et autres soupirs chez ces dames, ravies de voir un si bel homme déclarer ses sentiments. Elles ignoraient, de plus, à quel point l'exercice devait être difficile pour lui, alors qu'il s'était toujours protégé des émotions. Marie, bouleversée, songea qu'il était en train de fendre l'armure pour lui avouer ses sentiments et laisser passer la lumière.

Se disant, il se rapprocha d'elle. Son cœur palpitait à vive allure dans sa poitrine. Elle ne pouvait croire ce qui était en train de se produire. Elle se sentait à la fois paralysée et galvanisée par ses paroles.

— À peine vous ai-je vue que j'ai éprouvé pour vous un désir ardent. Vos attraits, votre beauté, votre charme, vos bontés, votre vive intelligence ont eu raison de toutes mes réticences. À mesure que j'apprenais à vous connaître ce transport s'est mué en une aspiration plus grande encore : celle de vous faire mienne.

Marie étouffa un soupir de surprise, tout en sentant une vague d'émotions se former, prête à la submerger.

— Mon cœur brûle pour vous d'une flamme ardente. Mon âme cherche constamment à entrer en communion avec la vôtre. Je les ai parfois vues se rencontrer dans nos regards et je sais qu'elles ne demandent qu'à se mêler dans un amour sincère.

Des larmes se mirent à couler sur les joues de Marie. Des larmes de joie, d'émotion, mais aussi de désespoir à l'idée qu'elle devait le quitter, alors même qu'il lui avouait enfin ses sentiments.

— Pardonnez la liberté que je prends de vous parler

ainsi, et de me montrer si empressé, mais je vous sais sur le point de nous quitter et j'ai du mal à le supporter.

Et moi donc ! songea Marie, au supplice.

Henri s'approcha plus près d'elle encore. Elle pouvait percevoir son souffle court à présent et les émotions à vif qui faisaient vibrer tout son être. Pour la première fois, elle le sentit vulnérable et cela l'émut au plus haut point.

— Oh ! Marie ! Je me jette à vos pieds en implorant votre pardon ! Si vous saviez comme je m'en veux de m'être montré aussi aveugle ! Vous étiez devenue mon obsession, et égaré par mes préjugés, je ne vous avais pas vue telle que vous êtes vraiment. Vous êtes la plus admirable des femmes que j'ai rencontrées, la plus courageuse et la plus digne d'être aimée !

L'assistance attendrie réagit en ronronnant, certaines pleuraient même quand d'autres soufflaient dans leurs mouchoirs.

— Pour citer Périclès[1] : « Il n'est point de bonheur sans liberté, ni de liberté sans courage. »

— Paracelse[2] ? rectifia alors Marie, surprise qu'il évoque le médecin dont elle s'était beaucoup inspirée pour ses travaux.

— Euh, non Périclès.

— Pardonnez-moi ! Poursuivez, je vous prie ! l'encouragea-t-elle, désireuse de ne pas l'interrompre davantage sur sa lancée.

Henri se racla la gorge et reprit :

— C'est pourquoi, mademoiselle, je fais fi de ma pudeur et certainement aussi de mon orgueil, pour avoir

1. Général et homme d'État athénien né vers 495 avant J.-C.

2. Médecin suisse du XVIe siècle qui inventa le mot « chimie ».

le courage de vous avouer librement l'étendue de mes sentiments : je vous aime, éperdument, d'un amour pur, ardent et sincère !

Marie dut battre des paupières plusieurs fois afin de distinguer Henri dans le flot de ses larmes.

Il tombait le masque et se montrait tel qu'il était vraiment, vulnérable et authentique. Elle en fut profondément touchée. Marie retrouvait alors chez lui ce qu'elle avait pu apercevoir lors de leur premier échange sous les étoiles. Et elle n'eut qu'une envie, se jeter à son cou pour l'embrasser.

Ce fut à ce moment-là qu'il se mit à genoux devant elle.

— Mademoiselle Marsac, je ne peux me résoudre à vivre sans vous. Et j'appelle de mes vœux que vous acceptiez ce que je m'apprête à vous demander. J'aimerais que vous me fassiez don de votre main. Vous couronneriez ainsi sur l'autel cet amour ardent et le transformeriez en une éternité à vos côtés, si du moins tel est aussi votre souhait.

Les femmes émirent des cris, certaines manquant de se pâmer, et toutes retinrent leur souffle. La comtesse prit une profonde inspiration, tout en veillant sur Marie et ses réactions.

La jeune femme essuya alors ses yeux et sentit que le moment était venu pour elle de répondre. Elle tenta de calmer l'ébullition de ses émotions et s'efforça de clarifier ses intentions.

— Monsieur de Vibrac, tout d'abord c'est un grand honneur que vous me faites. (Elle ferma brièvement les paupières avant de poursuivre.) Je dois dire que je suis ravie enfin de voir clair en vous et je concède que je vous dois beaucoup également. Grâce à vous, j'ai compris ce qu'était l'amour sincère. (Elle trébucha un peu sur le mot amour, par pudeur sans doute, mais la force de ses sentiments était telle qu'elle laissa le flot de ses mots s'écouler, sans retenue et en toute sincérité.) Il s'agit d'un charme puissant qui unit deux personnes dans une même alchimie. Mais nul philtre d'amour ou sérum de vérité n'est besoin pour voir clair en son propre cœur.

Plusieurs femmes approuvèrent son propos. Marie, émue, poursuivit :

— J'ai beaucoup grandi ces derniers temps et me sens prête désormais à assumer qui je suis et la véracité de mes sentiments. Lesquels m'avaient longtemps fait peur, tout comme ce fut le cas pour vous (il acquiesça), parce que je ne pouvais les maîtriser, contrairement aux ingrédients que je mets dans mes potions.

Le suspense était à son comble, insoutenable, tant et si bien que la comtesse se crut obligée d'intervenir :

— Mais alors, en définitive, acceptez-vous sa demande ?

Toutes les femmes émirent des murmures en ce sens pour tenter de l'influencer.

Marie ne se laissa pas corrompre cependant et répondit simplement :

— Monsieur de Vibrac, j'accepte de vous épouser. Et serai à vos côtés la plus heureuse de femmes !

Il y eut des cris et des acclamations dans la salle. Toutes les spectatrices hurlèrent, folles de joie. La comtesse saisit sa protégée contre elle pour lui faire l'accolade et la féliciter, avant de la rendre à son futur époux.

Lequel, tout sourire et rayonnant, le front dégagé et le regard lumineux, se releva pour mieux lui embrasser les mains avec ferveur.

Marie, qui s'était trop longtemps souciée des convenances décida de les ignorer cette fois. Elle se jeta à son cou pour l'embrasser devant une assistance exaltée. Ils échangèrent alors un profond et langoureux baiser.

Lorsqu'ils se séparèrent à regret, Henri lui dit :

— Il ne nous reste plus à présent qu'à solliciter l'accord de votre père et à courir chez le notaire… Ce qui est pratique, puisqu'il s'agit de la même personne !

Marie sourit. Elle avait bon espoir que son père accepte, dans la mesure où il serait certainement ravi de voir l'une de ses filles mariée et son honneur préservé. Elle avait toutefois un doute du fait qu'Henri semblait l'avoir déjà rencontré. Elle souhaita de tout cœur que les choses se fussent bien déroulées, ou, en tout cas, que rien ne se mettrait plus en travers de leur chemin désormais.

— Si seulement Catherine pouvait connaître un bonheur comparable au mien ! murmura-t-elle pour elle-même, tandis qu'Henri se voyait chaleureusement féliciter par la comtesse.

Ces deux-là ne finiraient-ils pas d'ailleurs par devenir les meilleurs amis du monde ?

Henri se tourna alors vers Marie, saisit ses mains dans les siennes qui étaient chaudes et agréables et lui dit :

— Il me reste toutefois une dernière chose à faire avant d'aller trouver votre père, je dois me rendre chez le duc.

Marie en ignorait la raison, mais elle vit qu'il avait échangé un regard discret et étonnamment complice avec la comtesse. Puis, il s'adressa à l'assemblée :

— Pardon, mesdames, de vous avoir dérangées…

Aussitôt celles-ci le saluèrent avec de grands gestes et

des démonstrations exubérantes de leur contentement et de leur admiration. Et il eut bien du mal à s'en extraire.

En le voyant franchir le seuil de la porte, Marie soupira. Elle espéra de tout cœur que les événements puissent enfin aboutir à une conclusion heureuse.

— Après cette parenthèse réjouissante, si nous reprenions ? s'enquit la comtesse, pragmatique.

— Et si vous nous enseigniez l'anatomie d'un homme ? interrogea une toute jeune femme. Vous semblez très au fait de la question, puisque vous avez dû le voir nu pour l'opérer !

— Oh ! oui ! Oh ! oui ! reprirent en chœur toutes les femmes, quelque peu friponnes. Apprenez-nous !

— Mesdames, un peu de sérieux, voyons ! Il ne s'agit pas d'un atelier coquin ou destiné à l'éducation sentimentale…

— Oh ! c'est dommage ! Ça avait bien commencé pourtant, fit l'une des femmes.

Et toutes se mirent à rirent.

Chapitre 24

Recettes et Secrets de femmes

Alchimie amoureuse :

Enfin, unissez les cœurs dans une grande célébration, fusionnez les corps et les âmes, et plongez-les pour toujours dans le bonheur d'une vie à deux.

Le lendemain à l'aube, ce fut non pas un, mais deux hommes qui frappèrent à la porte de la petite maison bourgeoise des Marsac.

Justine, qui avait ouvert, dut probablement se pincer en découvrant qu'il s'agissait de deux hommes venus voir le maître des lieux pour s'entretenir avec lui au sujet de ses filles.

Au même moment, la famille était attablée pour le repas. Marie, qui était censée attraper la diligence, était en tenue de voyage et se hâtait de déjeuner, tandis que sa sœur, étonnamment apprêtée, ne pouvait rien avaler en raison d'une forte nausée et d'une certaine anxiété. Leur père mangeait sans appétit, paraissant très contrarié par les événements passés, ce qui creusait encore davantage les sillons sur son visage.

— Monsieur, il y a là deux hommes qui demandent à ce que vous les receviez ! lui signifia Justine tout émoustillée.

Les joues rouges, elle scruta les deux jeunes filles, désireuse sans doute d'observer leurs réactions pour deviner le motif de la venue des visiteurs. Catherine étouffa un hoquet, tandis que Marie s'essuya la bouche et s'efforça de rester calme. Le moment était venu ! En songeant qu'ils avaient tous deux répondu présents pour plaider leur cause, son cœur se mit à battre d'excitation. Elle restait cependant anxieuse vis-à-vis de la manière dont son père accueillerait leurs requêtes. Elle était soulagée aussi de les savoir arrivés à temps, avant qu'elle ne doive prendre la diligence. Il s'en était fallu de peu !

— Deux hommes ? À cette heure matinale ? Voilà qui est étrange…, commenta le vieux Marsac avant de se lever avec difficulté. Fort bien, faites-les entrer ! Je vais les recevoir dans mon bureau.

Les deux visiteurs pénétrèrent dans la maison et passèrent à proximité de la table de la salle à manger pour rejoindre le bureau de Marsac. Aussitôt, Catherine fit des signes de la main à l'un des deux, lui envoyant même un baiser du bout des doigts, tandis que Marie, faisant preuve d'un peu plus de réserve, ne put toutefois s'empêcher d'échanger un regard brûlant et magnétique avec Henri de Vibrac. Lequel avait revêtu son plus beau costume pour l'occasion. Il lui sourit discrètement, tout en gardant son air d'autorité et de sérieux qui lui allait si bien. Marie sentit son cœur se gonfler d'amour pour lui.

Les deux hommes entrés dans le bureau de leur

père, les filles se précipitèrent dans le couloir pour écouter leur conversation derrière la porte. M. Marsac demanda alors :

— Bien, messieurs. Souhaitez-vous être reçus l'un après l'autre ou tous deux ensemble ? Il me semble que je vous connais vous, d'ailleurs ! fit-il à l'un des deux.

— En effet ! rétorqua la voix grave d'Henri.

Marie tressaillit.

— Vous avez quitté les lieux bien promptement l'autre jour...

— J'avais une affaire urgente à régler.

— C'était un peu cavalier, mais bon, soit ! Alors ?

— Ce que nous avons à vous dire, monsieur, peut tout à fait être dit en présence de l'autre, répondit Henri avec assurance.

Visiblement, il prenait les rênes de la rencontre tandis que M. de La Guette demeurait en retrait, impressionné ou timide peut-être ?

— Bien, je vous écoute ! Qui souhaite commencer ? Vous, allez-y ! ordonna le vieux notaire, curieux sans doute.

Il y eut un silence, puis la voix légèrement voilée de M. de La Guette se fit entendre :

— Permettez-moi de me présenter tout d'abord.

Le prétendant de Catherine déclina son identité et fit l'éloge de sa maison et de sa condition, jusqu'au bien qu'il possédait.

Au mutisme de son père, Marie le sentit admiratif. Il faut dire que ses arguments avaient de quoi convaincre !

— Si nous sommes venus vous voir ce jour, c'est parce que nous aimerions que vous établissiez notre contrat de mariage.

— Fort bien ! Vous avez frappé à la bonne porte. Je peux en effet me vanter d'être le meilleur notaire des environs. Je possède notamment un style que tous mes clients vous loueront !

Il s'étala sur ses nombreux mérites durant quelques minutes avant que de s'enquérir :

— Et qui sont les deux bienheureuses jeunes femmes que vous souhaitez épouser ? Il me semble d'ailleurs, monsieur, que vous changez promptement d'avis ! lança Marsac à l'autre jeune homme. Une vraie girouette !

Marie frémit en l'entendant.

— Non, point, monsieur. Puisque dans la situation présente, l'ironie est en effet que le notaire que nous sollicitons se trouve être également le père des demoiselles que nous souhaitons épouser.

Il y eut un silence. Marie craignit que le cœur de son père ne résiste pas à tant d'émotions.

— Que voulez-vous dire ? interrogea-t-il d'une voix blanche.

— Nous souhaiterions vous demander leurs mains. Par votre acceptation, vous couronneriez notre hymen et nos vœux les plus chers.

— Donc, si je comprends bien, vous, vous voudriez épouser ma fille ?

— Oui, monsieur, répondit La Guette.

— Et vous aussi ? questionna le notaire, l'esprit apparemment embrouillé.

— Si fait, monsieur ! approuva Henri.

— Compte tenu de votre condition avantageuse, monsieur de La Guette, il me serait difficile de refuser votre requête. Et je songe que Marie sera bien gâtée par cette union…

— Pardon, mais c'est Catherine que je désire épouser !

— Catherine ?

— Votre cadette…, insista La Guette.

— Mais qu'a-t-elle fait pour vous plaire ? questionna Marsac, ahuri.

— Cela fait plaisir ! murmura l'intéressée, piquée, tandis que son prétendant faisait état de ses nombreuses qualités.

Marie s'empressa de lui frotter le dos pour la réconforter.

— Quant à vous le militaire, monsieur Vilbrequin…

— De Vibrac, monsieur.

— C'est cela, oui ! Vous n'avez donc point changé d'avis et poursuivez toujours Marie de vos assiduités.

Ces paroles confirmaient bien que leur père avait déjà fait connaissance d'Henri, mais que visiblement l'échange ne s'était pas très bien passé. Marie brûlait d'en savoir davantage.

— En effet ! J'éprouve pour Marie les sentiments les plus doux.

— Deux époux d'un coup, c'est trop pour la coutume ! Comprenez, monsieur, qu'il m'est difficile de répondre favorablement à votre demande…, rétorqua le vieux Marsac, qui semblait ennuyé.

Marie songea que c'était probablement le statut de militaire qui gênait son père.

— Je doute, de plus, que cela suffise à laver son honneur après votre petite escapade de ces derniers jours.

Il semblait persuadé, ce qui confirmait les dires d'Henri, qu'elle avait fait une fugue amoureuse avec lui.

— Sur ce point, monsieur, je vous assure que vous faites erreur !

— Je peux répondre de mon ami sur ce sujet, intervint La Guette.

— Il suffit, monsieur ! Vous avez ma réponse. Je refuse de vous accorder la main de Marie. Laquelle va d'ailleurs partir se faire oublier à la campagne quelque temps…

Marie se retint de crier. Elle était au désespoir.

— Il me semble, monsieur, que si notre union ne fait point vos affaires, vous changerez peut-être d'avis en lisant ceci, reprit Henri.

Marie fronça les sourcils, intriguée.

— Allons bon, de quoi s'agit-il ?

Marie imagina alors que son père chaussait ses binocles et prenait connaissance de ce qu'Henri lui avait donné.

— Ah, ça par exemple ! s'exclama soudain Marsac. Comment est-ce possible ? Mais alors… cela change tout !

— Je vous demanderais toutefois de rester discret sur le sujet, tant que mon père n'en a pas fait l'annonce officielle.

Son père ? Quel père ?

— Ne vous inquiétez pas, avec moi votre secret sera bien gardé ! lui assura le notaire, expert autoproclamé en ce domaine.

Quel est ce nouveau mystère ? Marie ignorait en effet tout de la naissance d'Henri, tout comme lui d'ailleurs, d'après ce qu'il lui avait dit.

— Et donc, il vous cède des terres, un titre et un bien conséquent !

— En effet, monsieur ! C'est pourquoi il est fort dommage que vous ne consentiez pas à notre hymen avec Marie.

— Mais vous m'avez mal compris ! balbutia le

notaire. Je voulais dire qu'il n'est point commun d'établir deux contrats simultanément. Mais que cela n'est pas impossible, monsieur de Vilbre… Brac ! Au contraire ! s'exclama maladroitement le notaire.

Qu'est-ce qui a bien pu causer un tel revirement ?

— Je serai même un homme comblé en vous accueillant dans la famille ! Tout comme vous, jeune homme ! dit Marsac sur un ton soudain devenu condescendant à l'égard de l'autre prétendant. Deux filles mariées en une journée… C'est trop de félicité. Il me semble que je vais défaillir !

Marie se sentit comblée de joie. Catherine était en larmes. Les deux sœurs se prirent dans les bras.

— Je vais de ce pas à ma table pour écrire le contrat ! déclara Marsac, d'un ton guilleret. Surtout, monsieur de Vibrac, dites bien à votre père, monsieur le duc d'Angoulême, que je me réjouis de cette union et que je n'ai fait aucune difficulté à vous accorder la main de ma fille ! ajouta le vieux père, obséquieux.

Marie et Catherine échangèrent un regard ébahi.

— Henri est le fils du duc ? Et tu l'ignorais ? questionna sa sœur, ahurie.

Marie secoua la tête, effarée. Mais peut-être avait-il fait ainsi en sorte d'être aimé pour lui-même et non pour ce qu'il représentait, songea-t-elle. Car comment expliquer ce prodige autrement ? Son mystérieux prétendant était décidément plein de surprises, et son destin bienheureux ! Elle ferma les yeux et pria pour remercier le Tout-Puissant et sa bonne étoile pour ces bienfaits.

Trois semaines plus tard, un double mariage fut célébré à la plus grande joie des intéressés. Tout d'abord à l'église de Mandres où une population bigarrée constituée de paysans, de militaires, de bourgeois et de nobles se pressa. Il faut dire que le notaire avait une clientèle variée et qu'Henri et M. de La Guette ramenaient eux-mêmes des individus de conditions diverses.

Les deux couples furent unis par un curé, en présence de leurs témoins respectifs. Ainsi Catherine et M. de La Guette avaient-ils opté pour un ami et la sœur de ce dernier, tandis qu'Henri et Marie bénéficiaient du soutien de la comtesse et d'un lieutenant du château pour Henri.

Le cortège défila, ainsi que le voulait la tradition, dans les rues du village, précédé par des crieurs, musiciens et autres personnes équipées d'ustensiles de toute sorte, destinés à faire du bruit pour mieux propager la bonne nouvelle de la cérémonie.

Les deux jeunes femmes rayonnaient au bras de leur époux. Marie tout d'abord, qui avait opté pour une robe bleue assortie à ses yeux et incrustée de quelques pierres, ce qui n'était pas sans rappeler une nuit d'été étoilée. Cela fit tout spécialement la joie d'Henri quand il la découvrit. Il y vit un clin d'œil à leur passion commune pour l'astronomie, qui les avait rapprochés le soir du bal.

Catherine, quant à elle, avait choisi une tenue d'un beau rose pâle, surmontée d'un châle qui lui entourait les épaules et la taille. Il permettait de plus de dissimuler habilement son ventre arrondi. À ce sujet, elle avait fait croire à son futur époux que l'impatience de leur union lui donnait de l'appétit. Et il était vrai aussi qu'elle se montrait extrêmement gourmande.

La comtesse de Guiche leur avait chaudement recommandé une couturière qui leur avait confectionné leurs magnifiques robes. Elles ne purent toutefois se découvrir dans la glace que le jour de la cérémonie, par superstition. Ce qui ne les empêcha pas chacune de demander l'approbation de l'autre et de vivre avec excitation les différentes étapes de préparation du mariage. Catherine se montrant sur ce point, et comme toujours, beaucoup plus assidue que Marie, davantage accaparée par ses diverses activités.

Les alliances avaient été choisies par les deux époux, lesquels n'avaient pas lésiné sur les moyens. Diamant et argent pour Catherine, or pur pour Marie. Les deux filles furent particulièrement comblées lorsqu'ils passèrent l'anneau précieux à leurs doigts. Leur père en estima et apprécia grandement la valeur, une fois la cérémonie terminée. Ce qui attestait, là encore, qu'il avait décidément réalisé la meilleure affaire possible pour ses deux filles. Il se disait par ailleurs que Guillaume Brisset l'ayant sollicité pour un autre acte notarié s'était vu refuser tout net ses services et que le brave notaire ne désirait plus entendre parler de lui. « Un profiteur qui ne méritait pas son attention », se plaisait-il désormais à dire après l'avoir si longtemps considéré comme le gendre idéal.

Et si la cérémonie à l'église et le cortège défilant dans le village faisaient partie des traditions et du passage obligé, un banquet et des danses vinrent compléter cette journée exceptionnelle. C'est ainsi que le mariage religieux fut suivi d'une réception somptueuse organisée au château de Grosbois par le duc. Il avait mis pour cela son plus beau salon à disposition, ainsi que la vaste salle où s'était déroulé le bal.

Il y eut bien quelques murmures dans l'assistance

pour jaser, compte tenu du faste déployé pour l'événement. Certains arguèrent que M. de La Guette, de la noblesse, était probablement un sujet très apprécié du duc, d'où le traitement de faveur dont bénéficiaient les deux sœurs.

D'autres disaient qu'il était de notoriété publique que le duc estimait beaucoup le commandant de la garde et qu'il lui avait fait là un immense honneur, en témoignage de son estime. Tous ignoraient qu'Henri était le fils caché du duc. Ce dernier, désireux de réparer les torts qu'il avait causés, avait toutefois prévu d'organiser une cérémonie pour le révéler publiquement avant la fin de l'année.

Un repas gargantuesque régala les invités. Furent servis une abondance de mets, de potées de légumes, de potages et de gibiers de choix, suivis d'une farandole de fromages et de desserts, le tout accompagné des meilleurs vins de la cave du duc, qui n'avait pas regardé à la dépense.

Bien que Marie soit toujours peu à l'aise pour danser, il incomba aux deux sœurs la lourde tâche d'ouvrir le bal. Si Catherine en était ravie, Marie, elle, détestait être le centre de l'attention. Il lui suffit cependant de plonger dans le regard d'Henri pour reprendre confiance. Il lui tendit la main et elle se sentit portée par ce lien unique qui les unissait, tandis que la musique les enveloppait. Ils dansèrent alors en harmonie, leurs corps se répondant parfaitement. Marie retrouvait les sensations qu'elle avait éprouvées avec lui lors du bal. Avec d'autant plus de bonheur qu'à présent elle le connaissait et lui faisait entièrement confiance. Elle avait appris à découvrir que derrière cette apparence orgueilleuse, il y avait un homme bon, intègre, sincère, passionné et attentionné. Ils s'étaient trouvés, leur alchimie faisait merveille à voir et ils étaient très amoureux l'un de l'autre. Aussi Marie remerciait-elle le ciel de l'avoir mis sur son chemin et d'avoir la chance de faire un mariage d'amour.

Quant à Catherine, elle n'en était pas moins heureuse de paraître au bras de M. de La Guette. Aux petits soins avec sa femme, il éprouvait pour elle un amour ardent. Elle semblait moins emportée qu'avant, ayant gagné en sagesse par la force des choses, et elle savourait à présent les bienfaits d'un mariage de raison.

Les deux couples firent l'admiration de tous, et M. Marsac n'en pouvait plus d'orgueil et de satisfaction.

— Ce sont mes filles ! lançait-il à la cantonade.

Il n'hésitait pas également à se vanter :

— J'ai toujours su qu'elles s'élèveraient dans le monde ! Je les ai bien élevées. Leur pauvre mère serait fière d'elles si elle était encore parmi nous.

Cette dernière partie de son discours suscitait la compassion et lui permettait de gagner la sollicitude de certaines femmes, tout en le préservant du ridicule. Le vieux notaire, infatigable, n'hésita pas à saisir la moindre occasion d'offrir ses services dans l'assemblée, à un âge, où tout comme le duc, il aurait pourtant mieux fait de se reposer.

Le soir venu, le vieil homme, qui avait sans doute un peu trop festoyé et trop bu, s'endormit le sourire aux lèvres sur la table. Le duc donna alors discrètement des ordres pour qu'on le fasse porter chez lui.

Les derniers invités dispersés, Henri fut ravi de pouvoir aller se coucher en compagnie de sa toute nouvelle épouse Marie de Vibrac. Et, en dépit de sa fatigue, il était intensément heureux. Il avait surtout hâte à présent de se retrouver seul avec elle.

Le duc avait insisté pour qu'ils demeurent tous deux au château, d'autant qu'il se disait ravi, le moment venu, de tenir ses petits-enfants dans ses bras.

C'était un grand honneur pour Henri, et il avait encore du mal à s'y faire. Mais le plaisir de contenter son épouse et de lui offrir le meilleur était bien supérieur à son orgueil et à son ressentiment. Ce fut la raison pour laquelle il avait finalement accepté les cadeaux, offerts en guise d'indemnité, de son père. Et il avait bien fait, puisque c'était ce fameux document rédigé par le duc d'Angoulême qui avait permis à Henri de décrocher le consentement du père de Marie.

Lorsque la porte se fut refermée, il découvrit l'atmosphère chaleureuse et intime de leur grande chambre comportant des poutres au plafond, un large lit à baldaquin et un ample tapis persan sur le sol, le tout éclairé aux chandelles. Henri fut profondément troublé de se retrouver avec Marie. Il la sentait intimidée également. Ce n'était pourtant pas la première fois qu'il passait la nuit avec une femme, mais aucune de celles qui l'avaient précédée n'avait l'empire que possédait Marie sur son être. Elle, il l'aimait sincèrement et de toute son âme.

Un feu brûlait dans l'âtre, allumé par les domestiques qui avaient préparé leur chambre. Henri remit quelques bûches pour l'alimenter, les soirées étant plutôt fraîches, surtout dans ces grandes bâtisses, puis il revint vers son épouse.

— Alors, madame de Vibrac, comment vous sentez-vous ?

— Pleinement heureuse ! lui répondit Marie avec un large sourire, même si un peu lasse, je l'avoue !

— Nous n'allons pas tarder à nous coucher dans ce cas. La journée a été forte en émotions ! convint Henri, qui ne désirait pas la brusquer pour leur nuit de noces.

— Je possède cependant encore quelques ressources…, laissa-t-elle entendre, les yeux pétillants.

Henri frémit. Il savait ce qu'elle sous-entendait.

Il l'attira alors contre lui et l'embrassa avec passion. Marie répondit avec ferveur à ses baisers.

Puis il passa la main dans son dos pour le caresser et se heurta au laçage de son corset. Il réalisa que celui-ci serait sans doute fastidieux à ôter. Bien que s'y connaissant en brides diverses et nœuds marins, il n'était pas suffisamment expert en la matière pour officier.

— Voulez-vous que je fasse appeler ? questionna-t-il, embarrassé.

Marie approuva, timidement.

Il patienta dans le cabinet tout à côté et en profita pour retirer son pourpoint et son gilet. En lui montaient l'excitation, mais aussi une certaine appréhension. Serait-il à la hauteur ? Il n'avait jusqu'ici jamais douté de lui, mais avec Marie c'était différent, il l'aimait profondément et elle l'impressionnait beaucoup.

Lorsqu'il revint dans la chambre, une fois la servante partie, Henri découvrit alors Marie dans une chemise de linon blanche, les contours de sa silhouette se détachant en ombres chinoises devant le feu de cheminée de manière sensuelle. Il se sentit extrêmement troublé.

Lui-même était simplement vêtu de sa chemise blanche et de son pantalon. Il s'approcha d'elle et la contempla entièrement. Ses cheveux châtains cascadaient sur ses épaules, et elle semblait nue sous sa chemise de nuit. Elle baissa les yeux, évitant de le regarder, par pudeur sans doute, se dit-il, y voyant là une belle vertu.

— Écoutez-moi, Marie, je voudrais que vous vous sentiez bien, et je ne ferai rien que vous n'ayez désiré ! lui dit-il alors, rassurant.

Ce disant, il lui releva doucement le visage et lut dans ses yeux bleu nuit constellés d'étoiles une forme d'enthousiasme. Elle dépassa alors sa pudeur pour lui témoigner tout son amour :

— Je t'aime, Henri. Et il n'est rien que je désire davantage que tu fasses de moi ta femme.

— Oh ! moi aussi, je t'aime tant, Marie !

Comblé et encouragé par sa réponse, Henri plongea alors dans son cou pour l'embrasser. Elle se laissa faire, inclinant la tête de côté pour mieux l'y inciter. Sa peau était douce, tendre et parfumée.

Le désir grimpa aussitôt en lui. Il avait tellement attendu, tant espéré de la faire sienne un jour. Le moment était enfin venu, et il n'en pouvait plus de joie ; il ne voulait toutefois rien brusquer.

Il se pencha et l'attrapa pour la porter sur le lit. Surprise et amusée, elle l'enlaça de ses bras autour de son cou. Puis il la déposa délicatement sur les draps.

Il la contempla alors de nouveau. Ses cheveux étaient étalés en soleil autour de sa tête, sa poitrine s'agitait sous sa chemise sous l'effet de l'émotion et d'une certaine crainte aussi peut-être. Mais il se montrerait doux, protecteur et prévenant.

Il dénoua la cordelette autour de son cou et écarta sa chemise pour dénuder son cou jusqu'à sa poitrine. Il fondit alors sur sa peau et la dévora de baisers. Puis il se mit à la caresser, esquissa le contour de ses courbes, notamment celles de ses seins. Il la sentait de plus en plus frémissante sous ses doigts. Elle respirait de plus en plus vite et de plus en plus fort.

Il lui arrivait même de sentir ses mains s'aventurer sur sa chemise et au niveau de ses reins, mais parfois elle n'osait pas et les retirait pour mieux le laisser faire. Il lui saisit alors les doigts pour l'inviter à se montrer audacieuse si elle le désirait et à suivre ses envies. Ce qu'elle fit l'instant d'après en glissant les mains sous sa chemise. Elle caressa son dos musclé, puis explora son torse, un peu velu. Il en frissonna de plaisir. Cela sembla fort la captiver en tout cas. Elle adorait, il est vrai, les découvertes. Mais pour le moment, ce qu'il paraissait lui importer c'était d'explorer le corps de l'homme qu'elle aimait. Ce rapprochement procura à Henri un grand émoi, comme à chaque fois qu'ils s'approchaient l'un de l'autre. Ce qu'il avait senti lors de la danse, mais de manière plus marquée encore quand il l'avait prise dans ses bras lors de sa leçon d'équitation.

Henri plongea alors sur son objectif, à savoir sa poitrine. Il la saisit et la caressa, puis s'employa à l'embrasser. Si dans un premier temps il la sentit se cambrer, sous l'effet de la surprise et de sa pudeur sans doute, bien vite il s'évertua à la réchauffer sous ses doigts et à lui communiquer le désir qu'il avait d'elle.

Alors elle se détendit et s'offrit véritablement à lui, à sa plus grande satisfaction. Il écarta doucement ses jambes et se positionna tout contre elle. Puis il releva sa chemise jusqu'à ses cuisses de nymphe, qu'il redessina au passage avec ses doigts, ce qui la fit frissonner. C'était une tactique éprouvée destinée à ouvrir le passage ensuite vers son intimité. Il prenait néanmoins le temps nécessaire pour investir la place. Il voulait obtenir une alliance, pas une soumission ou une reddition.

En attendant, il occupait le terrain, élargissant progressivement son champ d'action. Sa main en poste avancé suscita bien une certaine surprise chez sa partenaire, qui se raidit tout d'abord, puis peu à peu le laissa s'infiltrer dans ses lignes amies. Elle usa au même moment d'une parade en lui embrassant les épaules et en lui caressant la nuque, ce qui le fit frissonner et manqua fort de le déstabiliser. Mais il tint bon et la dévora à son tour de baisers, destinés en grande partie à la rassurer, et qui lui firent émettre quelques murmures exquis.

Ne désirant pas non plus demeurer en reste, elle s'employa alors elle aussi à effectuer une inspection en règle de son corps. Bien déterminée à donner tout autant qu'elle recevait. Son audace le surprit agréablement. C'était décidément une jeune femme pleine de surprises et qui savait exactement ce qu'elle voulait !

Il s'efforça cependant de rester concentré pour garder la maîtrise de lui-même et plongea derechef sur sa bouche dont les lèvres rosies étaient en demande de ses baisers. Il y pénétra avec davantage de fougue et leurs langues se mêlèrent avec plus d'intensité, dans un corps à corps effréné.

Il descendit alors plus bas pour l'embrasser, suivant le sillon brûlant inauguré par ses doigts un peu plus tôt. Et, lorsqu'il parvint sous sa chemise et qu'il s'abreuva à sa source, il l'entendit soupirer de plaisir.

L'excitation montait en lui et son occupation du territoire était consommée. Il estima alors qu'il était temps de passer à l'offensive, d'autant qu'excité comme il l'était, il ne tiendrait pas bien longtemps. Il s'aida de ses doigts pour mieux la préparer à ce qui allait suivre, et par ce prompt renfort, il sut que le moment était venu.

Il mena la charge et, bientôt, s'empara de sa place forte et de son contour. Elle l'accepta sans peine, à la fois surprise et conquise. Il se mut alors en elle, la chevauchant avec vaillance et bienveillance, soucieux de lui apporter un maximum de plaisir, tout en variant l'allure. Elle s'adapta alors parfaitement à sa cadence, l'accompagnant avec des mouvements souples du bassin qu'il se plut à sentir sous ses mains. Puis, progressivement il partit au galop, encouragé par ses gémissements. Lorsque enfin il la sentit se cambrer et l'entendit crier de plaisir tandis qu'il rendait les armes à son tour, il sut qu'il avait remporté la bataille.

Après le cessez-le-feu, comblé, il descendit en pression et ils s'étreignirent avec tendresse, lui ne cessant de l'embrasser pour parachever son coup d'éclat en beauté. Un sentiment de plénitude et de complétude l'envahit. Il vit alors dans ses yeux émerveillés qu'il lui avait offert un ciel étoilé ce soir, un océan céleste de volupté, et elle semblait lui en être grandement reconnaissante. Et réciproquement, car en se donnant à lui, Marie lui avait offert le plus grand des bonheurs.

Durant l'acte charnel, il avait aussi découvert son tempérament sensuel et passionné, et il devinait sans peine qu'en plus d'être sa femme, elle deviendrait certainement une maîtresse passionnée (et ce, d'autant qu'elle apprenait vite !). Ils se prirent alors dans les bras et regardèrent droit devant eux, en direction de l'avenir radieux qui s'offrait enfin à eux.

Épilogue

Les mois qui suivirent leur mariage furent pour Marie et Henri un bonheur sans nuages, vivant une ardente affection faite d'échanges sincères, tendres, sensuels et d'admiration réciproque. Ils prouvaient ainsi qu'il était possible de concilier un grand amour avec leurs passions respectives. Elle, dans son laboratoire auprès de la comtesse, et lui poursuivant ses activités militaires en tant que commandant de la garde. Le duc demanda et obtint cependant qu'il n'effectue plus des missions dangereuses, comme celle qui avait failli lui coûter la vie, et il s'en accommoda.

Le jeune couple, habitant désormais le château de Grosbois, noua alors une amitié sincère avec la comtesse de Guiche et son époux.

L'adversité faisant, hélas, également partie de la vie, Marie et Henri connurent toutefois des moments difficiles. Ils purent cependant compter sur leur soutien mutuel pour affronter les épreuves de l'existence. Ainsi, Charles d'Angoulême n'eut pas le temps d'annoncer qu'Henri était son fils, puisqu'il disparut en effet avant la fin de l'année. Tout comme Vincent Marsac, qui s'endormit pour toujours dans la félicité, en paix et ravi d'avoir pu caser ses deux filles.

Le domaine de Grosbois agrandi par le duc passa alors à sa petite-fille, la duchesse de Joyeuse. Et Henri continua de le défendre, envers et contre tous, tout comme il s'évertuait à protéger Marie. Notamment lorsque Mandres eut à souffrir des troubles des guerres de Religion et de la Fronde. En 1652, la ville fut partiellement incendiée et ravagée par les escadrons de Charles de Lorraine. Fort heureusement, et grâce à la vigueur et au courage de ses habitants, Mandres put rapidement se relever.

Si le destin militaire d'Henri fut couronné de victoires, celui de Marie connut un sort tout aussi enviable. Son ouvrage intitulé *La chimie charitable et facile en faveur des dames* fut en effet édité et bénéficia d'un franc succès. Le livre ne fut cependant publié qu'avec ses initiales. L'identité de Marie devait toutefois transparaître dans la dédicace à la comtesse de Guiche[1]. C'est ainsi qu'elle parvint à transmettre son savoir, tout comme elle avait réussi à enseigner sous couvert de charité, tout en contournant la censure de son époque. Son ouvrage fit référence et fut même approuvé par les maîtres régents de la faculté de médecine de Paris et traduit dans plusieurs langues.

Si Henri et Marie étaient parvenus à surmonter toutes ces épreuves, continuant à s'aimer passionnément, Catherine de La Guette et son époux connurent

1. Il est fait ici référence à la dédicace de Marie Meurdrac à la comtesse de Guiche, au début de son ouvrage *La chymie charitable et facile en faveur des dames.*

aussi une grande félicité. Ils eurent plusieurs enfants, le premier d'entre eux étant né rouquin, ce qui surprit quelque peu le père. Marie s'empressa cependant de rassurer les sceptiques, en arguant que parfois la couleur des cheveux pouvait sauter plusieurs générations, et cela soulagea tout le monde ! Catherine devait également fortifier sa plume. Elle publia ses *Mémoires*, qui laissèrent un témoignage précieux sur les détails de l'existence très secrète de sa sœur Marie[1] et notamment sur sa vie sentimentale et sa rencontre avec Henri de Vibrac, pour les générations futures.

1. Le personnage de Marie est en effet librement inspiré de Marie Meurdrac (1610-1680) chimiste et autrice de *La chymie charitable et facile en faveur des dames*.

Extrait carnet de Marie
Recettes et Secrets de femmes

Composition & Ingrédients
Alchimie amoureuse :

- Dans un récipient de bonne taille sans l'être trop…
- Prenez un homme et une femme qui ne se connaissent pas et confrontez-les lors d'une rencontre explosive,
- Laissez-les mijoter à feu doux,
- Ajoutez une pincée d'épices pour donner du piquant,
- Incorporez-les dans un bal avec toute la noblesse,
- Faites-les danser ensemble,
- Allumez l'étincelle d'un coup de foudre,
- Laissez-les se consumer à la flamme de la passion,
- Faites-les brûler de désir et tissez les liens d'une attirance incontrôlable entre eux,
- Cultivez la patience…
- Laissez la transmutation mystérieuse se faire au rythme des cœurs battants,
- Saupoudrez de séduction, couvez de regards caressants et laissez le trouble s'installer,

- Écartez du feu et observez les éléments se décanter à la lueur de la froide raison,
- Veillez à ne pas laisser le poison du doute s'insinuer…
- Provoquez le manque et une brève séparation,
- Laissez la douleur infuser jusqu'à la révélation,
- Permettez au sablier du temps de faire son ouvrage,
- Portez les émotions à ébullition et laissez-les agir sur le corps et l'esprit,
- Opérez un rapprochement physique, sensuel et brûlant…
- Si une pincée de jalousie peut donner du piquant, méfiez-vous de la possessivité !
- N'éventez pas les secrets, au risque d'ouvrir la boîte de Pandore…
- Réparez les chairs et pansez les blessures du cœur,
- Procédez aux aveux et annihilez tous les obstacles,
- Placez les prétendants sur des charbons ardents et accélérez les choses,
- Mettez-les à nu, puis dévoilez leurs sentiments et faites une grande déclaration,
- Enfin, unissez les cœurs dans une grande célébration, fusionnez les corps et les âmes, et plongez-les pour toujours dans le bonheur d'une vie à deux.

Une dédicace toute spéciale à ma maman, prénommée Marie comme l'héroïne, qui est aussi une lectrice assidue.

Toute ma gratitude va à Meri pour ses encouragements et sa relecture attentive.

J'adresse également mes remerciements à Jodie, ma petite chihuahua, pour sa patience et son soutien pendant mes longues heures d'écriture.

Et enfin, un grand merci à mon éditrice Marianne Durand, pour son accompagnement éditorial et artistique et sa bonne humeur communicative, ainsi qu'à toute l'équipe des éditions HarperCollins ayant contribué à ce roman.

Références / Pour aller plus loin

Marie Meurdrac, *La chymie charitable et facile en faveur des dames*, Hachette Livre et la BNF

Platel Virginie, *Les derniers feux de la royauté*, Collection Aliénor, aux éditions HarperCollins

Platel Virginie, *Une dentellière à la cour*, Collection Aliénor, aux éditions HarperCollins

Platel Virginie, *L'amour pour liberté*, Collection Victoria, aux éditions HarperCollins

Platel Virginie, *Disparitions à Versailles*, aux éditions Bookmark

Articles divers sur Internet